새야 새야 녹두새야

틴스토리빌 02

새야 새야 녹두새야

초판 1쇄 인쇄 | 2014년 11월 20일
초판 1쇄 발행 | 2014년 11월 25일

지은이 | 김은숙
펴낸이 | 도승철
펴낸곳 | 밝은미래

등 록 | 2005년 5월 2일 (제105-14-87935호)
주 소 | 서울시 마포구 잔다리로3안길 36
전 화 | 322-1612~3
팩 스 | 322-1085
밝은미래 홈페이지 | http://www.bmirae.com

편 집 | 송진아, 김주연, 고지숙 디자인 | 문고은
마케팅 | 박선정, 김은지 경영지원 | 강정희

ⓒ 김은숙 · 밝은미래, 2014

ISBN 978-89-6546-156-2 43810

새야 새야 녹두새야

김은숙 지음

밝은미래

아, 벌써 스물다섯 해가 되었다.

'이 색다른 그릇에'라는 말로 역사 동화 《새야 새야 녹두새야》 머리말을 썼던 때가. 봄, 가을 두 번씩 책이 만들어지고 많은 친구들의 사랑을 받았던 기억이 새롭다. 그 사이 처음 나왔던 책(현암사)이 옷을 갈아입고 다시 만들어지기도 했는데 이번에 또 '밝은미래'에서 근사한 옷으로 갈아입혀 주었다. 속도감이 있는 글의 진행을 위해 그림을 걷어 내고 표지 디자인도 바꾸었을 뿐 아니라, 독자의 폭도 크게 넓혀 '청소년 역사 소설'이라는 새 이름표를 달았다. 특히 표지 그림이 신선하고 요즘 정서에 잘 어울린다. 주인공 한 사람만을 보여 주지 않고 나라와 백성을 위해 힘을 모으는 깃털 부대와 대장, 그리고 또래들의 모습을 잘 보여 주고 있다.

이야기의 배경은 동학 농민 운동이다. 19세기 말, 외세의 힘에 눌려 우리나라가 안팎으로 몹시 힘들던 때, 이 운동의 선봉에 섰던 전봉준이라는 인물을 눈여겨보았다. 어찌 보면 힘없는 민초(평범한 백성)의 한 사람에 지나지 않지만 올곧은 뜻을 가슴속 깊이 간직하고 있던 깨어 있는 백성이었다. 이야기를 재미나게 풀어 가기 위해 주인공의 이름을 바꾸고 또래들의 이름도 바꾸고 전개되는 이야기 구조도 독창적 아이디어를 가미했다. 그러니까 역사적 사실에 작가가 상상력의 옷을 입힌 것이다.

키가 작아 별명이 녹두 장군이라고도 불리었던 전봉준의 다른 이름, 뿔고동이 깃털 부대 대장이고 뿔고동과 함께 나라와 백성을 위해 힘을 모으는 아기장수 탄돌과 또래들이 나온다.

우리 조상들은 오랜 옛날부터 평화를 사랑하고 이웃을 아끼며 살아왔다. 그것은 하늘이 준 착한 마음이었다. 그런데 맛있는 열매에 벌레가 끼듯 착한 마음에 그것을 시샘하는 벌레가 끼어들었다. 그 벌레의 이름은 욕심. 욕심이라는 벌레는 하늘 마음을 가진 사람들의 가슴에서 피어나는 평화의 꽃을 갉아먹기 시작했다. 하지만 하늘 마음을 가진 사람들이 가만있지 않았다. 힘을 모았다. 욕심이 없기에 힘이 잘 모아지고, 모으니 꽤 큰 힘이 되었다. 탄돌, 뿔고동, 검대 할아버지, 봇짐장수 아저씨들, 개동이, 수남이…….

유난히도 선과 악의 겨룸이 많았던 우리 역사의 뒤안길, 그로 인해 때로는 어둡고 슬픈 역사, 때로는 기쁘고 자랑스러운 역사의 이랑들이 끊이지 않고 밀려왔다.

하지만 청소년들이여!

우리는 밝고 기쁜 역사뿐 아니라 슬프고 어두운 역사도 다 함께 느끼고 가슴에 담아 두어야 한다. 왜냐 하면 우리 모두는 원하든 원하지 않든 역사의 한동아리이기 때문이다. 그리고 지나온 역사를 되새기면서 새 역사의 수레도 우리 모두 하나가 되어 끌어가야 하기 때문이다.

바르고 참된 하늘 마음이 이끄는 역사의 수레를 지켜보며 우리 청소년들이 아시아 대륙의 웅혼한 역사의 주인공으로서의 긍지를 가져 보기를 소망한다.

2014년 11월 김은숙

아기장수 탄돌

...나비 등불

범티재 숲 속엔 해가 지기 무섭게 어둠이 밀려왔다.

어둠 속에 범티재의 웅장한 모습이 지워지고 외딴집 작은 등불만 동동 떠 있다. 밤은 어둠의 바다였다. 외딴집 등불은 등대, 산속의 밤을 지키는 작은 등대였다.

아주까리기름이 자작자작 졸아드는 불빛 앞에 외딴집 어머니와 총각이 약초를 다듬고 있었다. 총각은 장가들 나이가 훨씬 지났는데도 아직 장가를 들지 못한 노총각이다. 그래서 총각의 어머니는 아들이 좋은 색시를 만나게 해 달라고 날마다 빌었다. 달에게도 빌고 나무에게도 빌고 산에게도 빌었다. 총각도 꽃 같은 색시가 나비처럼 사뿐 날아오기를 손꼽아 기다렸다. 그러나 달이 가고 해가 바뀌어도 색시는커녕 색시의 그림자도 나타나지 않았다. 마침내 총각의 어머니도 총각도 지쳐 버려 더 이상 색시 타령을 하지 않게 되었다. 그러나 한 가닥 희망이 총각의 어머니에게 숨어 있었다.

총각이 어릴 적에 팽나무 지팡이 하나만을 남겨 두고 훌훌 떠난 총각의 아버지가 아들의 나이를 꼽고 있다면, 언제라도 참한 색시를 구해 올지 모른다는 희망이다. 하지만 그것은 정말 바라기 어려운 희망이었다. 이십 년이 넘도록 코끝도 보이지 않던 총각의 아버지가 쉬 돌아올 것 같지 않기 때문이다.

외딴집 총각은 어머니의 근심을 잊게 해 드리려고 새벽이면 깊은 산속에 들어가 나무를 한 다음 해거름이 되어서야 돌아왔다. 돌아오는 나뭇짐 위엔 도라지, 더덕, 두릅 같은 산나물이 얹혀 있었다. 산작약이나 하눌타리 뿌리도 캐 왔다. 총각의 집은 온갖 산나물과 쌉싸래한 약초 향기로 가득 찼다. 덕분에 어머니와 아들은 지금껏 따로 앓아 본 일이 없었다.

총각은 언제나 힘이 넘쳐흘렀다. 그날도 언제나처럼 총각은 깊은 산속에 들어와 있었다. 애나무, 톳나무 들이 섞여 자라고 있는 숲에서는 늘 푸른 향기가 샘솟았다.

총각은 지게 위에 나뭇짐을 쌓아 두고 바위에 벌렁 누웠다. 바람 타고 오가는 나뭇잎들의 속삭임, 이름 모를 새소리가 귀를 즐겁게 해 주었다. 멀리 산등 수풀띠 너머 파란 하늘 자투리가 보였다. 여리고 맑다. 거울 같았다. 하늘이 가까이 있다면 총각의 모습을 그대로 비추어 줄 것 같았다. 그러나 곧이어 뭉게구름이 몰려왔다. 보기에도 포근했다.

'어디 숨어 있다 나온 걸까.'

하늘은 금세 모자이크처럼 조각조각 널브러지고 구름이 사이사이를 부드럽게 바꾸었다. 구름은 잠시도 같은 모양으로 있지 않았다. 새가 되고, 꽃이 되고 나비가 되었다. 뭉게뭉게 덩이로 피어오르다 풍선처럼 획 날아가 버렸다.

구름은 갖가지 얼굴 모양으로 반갑게 만나, 기쁨을 나누다가 소리

없이 헤어지나 보다.

총각은 오늘따라 유난히 오래 구름에 끌렸다. 총각의 눈이 왼쪽 하늘 끝 참나무 가지에 걸린 꽃구름에 멎었다. 함박꽃 모양 부얼부얼한 구름이 만지고 싶도록 탐스러웠다.

꽃구름이 천천히 움직였다. 우뚝 선 졸참나무에 꽃구름이 가렸다.

총각은 함박꽃 구름이 얼른 빠져나오기를 기다렸다. 그러나 구름은 졸참나무 그늘에서 쉬고 난 뒤 작은 나비구름으로 바뀌었다. 구름이 점점 줄어들고 하늘은 다시 푸른 커튼을 쳤다.

나비구름 한 조각이 졸참나무 가지에 달랑 매달렸다. 총각의 눈에 간신히 들어올 만큼 작다. 총각이 문득 생각했다.

'어쩌면 내가 고대하던 꽃 같은 색시가 타고 올 나비구름이 아닐까. 그 색시가 나비구름이 된 건 아닐까.'

순간 총각은 기쁨이 솟구쳤다. 나비구름이 졸참나무 밖으로 나왔을 때 총각이 벌떡 일어났다.

'옳지, 저 구름을 뒤쫓자.'

바위 아래 저만치에 총각의 키보다 두 배나 되게 쌓아 놓은 나뭇짐이 눈에 들어왔다. 그러나 그것을 지고는 구름을 쫓을 수 없었다.

'나무는 내일 또 하면 되지.'

총각은 지게를 작대기로 받쳐 둔 채 산등성이로 치올라 갔다. 나비구름은 벌써 졸참나무 곁을 떠나 서쪽으로 흐르고 있었다.

산을 하나 또 하나 넘으며 구름을 쫓아갔다. 구름이 한 발짝 흐를 때 총각은 열 발짝 아니 스무 발짝을 달려야 했다. 머루산에서는 머루를 따 먹고 다래산에서는 다래를 훑으며 총각은 쉬지 않고 달렸다.

베저고리가 땀에 흠뻑 젖었다. 베바지도 후줄근해졌다.

머루산 다래산을 지나 여우봉이 있는 곰티재에 다다랐을 때, 해가 꼴깍 넘어갔다. 총각이 뒤쫓던 구름은 어디론가 사라졌다. 어둠이 총각의 발치까지 바투 밀려들었다.

나비 구름은커녕 코앞의 나무가 무슨 나무인지도 알아볼 수 없었다. 그제야 총각은 자기가 외딴 고향 집에서 얼마나 멀리 떨어져 왔는지 모른다는 생각이 들었다.

'지금쯤 어머니 혼자 어둠을 밝히고 계시겠구나.'

난생 처음 어머니 곁을 떠나왔다.

귀를 세우고 아들을 기다릴 어머니의 모습을 그리며 총각은 안타까워했다. 그러나 날이 이미 어두워 당장엔 돌아갈 수가 없었다. 오늘 하룻밤 보낼 곳을 찾아야 했다.

총각은 사방을 둘러보았다. 그믐밤의 하늘은 그야말로 머루 속 같았다. 더듬더듬 숲을 헤치며 산자락을 내려갔다. 멀리 반딧불 같은 불빛 하나가 깜박거렸다. 반가웠다. 불빛이 흐르는 쪽으로 걸음을 재우쳤다. 어둠 속의 빛이 실제보다 몇 곱 더 밝아 보인다.

불빛은 조그만 오두막집에서 새어 나오고 있었다.

노란 장지문에 고개를 숙인 그림자가 비쳤다.

"계십니까?"

총각이 낮은 목소리로 불렀다.

"누구신지요?"

장지문의 그림자는 움직이지 않는데 목소리만 문틈으로 새어 나왔다. 곱고 가는 목소리였다. 총각의 가슴에서 다듬이질 소리가 났다.

"지나가던 나그네인데 하룻밤만 묵게 해 주십시오."

총각의 어디에서 그런 용기가 났는지 총각 자신도 놀랐다.

"방이 하나뿐이온데……."

장지문 저쪽에서 말끝을 흐리며 그림자가 살며시 일어났다.

"주인께서 괜찮으시다면 윗목 한 켠이라도……."

총각도 말끝을 흐렸다.

오두막집의 장지문이 소리 없이 열렸다.

'아아!'

총각의 몸이 비칠 흔들렸다.

모둠머리를 곱게 땋아 내린 처녀가 문지방 앞에 다소곳이 서 있지 않은가. 어둠이 훼방을 놓아 처녀의 얼굴을 자세히 볼 수 없었지만 분명 꽃 같은 색시였다. 총각은 두 손을 비비며 처녀를 올려다보았다.

"들어가도 되겠습니까?"

"네."

총각은 방으로 들어갔다.

나비 모양의 등잔대 위에서 노란 등불이 타오르고 있었다.

총각과 처녀는 등불 앞에 마주 앉았다.

"이런 외딴 곳에서 어떻게 혼자 사십니까?"

"……."

처녀는 말이 없는 대신 눈물만 글썽거렸다. 총각은 아차 싶어 얼른 말을 바꾸었다.

"시렁 위에 책이 많군요."

"아버지가 남기고 간 책입니다. 아버지는 할아버지에게서 물려받은 저 책들을 늘 가까이 두고 읽으셨지요."

"그렇담, 저 같은 나무꾼이 아니셨을 텐데. 무슨 사연이라도……."

총각은 궁금했다.

"아버지는 책을 읽는 덴 이런 산속이 더 좋다고만 하셨습니다. 다만 다 큰 제가 좋은 짝을 만날 수 없는 것이 안쓰럽다고 하셨는데……."

처녀는 또 말끝을 잇지 못했다.

총각의 콧등이 겨자처럼 콕 쏘았다. 옷섶에서는 아직 땀내가 풍겼다. 그러나 총각은 지금 뜨거운 숨결을 옷섶 안에 모으고 있었다.

"하지만 아버지는 믿고 계셨어요. '누군가 장쇠 같은 사윗감이 언제라도 나타날 테니 염려 말아라. 내 손주를 위해 이름도 지어 두마.' 하셨지요."

처녀의 입술이 바르르 떨렸다.

"나무꾼 사위도 생각하셨을까요?"

총각이 넌지시 물었다.

"제가 하늘 나라 선녀였다면……."

"선녀보다 더 아름답습니다."

총각은 마음을 아퀴 짓듯 옷매무시를 바로잡았다. 그때 그녀가 고개를 들고 일어났다. 잘 개켜진 옷 한 벌을 꺼내 왔다.

"뒤란에 삼밭을 일구고 있습니다. 삼을 삼아 아버지 옷을 지어 드렸지요. 아버지가 가신 뒤에도 늘 옷을 지어 두었답니다."

총각의 얼굴이 달아올랐다. 가슴이 다시 둥둥거렸다.

'내가 그토록 기다리던 꽃 같은 색시다. 아니 꽃보다 더, 선녀보다 더 예쁜 색시가 이렇게 내 앞에 있다.'

처녀의 반듯한 앞가르마 길이 곧은 마음 길을 보는 것 같았다.

두근대던 마음이 서서히 가라앉고 총각은 오늘 하루를 되짚어 보았다. 구름이 된 한 마리 나비를 쫓아 산을 치오르고 등성을 따라 내달렸다. 밤이 되어 칠흑 검댕 속에 나비구름이 묻혔는데 산자락 끝에서 등불이 된 나비를 다시 만났다. 그것도 외딴집 처녀의 방에서. 나비 등불은 구름 나비보다 훨씬 가까이 있었다. 등불은 쉬지 않고 타오르고 맑고 투명한 빛의 무리들이 온 방에 가득 찼다.

그것은 살아 있는 나비, 수천수만 마리의 등불 나비들의 요정이었다. 등불 나비들이 춤을 추며 어둠을 밀어내고 있다. 무겁고 커다란 어둠 덩어리들이 작고 가벼운 등불 나비의 날개에 실려 어디론가 사라졌다. 총각은 비로소 깨달았다.

'구름 나비를 쫓는 동안 난 꿈을 꾸었지. 이제 꿈에서 깨어났어. 어머니와 나의 꿈이 이루어지고 있다. 바로 지금 이 순간에.'

16

외딴집 총각은 외딴집 처녀의 손을 꼬옥 잡았다.

"우린 오늘 이렇게 만나기 위해 그동안 서로 기다려 왔던 것입니다."

"저도 그렇게 생각합니다. 오늘은 많은 어제의 기다림이 있은 다음에 맞을 수 있다고 아버지도 늘 말씀하셨지요."

"그렇다면 우린 오늘을 준비하여 희망찬 내일을 맞읍시다."

"서로의 기다림은 서로의 꿈이지요. 그 꿈이 오늘 동시에 이루어졌습니다. 아버지도 기뻐하실 거예요."

야울야울 타오르는 나비 등불을 사이에 두고 마주한 두 눈빛도 함께 타올랐다. 꽃 같은 색시가 나비처럼 사뿐 찾아오기를 기다리던 외딴집 총각은 손수 나비가 되어 마침내 어여쁜 새색시를 만난 것이다.

그리하여 총각이 구름을 쫓던 한낮은 꿈꾸는 밤이 되고 꿈꾸는 밤은 꿈이 이루어지는 환한 낮이 되었다.

그날 밤, 범티재 외딴집 총각과 곰티재 외딴집 처녀는 청사초롱 불 대신 노란 나비 등불 앞에서 불꽃보다 뜨거운 두 마음을 한데 모았다.

...아기장수 탄돌

외딴집 총각과 색시가 새살림을 차린 지 이태 되는 때, 색시는 단콩 같은 아들을 쏘옥 낳았다.

총각과 색시는 이제 아빠와 엄마가 되었다. 일곱이레가 된 날, 엄마는 아들을 탄돌이라 불렀다. 아기 엄마의 아버지가 지어 둔 이름이었다. 탄돌은 밤벌레처럼 토실토실 자랐다. 태어날 때부터 체격도 컸다. 아기를 가졌을 때 엄마가 산열매나 약초를 많이 먹어서일까. 탄돌은 마른 솔보굿을 벗겨 불잉걸을 만들기도 하고 엄마가 동이에 물을 채우면 그것을 불끈 안아 오기도 했다.

"어린애가 저리도 오돌차다니……."

물 한 방울 흘리지 않고 또박또박 걷는 탄돌의 뒷모습을 보며 엄마는 대견해 했다.

탄돌이 열 살이 되면서부터는 아빠를 따라 산에도 갔다. 아빠는 탄돌에게 지게를 만들어 주었다. 곁가지가 돋은 장나무 두 개를 나란히 세워 놓고 탄돌의 키에 지게 춤을 맞춘 다음, 멜빵을 묶어 주었다. 탄돌은 지게를 지고 좋아서 헤벌쭉 웃었다.

"아빠만큼 나무를 많이 할래요."

"그래, 어디 해 보렴."

아빠도 입이 벙글어졌다.

나무들은 저마다 다른 옷을 입고 있었다. 비사리, 느릅나무, 소나무, 전나무……. 나무는 어릴 때부터 혼자 서서 자란다. 푸른 하늘을 향해 기지개를 켜며 가슴을 푸르게 살찌운다. 산이 나무마다 숨을 불어넣어 준다.

탄돌은 숨 쉬는 나무 곁에서 산의 냄새를 맡았다. 산 향기는 곧 나무 향기였다. 탄돌의 어깨에 우드득 힘이 솟았다. 골짜기를 누비고 우죽을 끌어모았다. 마른 가랑이도 쳐 주었다.

탄돌의 나무 뭇이 아빠의 나무 뭇보다 높이 쌓였다. 탄돌은 거뜬히 지게를 졌다. 탄돌은 아빠보다 앞서 산을 내려왔다. 아빠가 허허허 웃으며 뒤따라 내려왔다. 둘이서 해 오는 나무 뭇이 점점 쌓여 처마 춤에 닿았다. 엄마는 기뻤다. 그러나 한편 걱정스럽기도 했다.

탄돌이 어린애답지 않게 늘 기운이 철철 넘쳐흐르기 때문이었다.

잠시라도 가만히 있으면 몸이 심심해 탄돌은 밤 이슥하도록 엄마와 함께 약초를 다듬고 장작을 패기도 했다. 그래도 탄돌은 지칠 줄 몰랐다. 어느 날 엄마는 아빠에게 말했다.

"여보, 우리 탄돌이 아무래도 범상치 않아요. 너무 쉬 자라요."

"아무렴, 어떻소? 쉬 자라면 빨리 어른이 될 테고, 어른이 되면 또 당신 같이 예쁜 색시를 얻어 장가를 들 테고."

아빠는 신이 났다.

"그럼 우리 집엔 식구가 늘어 웃음꽃이 필 테고. 허, 좋구려 좋아요."

아빠는 금세 춤을 출 듯이 덩실거렸다.

"당신은 우리 탄돌이 빨리 어른이 되는 게 좋다구요?"

엄마가 어이없다는 듯 되물었다.

"당신과 내가 산에서 살았으니 우리 탄돌인 산의 정기를 타고난 게요. 저것 보구려. 저 많은 나무 못을 탄돌이와 함께 아니었으면 어떻게 해 왔겠소? 탄돌인 아기장수요. 허허허."

아빠는 엄마의 걱정은 아랑곳없다는 듯 엉뚱한 데로 이야기를 끌고 갔다. 그러나 엄마는 아빠의 말에 짝을 지어 받아들일 수 없었다. 쉬 자라는 나무는 쉬 늙는다. 나무의 열매도 때가 되어 익어야 제맛이 나는 법이다. 엄마는 탄돌의 몸과 마음이 함께 자라기를 원했다.

"하지만 여보, 죽순처럼 쑥쑥 자라는 것만 기뻐하다 대통처럼 속이 빈 어른이 되면 어떡허구요?"

그제야 아빠의 귀가 번쩍 뚫렸다.

"대통처럼 속이 빈 어른? 그건 안 될 말이지."

"그러니까 보통 아이로 키워야 해요. 나이에 맞게 몸과 마음이 함께 자라는 아이 말이에요. 우선 우리 탄돌이의 넘치는 기운을 다잡아야겠어요."

그리하여 엄마와 아빠는 탄돌의 넘치는 기운을 어떻게 할까를 놓고 자나 깨나 궁리했다. 그러던 어느 날이었다.

탄돌이 쪽 곧은 아름드리 소나무를 들쳐 메고 들어왔다. 아들이 제 몸보다 큰 통나무를 메고 들어오는 모습을 보자 엄마의 얼굴이 하얗게 변했다.

"아니 얘야, 어디서 이 큰 소나무를 메고 오는 거냐?"

"범티재 중턱에 쓰러져 있었어요."

"쓰러져 있다니, 이렇게 밑동이 파란데……. 그리고 아직 어린 나무 구나."

탄돌은 뜨끔했다. 엄마의 눈은 정확했다. 기운이 펄펄 나는 탄돌은 어린 소나무에 눈을 주고 그것을 쓰러뜨렸던 것이다.

"장차 장승목 감이야. 옛날부터 장승목을 다치게 하면 동티를 입는 다 했는데……."

엄마는 한숨을 쉬었다. 좋아할 줄 알았던 엄마가 뜻밖에 바자위니 탄돌은 은근히 겁이 났다.

그때 마침 아빠가 약초를 캐 가지고 돌아왔다. 아빠도 마당에 가로 누운 어린 장승목에 눈을 주었다. 탄돌은 아빠의 얼굴을 살폈다.

"탄돌아!"

아빠가 불렀다.

탄돌은 토방으로 올라갔다. 엄마도 토방 끝에 걸터앉았다.

"요즘 아빠와 엄만 너에 대해 생각을 하고 있었다. 너, 기운이 자꾸 만 돋지?"

탄돌은 깜짝 놀랐다. 사실이었다.

"네, 아무리 써도 남아돌아요. 잠시만 가만히 있어도 온몸이 불끈거 려요. 넘치는 힘을 어디다 쓸지 모르겠어요."

탄돌은 푸념하듯 말했다.

"알고 있다. 네가 어릴 때 아빠 아기장수가 태어났다고 좋아했지. 그러나 넌 나이에 맞지 않게 기운이 넘쳐흐르고 있다. 그 때문에 바로 오늘 같은 일이 벌어진 게다. 우린 너를 멀리 떠나보내기로 했다."

"네에?"

탄돌은 화들짝 놀랐다.

"우린 산속의 나무꾼이야. 나무꾼은 나무를 사랑해야 돼. 그래야 나무들 속에서 살 수 있단다. 네가 여기 머물면 이 산속의 나무들이 너를 두려워할 게다. 두려워할 뿐 아니라 미워할 게다. 그리고 무엇보다 너의 넘치는 기운을 헛되이 쓰도록 하고 싶지 않구나."

"어쩌면 말이다."

약초를 다듬던 엄마가 거들었다.

"너의 그 넘치는 기운 속에 다른 아이의 몫까지 들어 있는지 몰라. 그렇다면 그 아이들이 모여 사는 곳을 찾아가야 하지 않겠니?"

혹시라도 탄돌이 엄마 아빠와 헤어지기 싫어할까 봐 엄마는 탄돌을 떠보았다.

그러나 탄돌은 뜻밖에도,

"엄마, 저도 그런 생각을 했어요. 이 세상 어딘가에 내 또래가 나를 기다리고 있을지 모른다고요."

하고 말했다.

"그래, 너의 생각이 맞을 게다. 어서 네 또래를 찾아가 함께 놀고 너의 힘을 나누어 갖거라."

아빠는 탄돌의 어깨를 지그시 눌렀다.

"그러나 어려운 일이 생겼을 땐 나누어 가진 힘을 한데 모으는 것도 잊지 마렴."

엄마의 덧부탁이다.

이튿날, 탄돌은 할머니에게 먼저 인사를 드렸다. 할머니는 벌써 일어나 계셨다. 탄돌은 할머니가 혹시 못 떠나게 할까 봐 윗목에 엉거주춤 섰다.

"알고 있다. 붙잡지 않을 테니 이리 와 앉거라."

탄돌은 윗목 문지방 앞에서 무릎걸음으로 할머니에게 다가갔다.

"아범 어멈의 얘기 나도 다 들었다. 내 귀가 꼭 막힌 것 같아도, 들을 얘긴 다 듣지."

할머니는 주머니 입처럼 오물오물 말했다.

"내 귀한 손주 탄돌아, 이 할미 말을 잘 듣거라. 어디 가서 누구와 함께 지내든 범티재를 잊지 말아라. 그리고 이 지팡이를 가지고 가거라. 어쩌면 이 지팡이가 네 할아버지를 찾아 줄지도 몰라. 물은 보이는 데서 이어져 흐르지만, 피는 보이지 않는 데서도 이어져 흐르니라."

"할머니, 명심하겠습니다."

탄돌은 팽나무 지팡이를 받아 가지고 나왔다. 허리가 꼬부라진 할머니에겐 소중한 의지간이었는데 탄돌에겐 조그만 막대기에 지나지 않았다. 그러나 지팡이는 할머니의 마지막 선물이었다. 할머니의 손때가 가랑잎 빛깔로 절어 있고 할아버지의 손길이 닿은 마음의 선물이었던 것이다.

탄돌은 마침내 이슬을 털며 새벽길을 떠났다. 무수히 엉킨 나뭇가지들을 헤치며 탄돌은 앞으로 걸었다. 이슬이 담뿍 내린 숲은 비가 온 듯 축축했다. 멀리 범티재 너머로 해님이 불끈 솟았다. 해님은 솟자마자 다짜고짜로 불화살을 쏘아 댔다.

탄돌은 똑바로 서서 해님을 쏘아보았다. 해님은 그래도 아랑곳하지 않고 계속 불화살을 쏟아부었다.

눈알이 콕콕 쑤셨다. 이어 눈물이 핑그르르 돌았다.

"동무가 되려고 해야지 이기려고 하면 되니?"

분명 해님에게서 들려왔다. 탄돌은 노래를 불렀다.

해야 해야 나오너라.
김칫국에 밥 말아 먹고
장구 치고 나오너라.

해님이 벙글벙글 웃으며 바라보았다. 황금빛 살비듬이 온 누리에 퍼졌다. 나무의 살갗마다 노란 꽃뱀들이 꿈틀댔다. 꽃뱀들은 풀잎 위에 돋은 이슬을 핥고 다녔다. 탄돌의 이마에 땀이 송송 돋았다.

"내 이마에 보석이 박혔구나. 가만, 보석은 소중한 것이니 얼른 감춰야지."

손바닥으로 이마의 땀을 훔쳤다. 솔바람이 불어왔다. 해님과 바람이 앞서거니 뒤서거니 길동무가 되어 주었다. 아스라한 숲 너머에 푸른빛이 넘실댔다. 언뜻 고향의 하늘빛 같았다.

푸른빛 위로 뽀얀 물안개가 하롱거렸다. 바다였다. 탄돌은 걸음을 재촉했다. 끝없이 출렁이는 물결 위로 물새들이 춤을 추었다. 곰솔이 울창했다. 숲이 끝나는 돌밭에 낡은 뗏목 하나가 있었다. 탄돌은 돌밭에 앉았다.

해님의 화살은 바다에도 떨어졌다. 화살이 녹아 주홍빛 너울이 출렁였다. 바다 저 멀리, 삼줄 같은 금 하나가 가로로 그어져 있고 금 위에 엄마의 젖무덤처럼 봉긋한 것이 가물거렸다.

'섬일까? 아니면 바다 건너 마을일까? 어느 쪽이라도 좋아.'

탄돌은 설레었다. 주먹만 한 납작돌을 집어 몸을 비스듬히 눕힌 다음 힘껏 던졌다. 퐁당퐁당 물수제비를 뜨며 돌이 날아갔다. 물방울이 사방으로 튀었다.

가자, 저곳으로! 다시 기운이 솟았다. 다리에도 돌기둥 같은 힘이 맺혔다. 탄돌은 숲 속으로 되돌아갔다. 낡은 뗏목을 손질하기 위해 칡넝쿨을 걷고 나무 열매를 주워 담았다.

골짜기를 따라 내려가는 길에 벌집도 찾아냈다. 벌집은 쥐엄나무 가지에 야트막하게 달려 있었다. 탄돌은 쑥불을 태워 벌 떼를 어지럽힌 다음 감쪽같이 벌집을 들어냈다. 방마다 맑은 꿀이 가득했다. 그야말로 꿀을 단지째 얻은 셈이다. 마지막으로 산나리 두어 송이와 팔손이 나뭇잎 몇 개를 땄다.

탄돌은 배를 수선했다. 칡넝쿨 청올치로 통나무를 다시 엮었다. 뗏목 한가운데에다는 팽나무 지팡이를 세우고 지팡이 끝에 팔손이 나뭇잎 깃발을 달았다. 깃봉은 산나리 꽃송이로 대신했다.

칙칙하고 낡은 뗏목이 제법 쑬쑬해 보였다. 탄돌은 뗏목을 물가에 댔다. 뗏목이 미끄러지듯 바다로 밀려 나갔다. 청대콩처럼 푸른 파도가 어깨동무를 하고 이랑져 흐른다. 이랑 위에 이랑지는 물새들의 깃이랑…….

바다는 그들의 놀이터였다. 끼룩끼룩 물새들이 노래를 부르면 퐁퐁 비늘들이 솟음질을 했다.

짜글짜글 해님의 화살이 떨어진 자리마다 동동 금빛 보석이 떠다녔다. 비릿한 바람이 온몸에 감긴다. 범티재 숲에서는 맛보지 못한 바람이다.

뗏목은 점점 바다 한가운데로 흘러갔다. 탄돌은 바닷물을 한 움큼 집어 입에 댔다. 짭짤하다. 땀방울을 맛볼 때와 같은 맛이다. 탄돌은 생각했다.

'바다도 땀을 흘리나 보다. 그러기에 온통 물이 이렇게 짜지.'

탄돌의 생각은 이어졌다.

바다는 바닷속 물고기를 위해 애쓴다. 날마다 해님과 달님을 닦아 주느라 땀을 흘린다. 그리고 뭍에서 사는 사람을 위해 쉬지 않고 일을 한다. 그래서 바다가 흘리는 땀은 사람들이 흘리는 땀보다 몇 곱이나 더 짜다.

　바다는 또 지금 탄돌의 배가 아무 탈 없이 갈 수 있도록 파도를 달래 주고 있다. 만일 파도가 심했다면 탄돌은 수평선 저 너머 어머니 젖무덤처럼 봉긋한 곳을 찾아 나설 엄두도 못 냈을 것이다. 아무래도 탄돌이, 새가 되거나 구름이 될 수는 없을 테니까.

　탄돌은 새삼 잔잔한 바다가 고마웠다. 머지않아 다다를 그곳을 향해 탄돌의 몸과 마음이 모두 기울어졌다.

　어스름 달빛에 바다가 잠기는 동안에도 탄돌의 배는 쉬지 않고 나아가고 있었다.

...작은 그릇에 큰 마음

얼마나 멀리 떠나왔을까.

희끄무레한 새벽빛을 이고 우뚝 가로막는 것이 있었다. 벼랑바위 그리고 그 아래 모래톱…… 이윽고 뭍에 다다른 것이다.

해님이 벼랑바위 위쪽에서 얼굴을 내밀었다. 탄돌은 밤새 동쪽으로 나아간 셈이다.

뗏목을 모래톱 위로 끌어올려 벼랑 끝에 묶어 두었다. 모래톱을 거닐었다. 부드럽다.

벼랑바위와 모래톱이 만나는 곳에서 옹달샘이 솟았다.

탄돌은 손바닥을 오므려 물을 떠 마셨다. 구럭에서 꿀단지를 꺼내 요기를 했다. 모래톱에 앉아 모래집을 지었다. 오른손을 묻고 왼손으로 모래를 쌓았다.

"두껍아, 두껍아,

헌 집 줄게 새 집 다오."

토닥토닥 손등에 모래가 쌓이는데 작은 발소리가 들렸다. 탄돌이 고개를 돌릴 사이도 없이 아이 하나가 날아왔다. 탄돌은 깜짝 놀라 손을 뺐다. 아이는 파란 깃을 어깨에 달고 있었다.

"안녕? 우리 마을에 온 것을 환영해."

아이가 손을 내밀었다.

"안녕."

탄돌도 얼결에 손을 내밀었다. 아이의 손이 탄돌의 손 안에 답싹 들어갔다. 탄돌이 얼른 손을 놓으려 하자, 아이가 다른 손으로 탄돌의 손등을 꼬옥 눌렀다.

"괜찮아, 내 손 참 작지?"

아이는 탄돌의 어깨 한참 아래에서 탄돌을 올려다보며 말했다.

"하지만 이 작은 그릇에 큰 마음이 들어갈 수도 있단다."

아이의 말하는 투가 어른스러웠다.

"내 이름은 뿔고동이야. 내 목에 건 이 나팔로 이름을 대신하고 있지. 넌?"

"난 탄돌이라고 해."

탄돌도 하는 수 없이 이름을 댔다. 아이는 잔잔히 웃었다. 탄돌은 속으로 생각했다.

'이 아인 누굴까? 누군데 처음 보는 나를 반기는 걸까?'

"네 뗏목을 보았어. 깃대 위에 산나리가 꽂혀 있더구나. 너 꽃을 좋아하니?"

"응."

"나도 좋아해. 꽃은 우리가 바라보면 언제나 신호를 보내지. 네 산나리 깃봉에서도 신호가 오더구나. 네가 우리 마을에 온다……."

"그래?"

탄돌은 어리둥절했다.

"우리 저기 언덕에 올라가 얘기하자."

뿔고동이라는 아이가 앞장섰다. 어깨에 달린 깃이 바람에 나부꼈다. 탄돌이도 뒤따라갔다. 모래톱을 나와 벼랑바위 뒤쪽으로 돌아가니 언덕과 들이 나타났다. 멀리 마을도 보였다.

그러니까 벼랑바위는 이 마을의 병풍이었다.

둘은 언덕 위 풀밭에 앉았다. 뿔고동이 눈치를 챘는지 어깨를 풀낏 올리며 말했다.

"난 말야, 선키는 작지만 앉은키는 꽤 크단다."

"으음, 덕분에 너와 내가 마주 볼 수 있어서 좋구나."

탄돌이 비위를 맞추었다.

"그렇지만 나란히 앉는 게 좋겠어. 마주 보면 서로밖에 볼 수 없지만 어깨를 나란히 하면 더 멀리 더 많이 볼 수 있거든."

탄돌은 무르춤했다.

"여긴 참 아름다운 곳이구나. 처음 와 보는데도 어쩐지 낯이 익어."

탄돌은 말머리를 돌렸다.

"네가 마음속에 그리던 곳이기 때문일 거야."

"그럴지도 몰라. 난 깊은 산골에서 자랐으니까. 앞도 산, 뒤도 산, 산 너머 산, 산, 산뿐이었지. 이렇게 너른 들을 보긴 처음이야."

"여기 오면서 바다를 보았지?"

"응."

"저 들을 바라보렴. 넓지?"

"그래. 바다처럼."

탄돌과 뿔고동의 말 죽이 벌써 맞아 가고 있었다.

"맞았다. 바다엔 물결이 출렁이고 들엔 곡식들이 출렁인다. 그리고 우리 마을의 곡식은 바다 물결처럼 사방으로 퍼진단다. 온 나라로."

"정말?"

"음."

"모자라지 않니?"

"천만에, 우리 마을의 들은 무어든 심으면 넘치도록 맺는단다."

탄돌은 갑자기 배가 고파 왔다.

"나 지금 배고파."

덩치만 컸지 역시 어린애였다.

"가자."

뿔고동이 먼저 일어났다.

"어딜?"

"우리 집. 밥 먹어야지."

"나도 가?"

탄돌은 배가 고프면서도 머뭇거렸다.

"이제 넌 내 또래야."

탄돌은 대꾸도 못 하고 뿔고동을 뒤따라 언덕을 내려갔다.

물이 찰랑한 무논에 벼들이 싱싱하게 자라고 있었다. 거름발이 깊이

밴 밭머리엔 수수깡이 흰칠하고 감자, 고구마 넝쿨이 치렁했다. 뿔고동이 베들벌이라고 일러 주었다.

들을 가로질러 물이 흘렀다. 갈래가 진 샛강이었다. 바다 쪽으로 향한 물줄기를 거슬러 올라가는 왼쪽에 마을이 나타났다. 마을 어귀에 꽤 너른 공터가 있고 해묵은 감나무 한 그루가 서 있었다.

공터 한 켠에 우물이 있었다. 바닷가 옹달샘보다는 컸다. 그러나 역시 춤이 낮아 탄돌이 허리만 구부리면 물이 입에 닿을 것 같았다.

뿔고동이 재빨리 두레박으로 물을 길어 올렸다.

"마시렴. 목 타지? 넌 키가 크니 물을 좋아할 거야."

꿀꺽꿀꺽 탄돌의 목구멍으로 물 넘어가는 소리가 뿔고동의 귀에까지 들렸다.

"엇, 시원해. 물맛이 그만이다."

탄돌은 주먹으로 입을 쓰윽 닦았다.

뿔고동의 집은 마을 한복판에 있었다. 토담이 뿔고동의 어깨만큼 낮게 둘러쳐진 곳에 소쿠리 모양으로 나부죽한 풀 이엉 집이 들어앉아 있었다.

"아버지께 먼저 인사를 드리자."

뿔고동은 탄돌처럼 아빠라고 말하지 않고 아버지라고 말했다.

마침 방에서 뿔고동 아버지가 나오다 우뚝 섰다. 키는 작지만 다부진 몸집이었다.

"아버지, 새 또래가 생겼어요. 자, 인사드리렴."

"탄돌이라고 합니다. 범티재에서 왔습니다."

"오, 어서 오너라. 우리 뿔고동에게 좋은 또래가 생겼구나. 덩치도 거쿨지고, 허허."

뿔고동 아버지도 뿔고동처럼 친절했다. 아니 거꾸로인지도 모른다. 아들은 아버지의 거울이니까. 뿔고동 아버지는 탄돌을 한참 동안 바라보고 나서 뿔고동에게 말했다.

"오늘은 뿔고동, 너와 함께 두승산을 돌아보려 했는데 새 또래를 만났으니 다음에 가기로 하자."

"네."

뿔고동이 공손히 대답했다. 탄돌과 뿔고동은 방으로 들어갔다.

뿔고동의 어머니가 아침상을 들여왔다. 어머니는 아들이 친구와 오붓이 먹을 수 있도록 둘만의 겸상을 차렸다.

찬은 많지 않지만 하얀 이밥이 입안에서 저절로 녹아들었다. 고향 범티재에서는 일 년에 두어 번 먹어 보는 쌀밥이었다.

탄돌은 밥 시울 위로 수북이 올라온 밥을 마파람에 게 눈 감추듯 먹어 치웠다. 뿔고동의 밥은 꽁보리밥이었다.

탄돌의 배가 불뚝 일어났다. 뿔고동도 맛있게 먹어 치웠다.

"고마워. 정말 잘 먹었다."

탄돌은 뿔고동 어머니에게 해야 할 인사를 대신 뿔고동에게 했다.

"참, 산엔 뭣 하러 가니?"

탄돌이 조금 전 뿔고동 아버지가 한 말을 꺼냈다.

"길을 익히러. 산에 올라가면 베들벌 길이 한눈에 다 들어오거든."

"길을 익혀 뭣 하게?"

"우리 마을을 지키려고."

탄돌은 뿔고동의 말에 흠칫 놀랐다.

"그게 무슨 말이니? 누가 쳐들어오기라도 한단 말이냐?"

뿔고동은 대답 대신 수수께끼를 냈다.

"알아맞혀 봐. 무엇이 새가 하늘을 날게 하는 걸까?"

어려운 문제였다. 탄돌은 곰곰 생각했다.

"날개?"

"아니."

"바람?"

"아니."

"잘 모르겠는데……."

탄돌이 머리를 긁으며 말했다.

"말해 줄게, 잘 들어 봐. 꿈이야. 새는 하늘을 닮고픈 꿈을 갖고 있는 거야. 하늘 마음을 얻으려고 하늘 가까이서 늘 맴도는 거지."

"하늘 마음이 뭔데?"

뿔고동의 말은 점점 알아듣기 어려웠다.

"평화 그리고 행복."

탄돌은 깜짝 놀랐다. 뿔고동은 보통 아이가 아니었다. 탄돌이 몸집이 보통이 아니라면, 뿔고동은 생각이 보통이 아니었다. 잠깐 동안인

데도 뿔고동의 말은 탄돌을 움찔움찔 놀라게 했다.

"그럼 너의 어깨에 단 깃도 그냥 달고 다니는 게 아니구나."

"응, 녹두새의 깃털이야. 난 그 새를 닮고 싶어서 그 새의 깃을 달고 다닌단다. 어때 괜찮지?"

"응. 그런데 녹두새란 어떤 새니?"

뿔고동의 말이 끝날 때마다 궁금한 것들이 생겼다.

"녹두새는 말야, 고 작은 몸뚱이에 우리가 사랑하는 빛깔을 몽땅 갖고 있지. 보렴, 이 깃 속에 바다와 들과 하늘빛이 모두 물들어 있어."

탄돌은 뿔고동의 어깨를 가만히 내려다보았다. 과연 그러했다. 짙푸른 바다 빛과 초록 들 빛이 어우러진 사이로 연하늘 빛이 은은히 배어 나오고 있었다.

"푸른 하늘과 고요한 바다는 이 세상에서 가장 평화로운 곳이야. 곡식들이 넘치는 들녘도 이 세상에서 가장 행복한 곳이야. 하늘과 바다와 들녘이 우리 모두의 것이듯 평화와 행복도 우리 모두의 것이어야 돼. 이것이 바로 하늘 마음이란다."

"네가 말한 큰 마음도 곧 하늘 마음이니?"

뿔고동이 고개를 끄덕였다.

"그런데, 놀라지 마."

뿔고동의 눈동자가 갑자기 커졌다.

"우리 마을에 하늘 마음을 훔쳐 가려는 무리들이 오고 있다. 우리의 평화가 앓고 있어."

"뭐라고?"

탄돌의 몸이 바짝 굳었다.

"그들이 오지 못하도록 길을 막아야 돼. 그뿐 아냐. 맞서 싸울 힘도 갖고 있어야 해."

"어떻게 하지?"

"그래서 말야, 앉아서는 책을 읽고 서서는 길을 지키는 거야. 지키기 위해 훈련도 하지."

"너 혼자?"

"또래들이 있지. 하늘 마음을 닮으려고 모인 또래들이야."

"하지만 뿔고동."

탄돌은 처음으로 뿔고동의 이름을 불렀다.

"아무리 나쁜 평화라도 싸우는 것보다 낫지 않겠니?"

"싸우려는 게 아니야. 지키려 할 뿐이야."

뿔고동은 단호했다. 탄돌이 처음 만났을 때의 뿔고동이 아니었다.

"그럼 나도 돕겠어."

"고마워."

뿔고동의 눈시울이 조금 젖었다.

"또래들을 만나고 싶구나."

"곧 만나게 돼. 훌륭한 새 또래가 생겼다고 모두 좋아할 거야."

탄돌도 뿔고동의 작은 어깨에 손을 얹으며 고마워했다.

...뿔고동의 또래들

뿔고동이 목에 건 나팔을 입에 댔다.

뿌우 뿌우 뿌…….

나팔 소리가 사립을 빠져나갔다. 탄돌도 뒤따라 나갔다. 감나무 아래에서 나팔 소리가 멎었다. 또래들이 하나둘 모여들었다. 모두 고만고만했다. 그들도 뿔고동처럼 한쪽 어깨에 파란 깃을 달고 다른 쪽 어깨엔 작은 화살통을 메고 있었다.

"대장, 오늘은 훈련 날이 아닌데 웬일이지?"

맨 먼저 온 또래가 뿔고동에게 물었다.

"인사해. 새 또래야."

"엉? 새 또래?"

"응, 덩치가 크지만 역시 우리 또래야."

또래가 곧 반가운 눈빛이 되었다.

"탄돌, 너도 인사해. 네가 보고 싶어 하던 내 또래들이야."

"만나서 반갑다. 내 이름은 개동이야."

"나도 반갑다. 난 탄돌이라고 해."

"네 이름은 벌써 알았다. 대장이 말해 주었거든."

"하하하."

개동이의 익살에 모두 한바탕 웃었다.

"가자!"

뿔고동이 앞장서고 또래들이 뒤따랐다. 탄돌은 뿔고동 옆에 나란히 서서 갔다.

"어디로 가니?"

탄돌이 사방을 둘러보며 물었다.

"우리들의 훈련 터."

뿔고동의 대답은 간단했다. 그런데 한 가지 궁금한 게 생겼다. 탄돌은 뿔고동의 깃에 손가락을 살짝 댔다.

"뿔고동, 왜 너보고 대장이라 부르지?"

"별명이야."

"별명?"

"응, 재미있는 놀이를 하다가 얻었지."

뿔고동은 대수롭지 않은 듯 대꾸했다. 탄돌은 점점 더 궁금해졌다.

"말해 줘. 네가 어떻게 대장이 됐는지 알고 싶다."

뿔고동이 걸음을 늦추었다.

"감나무 아래 공터에서 쉬는 짬에 구슬치기를 했다. 아버지가 구슬을 똑같이 나누어 주셨지. 우린 땅바닥에 구멍을 내고 따먹기 시합을 했다. 서로 많이 따려고 열심히 했지. 개중에는 싸우는 또래도 있었다. 한창 열을 올리는데 '그만!' 하고 아버지의 장죽이 하늘로 쳐들렸다. '모두 손안에 든 구슬을 펴 보아라.' 많이 딴 또래의 손엔 많이, 적게 딴 또래의 손엔 적게 들어 있었다. 아……. 그런데 말야. 부끄럽게도 나는 빈손이었어."

뿔고동은 그때를 생각하면서 얼굴이 조금 붉어졌다.

"어쩔 줄 몰라 하는 나에게 아버지가 말씀하셨지. '이번 놀이에서 뿔고동이 단연 꼴찌다. 그러니 뿔고동, 오늘부터 너를 또래들의 심부름꾼으로 삼겠다. 알겠냐?' 그런데 그다음에 어떻게 된 줄 아니?"

"모르지, 어떻게 알겠니?"

"또래들이 갑자기 박수를 치는 거야. 그러고는, '뿔고동, 넌 심부름꾼이 아니라 대장이 된 거야.' 하지 않겠어. 난 도무지 뭐가 뭔지 몰라 어리둥절했지. '또래들이 널 꼴찌에서 첫째로 추어주는구나, 뿔고동. 이제부터 비었던 손 대신 마음을 채우도록 해라. 또래들이 널 도울 게다.' 난 그때 아버지의 말씀을 지금도 잊지 않고 있다. 그러고 나서 나와 내 또래들은 한동아리가 되었지."

"그러고 보니 대장은 심부름꾼의 별명이었구나."

"맞아. 네 말이 꼭 맞아."

뿔고동도 맞장구를 쳤다. 그들은 줄을 지어 고샅을 빠져나갔다.

봇도랑에서 물이 흘러 땅을 적시고 곡식의 뿌리를 적셔 주었다. 쫄쫄…… 흐르는 물소리를 귀에 담고 단감내 풍기는 공기를 살갗에 묻히며 또래들은 씩씩하게 앞으로 나갔다. 사방에 푸른 이랑이 늠실거리는 가면 들판……. 그 들판 사이로 난 황톳길을 한참 거슬러 이윽고 대숲에 닿았다. 갓 나온 해님이 댓가지 사이로 황금빛 화살을 쏘아 내렸다.

범티재의 바로 그 해님이다. 또래들의 이마에도, 어깨에 멘 대통에도 햇살이 박혔다. 또래들은 펄펄 기운이 났다. 아기장수 탄돌은 말할 것도 없다. 눈앞의 나무들을 보니 범티재 고향 생각이 났다.

그러나 또래들이 눈치를 챌까 봐 이내 지워 버렸다.

쏴쏴……. 참대 숲에서 바람이 에돈다. 댓잎들이 새푸르다. 댓잎 하나하나에 하늘빛이 물들어 있었다. 또래들이 댓잎을 하나씩 물었다. 파란 하늘 조각을 문 것 같다.

"너도 물어 보아."

뿔고동이 그중 넓은 댓잎 하나를 뜯어 주었다. 잎새 하나 속에 대숲의 숨결이 고여 있었다.

"모두 숨을 크게 들이쉬자."

뿔고동의 말이 끝나기 무섭게 또래들이 가슴을 활짝 열고 큰 숨을 들이쉬었다. 수우우……, 마치 댓바람 소리가 입에서 나는 것 같다. 활 터는 대숲 한가운데 오목하게 자리하고 있었다.

또래들은 과녁의 수에 맞게 줄을 다시 만들었다.

"모두 준비!"

뿔고동이 외쳤다. 또래들은 과녁에 먼저 마음과 눈을 쏘아 보냈다. 그런 다음 발을 어깨 너비만큼 벌이고 꼿꼿이 서서 오른발을 반걸음 뒤로 한 다음 활을 쏘았다.

피융…… 피융…… 피융…….

화살이 시위를 잇달아 떠났다. 살걸음이 어찌나 빠른지 탄돌은 과녁을 보고서야 겨우 화살이 멈춘 것을 알았다. 모두 잘 쏘았다. 특히 뿔고동의 활 솜씨는 가장 돋보였다. 활터의 바탕이 탄돌의 걸음새로 오십 걸음도 더 될 듯싶은데 백발백중이다.

과녁에 화살이 촘촘히 박혀 더 이상 자리가 없을 때 활쏘기는 끝났다. 또래들은 과녁에 박힌 화살을 뽑아 대통에 도로 넣었다. 그리고 흙바닥에 둘러앉았다.

뿔고동이 나팔을 길게 한 번 불자 또래들이 노래를 불렀다.

하늘 아래 땅이 있고,
땅 위에 우리 있네.
우리 마음 하늘 마음,
가슴에다 씨를 끊네.
하늘 마음 씨를 끊네.
평화 평화 평화의 씨.

"무슨 노래니?"
탄돌이 물었다.
"'하늘 마음' 노래야. 아버지가 지어 주셨지. 너도 곧 부르게 돼."
그때 마침, 뿔고동 아버지가 활터로 올라왔다. 또래들이 모두 일어나 인사를 했다.
"연습 많이 했냐?"

"네에."

대답이 한목소리로 우렁찼다.

"탄돌은?"

뿔고동 아버지가 탄돌을 돌아보았다.

"구경만 했습니다. 저도 곧 배우고 싶습니다."

"물론 배워야지. 너의 넘치는 힘을 잘 쪼개 쓰면 훌륭한 또래가 될 것이다. 자, 탄돌, 나와 씨름 한번 해 볼까?"

뿔고동 아버지는 다짜고짜 탄돌을 일으켜 허리춤을 붙잡았다. 탄돌도 하는 수 없이 뿔고동 아버지의 허리춤을 잡았다. 뿔고동의 아버지와 씨름을 하게 된 탄돌의 마음이 조금은 떨렸다.

심판은 뿔고동과 또래들이다. 둘은 서로 다리를 걸고 허리를 돌려 잡았다. 안에서 밖으로, 혹은 밖에서 안으로 다리 힘을 내몰았다. 번쩍 들어 볼 계산도 해 본다. 그러나 어느 쪽으로도 쉽게 승부가 나지 않았다. 나이는 어리지만 탄돌은 그만큼 뿔고동 아버지의 맞적수가 되었던 것이다. 탄돌과 뿔고동 아버지의 이마에 땀이 비 오듯 했다. 한 판, 두 판, 세 판, 네 판이 지나도록 승부의 판가름이 나지 않았다. 마지막으로 한 판이 남았다. 뿔고동 아버지가 탄돌을 바라보며 미소를 지었다.

다시 허리를 잡고 붙었다. 이번엔 탄돌도 단단히 벼르는 눈치다. 먼저 뿔고동 아버지가 안다리 걸기로 시작하려 할 때 탄돌이 잽싸게 반대 방향으로 몸을 틀어 뿔고동 아버지를 눕혔다.

"와, 만세, 탄돌 만세!"

뿔고동이 팔짝팔짝 뛰며 박수를 쳤다. 또래들도 따라 쳤다.

탄돌은 미안했다. 모래를 털고 일어나 뿔고동 아버지를 부축했다.

"미안합니다, 뿔고동 아버지."

"괜찮다. 잘했어. 넌 좋은 재목감이다."

뿔고동 아버지가 땀을 닦으며 탄돌의 어깨를 두드려 주었다.

"자, 모두 앉거라."

씨름 구경을 하느라 일어섰던 또래들이 다시 둘러앉았다.

"오늘은 너희의 새 또래가 생겼으니 그를 위해 얘길 해 주마. 늘 들었던 얘기라도 귀를 막아선 안 된다. 들을 얘기는 열 번이고 스무 번이고 들어야 하니까."

뿔고동 아버지는 또래들을 둘러보고 이야기를 계속했다.

"하늘 마음은 하나다. 우리는 하늘 마음을 갖고 있다. 하늘 마음 안에 우리는 하나다. 몸도 하나고 생각도 하나다. 우리는 하늘처럼 귀하고 귀한 사람이다. 사람 보기를 하늘 보듯 해야 한다. 내 손이 아프면 남의 손 아픈 줄 알고, 내 마음 상할 때 남의 마음 상함도 알아야 하느니라. 우리는 서로 사랑해야 한다. 우리의 평화를 넘보는 무리 앞에 용감해야 한다. 그러기 위해 너희는 열심히 몸과 마음을 닦아야 한다. 좋은 것 옆에는 항상 나쁜 것도 있게 마련이다."

뿔고동 아버지의 이야기는 깊지만 목소리는 잔잔했다.

또래들이 귀를 열고 눈동자를 또록또록 굴렸다.

"쌀 한 톨, 보리 한 톨, 좁쌀 한 톨 속에도 하늘 마음이 들어 있다. 이

너른 베들벌에 영그는 곡식들을 동서남북의 하늘 마음 가진 이들과 나누어 먹어야 돼."

또래들이 아스라한 벌판을 내려다보았다. 흰칠해진 벼 모습들이 가없다. 마치 들을 지키는 병사들 같다. 그러나 그들은 어디까지나 부드러운 흙의 속살에 묻혀 농부들의 알찬 꿈을 키우는 곡식들인 것이다.

"저 기름진 들판을 넘보는 자가 있다."

탄돌은 퍼뜩 뿔고동이 들려준 얘기가 떠올랐다.

"적이 있다는 말씀입니까?"

"오냐, 뿔고동에게 들었나 보구나."

"네."

"적은 밖에도 있고 안에도 있다. 보다 더 무서운 적은 밖에 있는 적보다 안에 있는 적이야. 밖에서 오는 적은 우리의 힘을 한데 뭉치면 먹을 수 있지만 안에 있는 적은 그렇지 못해."

"그렇지만 먼저 밖에서 오는 적을 물리쳐야 되지 않을까요?"

뿔고동이 아버지에게 여쭈었다.

"아암 그래야지. 그런데 지금은 밖에서 오는 적이 한둘이 아니구나. 북쪽의 대륙 바람, 남쪽의 섬 바람, 물 건너 바닷바람……. 사방에서 거친 바람이 불어오고 있다."

"어떻게 해야지요, 훈장님?"

또래들이 걱정스러운 표정이 되었다.

"적을 물리치려면 먼저 적을 알아야 된다. 먼저 적이 언제 어떻게 들어오는지 눈여겨보아야 돼. 그들은 쥐도 새도 모르게 숨어 들어올 것이다. 우리는 적을 무서워해서도 안 되지만 얕잡아 보아선 더욱 안 된다. 때로는 적이 우리의 어두운 곳에 불을 댕기는 수도 있으니까."

탄돌은 비로소 뿔고동 아버지가 훈장님이라는 것을 알았다. 또래들이 하나같이 의젓하게 보이는 것도 바로 훈장님이 있기 때문이라는 것도 깨달았다.

"탄돌, 너도 내일부터 초막에 나오너라. 책은 내가 마련해 주마."

"네."

가장 덩치가 큰 탄돌이 가장 어린 학생이 되었다.

뿔고동의 아버지가 일어났다. 대숲 웃녘에 해님이 우뚝 서 있다.

"해가 좋다. 모두 내려가 일을 하자."

또래들은 산을 내려왔다. 내려오면서 '하늘 마음' 노래를 발맞춰 불렀다. 탄돌도 따라 불렀다. 오던 길을 되돌아 고샅에 이르렀을 때 또래들은 뿔뿔이 흩어졌다.

"넌 우리 집으로 가."

뿔고동이 탄돌의 팔을 끌었다.

"그러고 번갈아 우리들 집에도 오는 거다. 자, 약속."

탄돌과 또래들이 손가락 약속을 했다.

작은 그릇에 큰 마음을 지닌 또래들……. 그들과 한또래가 되기 위해서 탄돌은 몇 곱 더 힘써야겠다고 다짐했다.

나귀타고온바람

...셀수록 주는 셈

이튿날, 탄돌은 또래들과 함께 초막으로 갔다.

뿔고동 아버지가 벌써 와 계셨다.

"여기서는 우리 아버지를 훈장님이라 부르렴."

뿔고동이 일러 주었다. 또래들이 선반에서 책을 꺼냈다. 범티재 고향 집, 반닫이 속에 있던 외할아버지의 책처럼 생겼다. 탄돌은 그 책을 읽고 싶었지만 읽을 수 없었다.

"《동몽선습》이라는 책이다. 열심히 배우면 곧 따라올 게다."

"네, 훈장님."

탄돌은 무릎을 꿇고 훈장님이 주신 책을 폈다. 또래들도 각자 책을 폈다. 훈장이 먼저 큰 소리로 읽으면 또래들이 따라 읽었다. 작고 여린 목소리들도 합치니까 크고 낭랑했다. 풀 죽은 듯하던 초막에 생기가 돌았다.

또래들의 이마에서 청대콩 같은 푸른빛이 돌았다. 길게 땋아 내린 머리에서도 윤이 흘렀다. 싱그런 나무들이었다. 나무가 자라면서 제 안에 나이테를 새기고 나이테의 중심을 지키듯, 또래들 또한 제 나이테를 새기고 제 나이테의 중심을 지키려는 빛이 뚜렷하다. 훈장은 따라 읽는 또래들을 훔쳐보며 생각을 모았다.

'머지않아 나무들이 크면 베들벌의 기둥이 될 게다. 세상이 어수선한 때, 아무도 넘보지 않는 이 성성한 나무들을 힘써 키우리라.'

훈장의 지극한 마음을 베들벌 어머니 아버지 들은 누구보다 잘 알고 있었다. 그래서 부지깽이까지 거든다는 바쁜 철에도 또래들을 초막으로 보냈다. 낟알 한 톨 받지 않고 아이들을 가르치는 훈장이 고맙기 그지없다.

또래들은 보릿고개에 눈이 하가마가 되어도 잘 참아 냈다. 제 손으로 짚신을 삼아 신어도 투정을 부리지 않았다. 모두 훈장의 가르침 덕분이었다.

"애들을 자식처럼 아끼니 이런 고마울 데가 어디 있어요."

"정말 든든해요. 훈장 어른이 베들벌에 있어 아이들의 몸이 무쇠처럼 단단해지고 마음은 떡가루처럼 곱게 닦이는 것 같아요."

"그럼요, 그럼요. 그러기에 하늘 마음 가진 사람은 하늘이 스스로 돕는다지요."

새벽이슬이 몸을 적시고 해동갑이 지나도록 어머니 아버지 들은 발씨 익은 솜씨로 베들벌을 쏘다녔다. 너른 들녘에 하늘 씨앗을 꼭꼭 박아 푸른 물결이 금물결이 되면, 그 안에 하늘 마음 가진 사람들을 초대했다.

때로는 들의 주인이 되고 때로는 일꾼이 되어 베들벌을 사랑했다. 시도 때도 없이 사랑했다. 겨울엔 땅 힘 돋우려 새 흙 갈아 주고 봄에는 하늘 씨앗 묻으려 퇴비 거름 듬뿍 주었다. 여름 되면 목 탈까 봐 갈

마들며 물꼬를 열어 주었다. 그러면 들은, 그들의 이 다함 없는 사랑을 차곡차곡 쌓았다가 가을볕발 아래 와르르 쏟아 냈다. 몇 곱 아니 몇 십 곱을 더해서 갚아 주었다. 들의 마음도 하늘 마음이었기 때문이다. 들은 늘 넉넉했다. 언제나 심은 만큼 거둘 수 있는 곳이 들이다. 콩 심은 데 콩 나고 팥 심은 데 팥 나게 하는 곳이 들이다.

그래서 베들벌 어머니 아버지 들은 더욱 베들벌을 사랑했다. 된장에 풋고추 박혀 있듯 베들벌에 몸과 마음이 박혀 떠날 줄 몰랐다.

들의 마음이 그들의 마음이고 그들의 마음이 들의 마음이었다.

그러나 때로 맑은 하늘에도 한 점 구름이 생기고 구름은 점점 커지기 마련이다. 하늘 마음에도 한 점 티가 돋았다. 티는 덧들인 종기처럼 점점 커져 베들벌 어머니 아버지 들의 평화로운 마음을 아프게 했다.

하늘 마음의 시샘꾼이 몰려오기 시작했다. 바로 나라님의 신하들이었다. 그들은 그들의 본디 이름 대신 나라님이 붙여 준 새 이름표를 달고 왔다.

사또, 현감, 이방, 책방……

그들은 오자마자 베들벌로 나갔다.

베들벌의 푸른 바람이 그들을 반겼다. 베들벌의 넘치는 곡식들이 그들을 맞았다. 그들은 입맛을 다셨다. 보기만 해도 배가 부르다. 아니다. 보기만 해서는 배가 부르지 않다.

어떻게 하면 저 기름진 낟알을 실컷 먹을 수 있을까? 그들은 해야 할 일을 제쳐 놓고 궁리부터 했다. 일하지 않고 먹으려는 생각이 워낙 떳떳치 못한 줄을 알고 있기에 저희끼리만 쑥덕쑥덕했다. 마침내 좋은 꾀를 생각해 냈다. 사또가 동헌 앞에 베들벌 어머니 아버지 들을 모이게 했다.

"잘 들으시오. 하늘 아래 나라님이 있고 나라님 아래 신하가 있고 신하 밑에 백성들이 있는 게요. 먼저 나라님이 배불리 잡숫고 그다음 신하가 배불리 먹은 다음에 백성들의 차례가 온다는 걸 명심하시오. 그것이 나라의 법도요."

사또가 말을 마친 뒤 베들벌 어머니 아버지 들을 둘러보았다. 모두가 일터에서 달려온 듯 베저고리에 땀이 절었다.

"내 얼굴을 보시오."

사또의 카랑한 목소리에 베들벌 어머니 아버지 들이 동헌 마루를 올려다보았다.

"이렇게 양쪽으로 가지런한 수염을 무슨 수염이라 하는 줄 아시오?"

시옷 자 수염을 보란 듯이 쓸며 물었다.

"양반 수염이라 합지요, 나으리."

개동 아버지였다.

"맞았소. 과연 똑똑한 백성이오. 이방, 저 사람에게 태극부채를 선사하도록 하라."

"네이."

이방의 답 꼬리가 엿가락 같다. 개동 아버지가 허리를 굽히며 부채를 받았다. 베들벌의 어머니 아버지 들은 사또의 하얀 도포 속에 감추어진 꿍꿍이를 미처 깨닫지 못했다. 양반 수염 사이에서 나오는 말을 들리는 그대로 믿었다.

어머니 아버지 들은 나라님에게 애써 지은 곡식을 바쳤다. 무어든 가장 영글고 때깔 좋은 맏물 곡식을 정성스레 싸서 고이 보냈다. 하늘 같은 나라님을 감히 마주 보지도 못하고 먼발치에서 우러르며 평안을 빌었다.

나라님도 백성의 뜻을 받들었다.

"어진 백성이 있어 어진 임금이 있는 법이오. 백성들의 이 지극한 정성을 터럭만큼도 헛되이 말도록 하시오."

나라님이 신하들에게 일렀다. 어진 백성들이 보낸 곡식을 백성들처럼 아껴 두메산골 그늘진 곳, 바닷가 벼랑 끝에 사는 백성들까지 배불리 먹도록 손을 써 달라고 부탁했다.

신하들은 나라님 앞에서 허리를 굽혔다.

"분부대로 하겠나이다."

"성은이 망극하옵니다."

그러나 돌아선 그들의 눈빛은 이글이글한 숯불 같았다. 숯불 같은 눈빛으로 거둬들인 곡식을 익혔다.

"우선 우리부터 배불리 먹세. 내 배가 불러야 백성들의 배도 불리지. 내 배 졸이고 백성들의 배를 돌볼 수 있나. 수염이 석자라도 먹어야 양반이지. 에헴, 에헴……."

그들은 나라님의 뜻을 저버리고 자기들의 배를 먼저 채웠다. 그뿐 아니다. 배가 부른 다음에도 백성들을 돌보지 않았다. 그들은 배불리 먹고 남은 곡식을 곳간에다 차곡차곡 쌓아 두었다.

들이 환히 보이는 이곳저곳에 곳간이 생겼다. 추수를 하고 만물 곡식을 몽땅 바쳤는데도 신하들은 백성들의 곳간을 넘보았다.

어느덧 나라님 대신 그들이 곳간 열쇠의 주인이 되었다.

"이제야 비로소 보기만 해도 배가 부르구나."

베들벌의 사또 입가에도 웃음이 흘렀다.

"더도 말고 덜도 말고 하늘 마음 지킬 만큼만 남겨 주십시오."

베들벌 어머니 아버지 들이 애원했다.

"여기는 사방이 기름진 땅이오. 이 모두 나라님의 은덕인 줄 아시오. 그리고 저 깊은 산골, 외딴섬에 아직도 배고픈 나라님의 백성들이 많다는 것을 아시오. 그러니 그들에게 보낼 쌀과 보리를 더 내야 하지 않겠소?"

사또는 그럴싸한 말로 베들벌 어머니 아버지 들을 얼렀다.

"하는 수 있나요. 우리가 좀 덜 먹으면 될 테니 우리보다 배고픈 그들을 도와야지요."

"콩 한 쪽도 반 쪽씩 나누어 먹읍시다."

그들은 서로서로 모자라는 힘을 모았다. 그들보다 어려운 백성들을 돕는 데 아무도 미적거리지 않았다. 하지만 땅에서 솟는 샘물도 때 없이 퍼내면 마르기 마련이다.

가을걷이가 끝나면 한 해 먹을거리가 얼추 채워지던 곳간이 점점 쓸

쓸한 자리로 남았다. 오목조목 낟알에 맺힌 한 해의 땀방울을 씻어 주던 풍년 잔치도 점점 시들해졌다.

그런데 동헌의 사또는 날마다 아전들과 함께 베들벌의 낟알을 세고 있었다. 사또의 셈은 셀수록 줄었다. 시루에 물 붓기였다. 도깨비장난도 아닌데 알 수 없는 일이었다.

그러나 사또만은 알고 있었다. 바로 사또의 장난이었기 때문이다. 그러나 장난은 곧 들통이 난다. 사또는 들통이 날까 봐 또 다른 꾀를 썼다. 아전들이 사또와 함께 머리를 굴렸다.

이제껏 듣지 못한 세금의 이름이 태어났다. 물세, 논세, 묵은밭세…….

아전의 입에서 새로운 세금의 이름이 나올 때마다 사또의 입이 벙글벙글 벌어졌다. 이름 따라 곡식들이 깔축없이 거두어졌다.

"이를 어쩌면 좋아요. 나라님도 무심하시지. 백성은 어떻게 살라는 건지…….”

베들벌 어머니 아버지 입에서 가만가만 한숨이 새나기 시작했다.

"백성이 있어 나라님이 있고 나라님이 있어 신하도 있는 것을…….”

"설마 나라님이 그럴 리가 있겠어요?”

"아무래도…… 그 양반인지 쪽반인지 하는 나라님의 신하들이 의심스럽소.”

그들은 모이면 수런댔다. 사랑방에서, 우물가에서 수런대는 소리가 메아리처럼 퍼져 나갔다. 메아리는 마침내 뿔고동과 또래의 귀에도 들어갔다.

초막의 글공부는 한나절이 되어 끝났다.

"오늘 배운 것 중에 모르는 것이 있거든 묻거라."

훈장이 또래들에게 물을 짬을 주었다.

훈장도 그새 못 태운 담배 생각이 나서 담뱃대를 집었다.

"훈장님, 글공부 아닌 것을 여쭈어도 됩니까?"

개동이었다.

"물어보거라."

"훈장님, 소문을 들었습니다."

"무슨 소문이냐?"

"우리 고을 사또에 대한 소문입니다."

"소문이 아니라 사실입니다."

뿔고동이 거들었다. 훈장의 얼굴빛이 달라졌다. 훈장은 담뱃대를 도로 내려놓았다.

"고생만 하시는 어머니 아버지 들이 불쌍합니다."

또래들이 뒤따라 입을 열었다.

"사또의 마음은 하늘 마음이 아닙니다."

"아전들의 마음도 하늘 마음이 아닙니다."

"그들은 나라님을 속이고 있습니다."

훈장은 눈을 감고 또래들의 말을 귀담아 들었다.

"글공부를 더 해라."

"머리에 들어가지 않습니다."

"활을 더 쏘아라."

"과녁에 잘 맞지 않습니다."

"그러면 집에 가서 땀 흘려 일해라."

"일을 하면 무슨 소용이 있습니까?"

훈장이 또래들을 쏘듯이 바라보았다.

"아직은 이르다. 꽃봉오리가 바람을 일찍 맞으면 채 피지도 못하고 진다."

"하지만 훈장님, 점점 더 배가 고픕니다. 참고 견디기가 힘들 만큼 배가 고픕니다."

"깡보리밥이라도 실컷 먹고 싶습니다."

"조밥이라도 실컷 먹고 싶습니다."

또래들의 말은 실에 꿴 잣처럼 잇달았다.

"사람은 먹기 위해 사는 게 아니라 살기 위해 먹을 뿐이다. 이만 돌아가거라."

훈장이 책을 덮었다. 또래들도 입을 닫았다. 탄돌은 적이 놀랐다. 뿔고동의 집에서 먹었던 하얀 이밥이 떠올랐다. 그때 마주한 뿔고동이 꿀보리밥을 맛있게 먹던 일도 떠올랐다.

밖으로 나온 또래들에게 뿔고동이 조용히 말했다.

"더 참자. 우리들의 배고픔을 우리가 함께 나누는 거야. 이 어깨의 깃털을 나눠 가졌듯이 머지않아 우리가 자라 한 마리 새가 되면 우린 절대 배가 고프지 않을 거야."

또래들이 고개를 주억거렸다.

"그래 뿔고동, 네 말이 맞다. 더 참자. 가서 우리들의 어머니 어버지를 도와드리자."

또래들은 마음으로 기운을 차렸다. 그리고 일감을 잡았다. 어떤 또래는 지게를 지고 나뭇갓에 가고 어떤 또래는 토끼풀을 뜯으러 갔다. 또 어떤 또래는 집에서 여물을 썰었다. 또래들을 기다리는 일감이 있는 것만으로도 또래들에겐 여간 다행이 아니었다.

...나귀 타고 온 바람

말목에 장이 섰다. 닷새마다 열리는 장날이었다. 베들벌의 어머니 아버지 들은 장터로 향했다.

조금씩 아껴 먹고 남은 곡식을 가지고 나온 어머니, 나뭇짐을 지고 온 아버지, 토끼나 새끼 강아지를 안고 온 또래들……. 장날엔 그들 모두 얼치기 장사꾼이 되었다. 사방에서 모여든 사람들로 장터는 이른 아침부터 북적거렸다. 드팀전, 시계전, 어물전이 나란히 섰다.

탄돌은 나뭇짐을 지고, 뿔고동은 강아지 새끼 다섯 마리를 안고 장마당에 들어섰다. 얘기를 하며 느린 걸음으로 왔더니 목이 좋은 자리는 이미 차지가 끝난 뒤였다. 장마당을 몇 바퀴 돌다가 드팀전과 함석집 사이의 작은 빈터를 어렵사리 얻었다.

"탄돌, 오늘은 유달리 사람이 많구나."

"다른 때보다?"

"응, 못 보던 장꾼들이 많아. 어머니를 따라 자주 나와 대개 눈에 익거든."

"뿔고동, 장마당을 한 바퀴 돌아보렴. 강아지는 내가 보고 있을게."

"그럴까?"

뿔고동이 가까운 드팀전부터 들렀다. 무명 · 삼베 · 광목 · 명주 등

피륙이 가지런히 누워 있다. 밤새 장돌림 아저씨들의 나귀 등에 실려 온 옷감들이다. 베틀벌 어머니들이 이 감 저 감을 만져 보았다. 새 감들이라 모두 빛이 곱다.

그러나 옷감을 만지작거리기만 하지 도통 사려 들지 않았다. 사고 싶은 옷감 값에 주머니 돈이 미치지 못하는 눈치다.

무명 핫바지를 입은 아저씨들은 전만 벌여 놓고 저만치 떨어져서 얘기를 하고 있었다. 얼핏 보아도 물건 파는 데는 도무지 관심이 없고 얘기에만 열중한다.

"아저씨, 치마저고리 한 감에 얼만가요?"

뿔고동이 큰 소리로 물었다. 아저씨들의 얘기가 뚝 멎었다. 아저씨들 가운데 할아버지 한 분이 뿔고동에게 다가왔다. 할아버지는 어깨가 딱 벌어지고 키가 컸다. 할아버지 같지 않았다.

"으음, 네가 사려고?"

할아버지가 볼웃음을 지으며 물었다.

"네, 강아지를 팔면 어머니 사다 드리려구요."

"기특하구나. 사는 건 나중에 하고 이리 좀 오너라."

"네?"

뿔고동이 멈칫 사렸다.

"알려 줄 소식이 있다."

순간, 뿔고동은 할아버지의 눈빛에서 아버지의 눈빛을 느꼈다.

"얘야, 검대 할아버지 말씀을 잘 들거라."

옆에 있던 핫바지 아저씨들이 거들었다.

"너, '하늘 마음'이라는 말 들어 보았느냐?"

뿔고동은 속으로 몹시 놀랐지만 태연히,

"듣지 않구요. 자라면서 늘 배우고 익힌 마음인데요."

하고 대답했다.

"누구에게서?"

이번엔 검대 할아버지가 놀라는 빛이다.

"아버지한테서요. 저뿐 아니에요. 함께 배운 또래들도 많아요."

"그럼, 느이 아버지 혹 훈장이 아니더냐?"

"네에……."

뿔고동이 대답을 해 놓고 되짚어 놀랐다.

"할아버지가 어떻게 저의 아버지를 아세요?"

"네 대답으로 알았다. 우린 모두 하늘 마음을 가진 한또래다."

"네? 제가 어른들과요?"

"아암, 하늘 마음 안에서는 어른 아이가 따로 없다. 모두 하늘님의 귀하디귀한 자손들이야."

그때 핫바지 아저씨들이 또 끼어들었다.

"애야, 우릴 보렴. 검대 어른과 이렇게 함께 있지 않냐? 이제 양반 상놈도 따로 없고, 높은 사람도 낮은 사람도 따로 없는 세상이 왔다. 나라님도 우리 같은 장돌림도 모두가 하늘님의 한 아들딸이야."

"나라님도요?"

뿔고동의 눈이 화등잔만 해졌다. 그것은 아버지에게서 듣던 얘기보다 더 놀라운 얘기였다.

"나라님은 다만 하늘님의 심부름꾼일 뿐이다."

검대 할아버지가 나직이 말했다.

"심부름꾼이요?"

뿔고동은 또 한 번 놀랐다. 구슬치기에서 꼴찌를 했을 때 아버지가 하던 말이 생각났다.

"너는 이제부터 또래들의 심부름꾼이야."

"왜, 놀랐냐?"

"아뇨."

뿔고동은 고개를 저었다.

웬일인지 곧이곧대로 말하고 싶지 않았다.

"넌 작지만 다부지게 생겼구나."

검대 할아버지가 빙그레 웃으며 뿔고동의 어깨에 손을 얹었다.

"얘야, 새재에 바람이 불고 있다."

"바람요?"

"음, 하늘 마음을 굳건히 지키려는 바람이야. 얼마 전, 우리에게 처음 하늘 마음을 일깨워 준 분이 돌아가셨다. 새재 너럭바위에 앉아 하늘 아래 모든 사람이 바르고 도탑게 살도록 간곡히 말해 주던 분이었지."

할아버지의 손이 뿔고동의 어깨에서 내려왔다.

"하늘 마음을 시샘하는 무리들이 그분을 죽였다. 그분만 죽이면 하늘 마음이 사라질 줄 알았나 보지. 그러나 아니다, 바람이 불고 있다. 하늘 마음을 좇는 무리들을 좇는 바람이다. 바람은 이제 새재 산마루를 넘어 사방으로 불 게다. 나귀 타고 이 장 저 장으로, 소리 없이 불 게다."

"할아버지, 우리 마을에도 불까요?"

뿔고동이 조심스레 물었다.

"발 없는 말도 천 리를 가는데 날개 달린 바람이 어디를 못 가겠냐?"

"하지만 할아버지, 바람이 가라앉으면 좋겠어요. 들에 바람이 불면 낟알의 꽃이 떨어져 버려요."

뿔고동은 앞날이 걱정스러웠다.

"그러려면 나라님의 신하들이 하늘 마음을 따르는 길밖에 없다."

검대 할아버지도 긴 숨을 내쉬었다.

"애야, 그쪽 끝을 붙잡아라."

"지금 주시려고요?"

"돈일랑 강아지 팔면 가져오고 감부터 주마."

뿔고동은 하는 수 없이 광목필의 한 끝을 붙잡았다.

그러나 기분이 좋았다. 배꼽 떨어지고 처음 어머니에게 큰 선물을 하게 되었다.

"벌써 와?"

탄돌의 나무 뭇이 그새 반이나 줄었다.

나무가 귀한 들판 고을이라 손이 쉬웠다.

"어머니에게 드릴 옷감이야."

뿔고동이 탄돌에게 보퉁이를 끌러 보였다.

"돈도 안 주고?"

"응, 탄돌. 드팀전 아저씨들 말야……."

뿔고동이 탄돌의 귀를 빌렸다.

"그냥 장사꾼이 아니야. 그리고 저기 가운데 보이는 할아버지를 검 대 어른이라 부르는데 내게 하늘 마음을 묻더구나."

"그래?"

탄돌이 드팀전 쪽을 바라보았다. 그새 베들벌 아버지들도 모여들었 다. 검대 할아버지가 무어라 얘기를 하고 베들벌 아버지들이 연신 고 개를 끄덕였다.

"탄돌, 너도 한 바퀴 돌고 와."

탄돌이 헤벌쭉 웃으며 자리를 떴다. 하지만 탄돌은 뿔고동과 반대쪽 으로 돌았다.

옹기전 옆에는 엿목판이 늘어서 있었다.

장터 조무래기들이 헌 양재기, 몽당 수저를 갖고 나와서 엿목판 앞 에 쭈그리고 앉아 아저씨가 떼어 주는 엿을 낼름낼름 받아먹고 있었 다. 꾀바른 아이는 기왕이면 깨엿을 달라고 부탁했다. 아저씨는 계산 하지 않고 선뜻선뜻 주었다.

탄돌은 조무래기들이 귀여워 곁에 다가갔다.

"형, 먹어 봐!"

조무래기들이 탄돌을 둘러싸고 한 입씩 떼어 먹게 했다. 마치 거인과 난쟁이들 같다.

"괜찮아, 너희나 먹어."

탄돌은 공연히 얼굴이 빨개졌다.

"큰 아이야, 너도 이리 오너라."

목판을 지키는 아저씨 한 분이 불렀다.

"전 아무것도 가져오지 않았어요."

탄돌이 머뭇거리는데 아저씨가 끌을 대고 엿을 툭 깨서 주었다.

"생강엿이다. 향기가 좋지."

아저씨는 목판 앞 조무래기들에게도 한 입씩 더 떼어 주었다.

그런데 탄돌이 침만 삼키고 먹지 않았다.

"왜 안 먹냐?"

아저씨가 물었다.

"또래와 나누어 먹으려고요."

"함께 왔냐? 오라고 해라."

탄돌이 뽈고동 쪽을 돌아보았다. 마침 뽈고동도 탄돌의 뒷모습을 보고 있었다. 신호를 받고 뽈고동이 달려왔다.

"탄돌, 무슨 일이니? 얼른 가야지."

"괜찮다. 적어도 오늘 장터엔 하늘 마음 도둑이 얼씬도 못 할 게다."

아저씨가 대신 대답했다.

"네? 아저씨도 그럼……."

탄돌과 뿔고동은 어안이 벙벙해졌다. 아저씨는 뿔고동에게도 손바닥만큼 엿을 떼어 주었다.

"엿 값 걱정일랑 말아라. 맛보기로 준 거니까. 그런데 작은 애야. 너 조금 전에 드팀전에 들르지 않았냐?"

"네."

"그렇담 소식을 들었겠구나."

"바람이 분다는 소식 말인가요?"

"음, 머지않아 새재 산바람이 베들벌 들바람과 만날 게다."

"만나면요?"

"회오리바람이 불 게야."

"회오리바람요?"

뿔고동은 가슴이 덜컹 내려앉았다.

어느 해 봄이던가. 베들벌에 회오리바람이 연달아 불어닥친 때가 있었다. 검은 구름이 베들벌 하늘을 뒤덮더니 들녘의 바람이 별안간 흙먼지를 둘둘 감으며 치솟았다. 베들벌 어머니 아버지 들은 팽팽 도는 바람 속에 동진강의 용이 숨어 하늘로 오르고 있다고 했다.

베들벌의 젖줄을 다스리는 용이 하늘로 올라가 버렸으니 큰일이 났다고 수런댔다. 아니나 다를까, 그해 베들벌은 몇 십 년 만의 늦가뭄을 탔다.

여름내 고스러진 낟알들이 쭉정이로 떨어져 버리고, 겨울은 빈 들, 빈 곳간으로 남았다. 참으로 무섭고 고약한 바람의 뒤끝이었다.

"아저씨, 그럼 우리 마을에 또 흉년이 들지 몰라요."

뿔고동이 걱정스런 눈빛으로 말했다.

"아니다. 이번엔 그 반대일 거다. 바람이 불면 모든 게 좋아진다. 내 얘기해 주랴?"

아저씨는 다시 끌을 대고 엿을 떼어 한 조각씩 주며 뜸을 들였다.

"새재의 산바람이 불었을 때 말이다."

아저씨는 잔기침을 두어 번 하고 말을 계속했다.

"백성들의 곳간을 비우고 제 곳간을 채운 사또가 바람에 실려 어디론가 사라졌다. 무쇠 빗장으로 철커덕 잠긴 곳간 문이 저절로 열렸지. 왠 줄 아니? 바람이 안에서 불었기 때문이야. 하늘 마음에 어긋나는 사또의 상투 꼭지에서 돋아난 바람이다. 그러니 시베리아에서 내려온 바람과는 다르고말고. 이 엿도 말이다, 바로 사또 곳간의 쌀로 만든 엿이야. 그러니 실컷 먹으려마."

뿔고동은 탄돌을 바라보며 눈만 껌벅였다. 무슨 말을 해야 할지 몰랐다. 탄돌은 얼떨해 가지고 뿔고동을 내려다보았다. 뭔지는 잘 모르나 탄돌의 둘레에서도 바람이 불어오는 듯했다.

뿔고동이 탄돌의 손을 잡았다.

"돌아가자, 탄돌."

둘은 제자리로 돌아왔다.

"이제야 알았다, 오늘 장이 여느 때보다 북적이는 까닭을."

뿔고동이 중얼거렸다.

"바람 때문이지?"

탄돌이 귀 밝게 들었다.

"가서 아버지께 말씀드리자."

뿔고동은 그새 강아지를 세 마리 팔았다. 탄돌의 나무 못은 모두 없어졌다. 뿔고동은 옷감 값을 치르러 드팀전으로 갔다.

"할아버지, 강아지를 다 팔지 못했어요. 모자라는 돈은 다음 장에 드릴게요."

"괜찮다. 너의 지극한 마음을 돈으로 대신 받으마."

검대 할아버지는 오히려 치맛감 한 감을 덤으로 주었다.

탄돌은 그새 어물전에 가서 생선을 사고 눈깔사탕도 몇 개 샀다. 둘은 볼 양쪽에 눈깔사탕을 넣고 번갈아 녹이며 들길을 걸었다. 남은 강아지 새끼 두 마리는 한 마리씩 품에 안았다.

입은 달착지근하고 가슴은 따뜻해서 돌아오는 길이 춥지 않았다.

...검대 할아버지

뽈고동 아버지의 책 읽는 소리가 장지문 밖으로 새어 나왔다.

장날엔 또래들의 공부가 없다. 그런 날 뽈고동 아버지는 혼자만의 호젓한 시간을 가질 수 있었다. 읽고 싶은 책을 읽고, 세상 돌아가는 일에 마음을 쏟았다.

"훈장님!"

탄돌이 토방 아래 서서 불렀다.

"들어오너라."

뽈고동 아버지가 방문을 열었다.

"추운데 어서들 들어가거라."

뽈고동 어머니가 부엌에서 화롯불을 들고 나왔다.

"이것 받으세요, 어머니."

탄돌이 생선 꾸러미를 뽈고동 어머니에게 주고 대신 화로를 받았다.

"이게 무에냐?"

"생선이에요. 나무 판 걸로 샀지요. 참 여기 남은 돈도……."

탄돌은 주머니에서 남은 돈을 꺼냈다.

"이런 대견할 데가 어디 있나!"

"천만에요. 뽈고동은 더 좋은 걸 샀어요."

뿔고둥이 히죽 웃으며 보자기를 끌렀다.

"이렇게 비싼 옷감을 무슨 돈으로 샀느냐?"

뿔고둥 어머니가 놀라 물었다.

"강아지를 팔았어요. 돈이 조금 모자랐지만 드팀전 아저씨가 그냥 주셨어요."

"원 고마운 분도 다 있구나."

뿔고둥 어머니는 그제야 옷감을 펴서 몸에 대보며 좋아했다.

"아들 장가갈 때 치마저고리 곱게 지어 입어야긋다."

뿔고둥 아버지가 잔잔히 웃었다.

"훈장님 것은 다음에 제가 사 드리겠습니다."

탄돌이 아귀차게 말했다.

"정말 그럴 테냐?"

뿔고둥 아버지가 빙그레 웃으며 탄돌을 돌아보았다.

"꼭요. 훈장님은 뿔고둥의 아버지지만, 이제 제 아버지기도 한걸요."

"어째서 그렇게 생각하느냐?"

"훈장님께서 가르쳐 주시지 않았습니까? '나라님과 스승과 부모는 한몸으로 섬겨야 되느니라.' 하고 말입니다."

"허허. 배운 것을 잘 간직했구나."

"그러고 보니 가리늦게 아들을 하나 더 키웠군요."

뿔고둥 어머니가 슬쩍 받았다.

윗목의 탄돌과 뿔고둥도 실쭉 웃었다.

"배고플 텐데 내 어서 저녁상 차려 오마."

뿔고동 어머니가 다시 밖으로 나갔다.

"오늘 장이 크더냐?"

방 귀의 담배통을 끌어당기며 뿔고동 아버지가 물었다.

"네, 다른 때보다 훨씬 붐볐습니다."

"그런데 물건을 사고파는 이는 그다지 많지 않았습니다."

"사람은 많은데 손이 뜨더란 말이지?"

"네, 저어 아버지, 오늘 장터에서 이상한 바람 소식을 들었습니다."

"하늘 마음을 지키려고 부는 바람이라 합니다. 드팀전의 검대 할아 버지, 엿목판 아저씨들이 모두 하늘 마음을 믿는 분들이었습니다."

탄돌과 뿔고동은 장터에서 있었던 일을 죄다 얘기했다.

"음, 좋은 분들이다."

"그럼, 아버지도 아시는 분들이세요?"

뿔고동 아버지가 고개를 끄덕였다. 뿔고동 어깨의 깃털이 가볍게 흔 들렸다.

"내가 전에 이르지 않았느냐? 하늘 마음 안에서는 우리 모두 한마음 이라고. 우리와 한마음을 가진 사람을 어찌 모르겠느냐?"

"그렇다면 훈장님께선 진즉 알고 계셨군요?"

탄돌이 끼어들었다.

"아다마다. 그렇지만 얘들아, 몸과 마음을 더욱 힘써 닦거라. 그리고 우리의 하늘 마음을 위해 빌고 또 빌자."

뿔고동 아버지는 나직이 하늘 마음 노래를 읊조렸다. 뿔고동과 탄돌이 따라 불렀다. 그런 뒤, 방 안엔 다시 침묵이 흘렀다.

뿔고동 아버지가 읽다가 놓아 둔 책에 눈을 주었을 때, 뿔고동과 탄돌은 자리에서 일어났다. 둘은 윗말 개동이네 집으로 향했다. 어머니가 아파서 장에 나오지 못한 개동이가 쇠죽을 끓이고 있었다. 수남이랑 그 밖에 몇몇 또래들도 와 있었다. 개동이의 누이 옥분이가 오빠 곁에서 불을 쬐고 있었다.

"어서 와. 불 쬐어."

개동이가 반갑게 맞았다. 옥분이가 아궁이 앞을 양보했다.

"어머니는 좀 어떠시냐?"

"음, 조금 나으셨어."

또래들이 개동이에게 장터 소식을 들려주었다. 개동이가 무릎을 탁 쳤다.

"그러면 그렇지, 아니 땐 굴뚝에 연기 나겠냐? 이제 우리 고을 사또도 까딱 바람에 휘익 날아갈 거다."

"개동아, 그런 얘기 함부로 하면 안 돼."

뿔고동이 대장답게 욱 눌렀다.

"얘들아, 소문과 사실은 종이 앞뒤 쪽일 때가 많아."

개동이는 그래도 입을 다물지 않고 계속했다. 또래들은 누가 들을까 봐 조릿거렸다. 그러나 개동이는 태연했다. 아궁이 안에서는 솔가지가 투둑투둑 타들었다. 노란 불꽃이 또래들의 몸을 덥혀 주었다.

"가만 있어, 내 고구마 가져올게."

개동이가 막 일어서려 하자 옥분이가 재빨리 종다래끼를 들고 안으로 들어갔다. 옥분이는 안방 윗목 가마니 안에서 고구마를 꺼냈다.

"입이 여럿인데 많이 가져가라."

어머니가 누운 채 돌아보며 말했다.

"네, 엄니."

옥분이는 다래끼에 수북하게 담았다.

"히잉, 많이도 가져왔네."

개동이가 놀라며 받았다.

"우리 옥분이 최고다."

뿔고동이 옥분이의 머리를 쓰다듬어 주었다. 또래들도 좋아했다.

긴 겨울을 찰진 양식으로 메꾸는 데는 고구마가 단연 윗자리다.

"맛있겠다. 빨랑 굽자."

또래들이 침을 삼켰다.

"잠깐, 내 솜씨를 보여 줄게."

개동이가 불땀이 좋은 불잉걸을 끌어 다독인 다음, 다리쇠를 올려놓고 고구마를 나란히 눕혔다. 그런 다음 부젓가락으로 고구마의 몸통을 차례차례 뒤적였다. 재를 덮어 밍근한 불기운 속에서 고구마는 시나브로 익었다.

"꼴찌부터 먹어."

개동이가 익은 고구마를 꺼내 뿔고동에게 맨 먼저 주었다. 그러나 뿔고동이 주춤하더니 탄돌에게 눈짓을 주었다. 그제야 개동이가 알아채고 탄돌의 손바닥에 군고구마를 덥석 안겼다.

"앗 뜨거."

엉겁결에 받은 군고구마를 양손에 번갈아 놓으며 탄돌은 뿔고동의 큰 마음을 또 한 번 읽었다. 고구마는 익기가 바쁘게 또래들에게 돌아갔다.

개동이는 냄새로 먼저 먹고 입으로는 맨 나중에 먹었다.

쇠죽불이 다 사그라질 무렵, 또래들은 마당질터로 나왔다. 하늘이 아까보다 낮게 내려왔다. 눈발이 하나둘 흩날리기 시작했다. 눈송이가 탐스러워 곧 많이 올 것 같다.

겨울에 눈이 많으면 이듬해 풍년이 든다고 한다. 그래서 그런지 눈이 오면 어른도 아이도 모두 좋아한다. 매운 고추 같은 날씨도 눈발을 만나면 누그러진다. 또래들은 혀를 내밀고 눈이 더 많이 내리기를 고대했다. 어쩌다 입으로 눈송이가 떨어지면 혀끝이 차끈했다. 눈발이 점점 굵어졌다. 반은 싸락눈이던 것이 펑펑 송이눈이 되었다.

빈 들녘이 조금씩 차오르기 시작했다. 들은 가을과 다른 빛깔로 가을보다 더 넉넉한 모습을 갖추었다. 세상의 모든 빛이 눈 속에 잠겼다. 세상의 모든 소리도 눈 속에 잠겼다.

들도 산도 바람 소리도……

세상은 온통 눈의 나라가 되었다. 눈의 나라는 꽃도 국기도 노래도 온통 하양뿐이다.

다만 하늘 저 끝에 파란빛 씨가 묻혀 있어 생명의 봄을 키우고 있었다. 눈은 점점 더 많이 내렸다. 또래들을 찾아 나온 어머니들도 치맛귀를 붙들고 나와 눈을 맞았다. 어머니와 또래들이 한바탕 신 나게 눈 속에 싸여 뒹굴었다. 눈 밥을 뭉쳐 먹고 눈사람을 만든 뒤 지쳐 각자 집으로 돌아갔다.

눈 내리는 겨울밤은 여느 때보다 길다. 그래서 또래들이 잠의 나래를 펴고 봄의 꿈을 꾸기에 안성맞춤이다. 잠든 또래들처럼 나귀 타고 온 바람도 잠들었을까? 아니다. 또래들이 모두 잠든 동안에도 나귀 타고 온 바람은 깨어 있었다.

뿔고동 아버지의 방에 불빛이 흔들렸다.

뿔고동 아버지, 검대 할아버지, 개동이 아버지, 장돌림 아저씨들이 맷방석처럼 둘러앉았다. 둘러앉아 두런두런 얘기를 나눈다. 팥씨만 한 불 심지를 키워 놓고 바람 얘기를 나누고 있었다.

뿔고동이 마침 오줌을 누러 나왔다가 엿들었다.

"새재에 바람이 불어 사또가 날아갔소. 사또의 곳간 문이 활짝 열렸다오."

"검대 어른, 이곳 베들벌에도 바람이 불려나 봅니다. 사또의 욕심이 턱까지 차오른 것을 베들벌 또래들도 눈치를 챘습니다."

뿔고동 아버지였다.

"불어야지요. 불어야 할 바람은 불어야 합니다. 그래야 막힌 것이 뚫리고 닫힌 것이 열립니다."

드팀전 핫바지 아저씨의 굵은 목소리다.

"맞소, 맞소. 우리네 사또의 곳간도 부엉이 곳간이 된 지 오래요. 바람아 바람아 불어라. 곳간아 곳간아 열려라."

개동 아버지가 박자를 맞춰 읊었다.

"다들 고정하시오. 어떤 어려움이 닥쳐도 우리는 우리의 참뜻을 잊어선 안 되오. 평화, 평화……."

"하지만 검대 어른, 백성들은 맘 놓고 먹을 세끼 밥을 고대하고 있습니다."

"머지않아 우리네 곳간도 새앙쥐 볼가심할 것도 없게 될 것입니다."

"바람은 절대 한곳에 머물러 있지 않습니다. 새재에 부는 바람이 이제 곧 온 나라에 번질 것입니다."

서로 앞을 다투어 말했다.

"알고 있소. 그래도 참고 기다립시다."

"검대 어른, 먼저 안에 있는 적을 이기지 않고는 밖에서 오는 적을 물리칠 수 없습니다."

검대 할아버지는 흔들리지 않았다.

"우리가 바라야 할 바는 우선 나라님의 신하들이 잃어버린 하늘 마음을 되찾도록 돕는 것이오. 그래서 그들 스스로 곳간 문을 열게 해야하오. 바람이 부는데 부채질까지 하면 이 나라가 걷잡을 수 없이 되고 말 게오."

검대 할아버지의 목소리는 낮지만 위엄이 서렸다. 뿔고동 아버지,

개동 아버지 그리고 장돌림 아저씨들이 잠자코 듣고 있다. 모두들 훈장님 앞에서의 또래들 같았다. 방 안은 다시 고요해졌다.

"둥짓골 훈장, 또래들은 어떻소?"

고요를 깨고 검대 할아버지가 물었다.

뿔고동의 귀가 번쩍 틔었다. 으스스 춥던 생각도 도망갔다. 침으로 문구멍을 뚫었다. 방 안이 빼꼼히 들여다보였다.

"열심히 가르치고 있습니다. 이제 활 솜씨도 제법 늘었지요."

뿔고동 아버지였다.

"대나무로 창을 만들어 검술도 익혀 주면 좋을 것이오."

"검대 어른께 배우면 틀림없을 것입니다. 참, 새 또래가 생겼습니다."

"그래요?"

검대 할아버지가 반갑게 물었다.

"탄돌이란 아인데 바다 건너 범티재에서 혼자 뗏목을 타고 왔지요."

"범티재에서요?"

"네, 팽나무 지팡이 끝에 산나리를 꽂고 우리 마을로 향해 오는 것을 제 아들 뿔고동이 맞았지요."

"덕녜가 크지 않소?"

"크고말고요. 기운도 장사인 데다 마음 씀씀이도 너릇해 자식을 하나 더 둔 것 같습니다. 헌데 검대 어른, 혹 탄돌을……."

"허허, 훈장의 마음이 더 너릇하오."

검대 할아버지는 뿔고동 아버지의 말허리를 자르고는 대신 칭찬의 말로 이었다.

"예서 묵고 있소?"

"아닙니다. 또래들 집을 돌아가며 묵는데 오늘은 개동이네 집에 있지요."

"다음에 오면 한번 만나 보고 싶소."

"그러십시오."

희미한 불빛 속에서 검대 할아버지의 눈빛이 먼 시간을 더듬는 것 같았다.

"백지장도 맞들면 가볍다오. 하늘 마음을 지키기 위해 한 사람이라도 더 훌륭하게 가르쳐야 합니다. 또래들의 어깨에 단 깃털이 모여 평화의 새가 되도록 이끌어 주시오."

"명심하겠습니다."

바람이 문풍지를 흔들고 갔다.

밤이 칠흑의 샘에서 어둠을 길어 올리고 팥씨만 한 불빛은 그 어둠을 힘껏 들이켰다.

불빛이 어둠을 모두 들이키기 전에 검대 할아버지는 뿔고동의 집을 떠났다. 드팀전 아저씨, 엿목판 아저씨들도 함께 떠났다.

...베들벌의 봄노래

겨우내 쌓인 눈이 녹으며 베들벌에 봄빛이 돌기 시작했다.

베들벌 어름, 하늘과 맞닿은 그 끝에서부터 아지랑이 무등을 타고 봄은 새색시처럼 곱게 곱게 다가오고 있었다.

따뜻한 봄의 입김이 언 땅을 녹이고 춥던 마음을 감싸 주었다. 너르디너른 베들벌에 일 줄이 다시 섰다. 베들벌 어머니 아버지 들은 지난해의 묵은 걱정거리들을 동진강 푸른 물에 깨끗이 씻어 버리고 팔소매를 걷었다. 볍씨 담근 지 오십여 일 만에 모내기가 시작되었다. 모두가 한자리에 모여 제비를 뽑았다. 두레 모낼 차례를 정하기 위해서다. 모가 덜 자란 집은 알아서 뒤로 물렸다.

파룻파룻 어린 모가 베들벌로 막 나갈 참이었다. 아전들이 두루마리 종이를 들고 찾아왔다. 그 안에는 베들벌 아버지들의 이름이 적혀 있었다.

"관아의 곳간이 낡아 새로 짓게 되었소. 남정네는 모두 나와, 새 곳간 짓는 일을 도우라는 사또의 분부시오."

지난가을, 세미를 거둬들일 때도 멀쩡하던 곳간을 두고 새 곳간을 또 짓는다니 알 수 없는 일이었다.

더구나 이제 막 봄 농사가 시작되려는 참에 관아 일을 먼저 하라니

여간 답답한 노릇이 아니었다.

사또의 분부를 알린 다음, 아전들은 아침저녁 불풍나게 드나들며 두루마리 안의 이름을 하나하나 꼽아서 약속을 받아 갔다.

딱히 안 간다 할 수 없어 건성 대답을 해 놓은 베들벌 아버지들의 걱정이 태산 같았다.

'가야 되나, 안 가야 되나.'

가면 때맞춰 모를 낼 수 없고, 안 가면 분명 그보다 몇 갑절의 짐을 받을지 모른다.

"가더라도 두레 모나 내고 갑시다. 우리가 농사를 제때 짓지 않으면 우리뿐 아니라 그들도 큰일이지. 들이 비어 있으면 가을에 뭘 거둬 가겠소?"

"그럽시다. 대신 훈장 어른께 먼저 관아에 들어가 사정 얘기를 하도록 부탁합시다."

훈장인 뿔고둥 아버지가 관아에 들어갔다.

베들벌 아버지들의 입이 되어 사또에게 형편 얘기를 했다.

"한 해 농사 중 모내는 철이 가장 바쁜데, 곳간 짓는 일을 하라니 옳지 않소이다. 때를 물리든지, 아니면 관아의 식솔들을 시키는 게 어떨지요."

사또의 눈 끝이 새우 꼬리처럼 치올라갔다.

"이것 보시오. 당신은 애들이나 가르치는 훈장이지, 이 사또를 가르치는 훈장이 아니니 참견 마시오."

"가르치려는 게 아니외다. 일을 시키더라도 형편을 보아서 시키도록 부탁하는 것이외다."

"형편이라니, 나라님을 위해 하는 일에 형편이 무슨 형편이오? 그렇지 않아도 이즈음 내 들은 바가 있소. 베들벌 당신들이 우리 관아에서 하는 일을 가지고 이러쿵저러쿵한다는데, 이제 보니 당신이 앞장서서 쑤석거리는 게 아니오?"

사또의 목소리가 점점 높아 갔다. 그러나 뿔고동 아버지의 목소리는 반대로 차갑게 가라앉았다.

"베들벌의 우리는 모두 하늘을 섬기고 땅을 아끼며 사는 농민이외다. 농민은 모든 백성들 가운데 으뜸이외다. 그래서 예부터 농민을 하늘과 땅의 근본이라 하였지요. 나라님이 농민을 아끼고 사랑하는 것도 바로 이 때문이외다."

"누가 아니라 했소? 그러니까 더욱 나라님을 위해 애쓰는 우리를 도와야 할 것 아니오?"

사또는 말머리마다 말끝마다 나라님을 주워 섬겼다.

"사또께서 정말 나라님을 위한다면 코앞의 백성들을 먼저 생각해야 할 것이외다. 철을 놓쳐서는 안 되는 게 농사일이거늘 나라님이 이를 어찌 모를 일이리까?"

뿔고동 아버지는 한 마디 한 마디 오금을 박듯 말했다. 사또는 선떡 받듯 찌푸리더니 마침내 더는 참을 수 없는지 버럭 소리를 질렀다.

"여봐라. 냉수 한 그릇 냉큼 떠 오너라."

명령이 떨어지기 무섭게 냉수가 올라갔다. 사또는 훈장을 노려보며 벌컥벌컥 냉수를 들이켰다. 마주 앉은 뿔고동 아버지도 목이 탔지만 참았다.

"세상 돌아가는 덴 벽창호란 말, 바로 당신 같은 사람을 두고 하는 말 같소. 그래, 귀한 낟알을 모아 두는 곳간이 쥐 곳간이 되어도 상관 없단 말이오? 어쨌든 한번 결정된 일이니 훈장도 협조하도록 하시오. 에헴!"

사또는 물처럼 내쏟고는 안으로 휭 들어가 버렸다. 한번 쏟아진 말은 엎지른 물이었다. 쏟아진 말의 메아리는 순식간에 베들벌 사방으로 퍼져 갔다.

뿔고동 아버지의 가슴속에 묻어 둔 불씨가 눈을 떴다. 오랫동안 묻어 둔 생각의 불씨였다.

'겉은 나라님의 곳간이지만 속은 저들의 곳간이다. 저들은 나라님을 속이고 있다. 백성들을 속이고 있다. 저들의 뱃속이 불을 보듯 훤히 보이는구나.'

양반이라는 나라님의 신하들, 그들이야말로 손끝 까딱 않고 먹을 것, 입을 것, 잠자리를 얻었다. 책상다리를 하고 앉아 공자 왈 맹자 왈만 읊으면 대접을 받았다.

동쪽에 사는 신하가 서쪽에 사는 신하 앞에서 몇 구절을 읊으면 서쪽에 사는 신하도 동쪽에 사는 신하 앞에서 몇 구절을 읊었다. 그들은 서로 자기가 읽은 구절이야말로 옳은 말씀이라고 입에 침이 마르도록 되풀이했다. 티격태격 말싸움이 벌어지고 말싸움은 눈싸움으로 번져 갔다.

무릇 세상 모든 것은 안팎이 있고 앞뒤가 있다는 걸 그들도 모를 리 없건만, 두 눈 감고 두 귀 막고 한 눈, 한 귀로 보고 들으며 제 말만 앞세운다. 그러고는 서로 나라님 곁에 앉고 싶어 알탕글탕, 불풍나게 궁궐을 드나들었다. 나라님의 집은 날마다 신하들로 북새통이다.

나라님은 조용히 생각할 짬도 마음대로 얻을 수 없었다.

어려운 일이 닥칠 때마다 신하들을 불러 놓고 의논하지만, 신하들은 어려운 문제를 풀어 드리기는커녕 도리어 엉클어 놓기 일쑤였다. 간혹 나라님의 마음을 헤아리는 지극한 신하가 있었지만, 그 수는 너무나 적었다. 적은 수는 자칫 많은 수에게 눌리고 만다. 그동안 크고 작은 외적의 침입이 있을 때마다 이 적은 수의 신하들이 목숨을 바쳐 나라를 지켰다.

무서운 불난리를 겪고 난 신하들은, 살아남은 것을 하늘이 내려 준 복이라 알고, 다시는 이런 고통을 당하지 않으리라 다짐했다. 그러나 그들의 다짐은 나라님을 위한 다짐도, 백성을 위한 다짐도 아니었다. 그것은 바로 그들 자신을 위한 다짐이었다.

'또 난리가 나도 우린 살아남아야 된다. 그러려면 쳐들어오는 적과도 적당히 사귀어 둘 필요가 있지.'

그들은 서로 눈치껏 밖에서 오는 적과 말을 텄다.

어떤 사람은 북쪽 오랑캐와, 어떤 사람은 남쪽 섬 무리들과 몰래 애기를 나누었다. 하긴 적을 알아야 적을 물리칠 수도 있으니 말을 트는 것 자체를 나무랄 순 없으리라.

그러나 문제는, 그들이 적과 무슨 말을 하느냐였다. 무엇을 주고 무엇을 받는지, 좋은 것을 주고 나쁜 것을 받는지, 아니면 나쁜 것을 버리고 좋은 것을 받는지가 문제였다. 되로 주고 말로 받는지, 말로 주고 되로 받는지가 중요했다.

뿔고동 아버지는 일어나 동헌 마루로 내려섰다. 가슴의 불씨를 꾹꾹 누르고 섬돌을 밟았다. 사또의 방에서 갑자기 터지는 웃음소리가 꼭뒤에 박혔다.

동편 곳간 쪽으로 갔다. 그 옆에 본래 있던 곳간보다 훨씬 넓어 보이는 새 곳간 터가 다져 있었다.

"여기가 새 곳간 터요?"

뿔고동 아버지가 나졸에게 물었다.

"그렇습니다. 헌데 여긴 뭣 하러 오셨습니까?"

장대처럼 서 있던 나졸이 창을 번쩍 들며 길을 막았다.

"곳간을 새로 짓는다니 구경하러 왔소."

"곳간이 무슨 구경거리입니까? 돌아가시오."

"허허 글쎄. 곳간도 때로는 구경거리가 될 수 있소."

뿔고동 아버지가 나졸을 밀치고 새 곳간 터 복판에 섰다. 새 곳간 터는 헌 곳간보다 두 곱도 더 됐다.

'언제나 고만한 땅에서 나는 낱알이 갑자기 배로 늘 턱이 없는

데…….'

나라님을 앞세워 달구치는 사또의 얼굴이 언뜻 스쳐 갔다.

뿔고동 아버지는 말없이 관아 밖으로 나왔다. 하늘을 올려다보았다. 파랗다. 시원하다. 그리고 발걸음을 가볍게 부추겨 주었다.

똑같은 하늘 아래 땅이건만 관아 안에 서 있을 때와 사뭇 다르다.

멀리 베들벌 아버지들이 걸어오는 뿔고동 아버지를 보고 손을 흔들었다.

"어찌 되었나요, 훈장 어른?"

"훈장 어른 말씀이니 저들도 들어주었겠지요?"

"훈장 어른이 다녀왔으니 이제 맘 놓고 모를 냅시다."

그들은 애들처럼 빠지지 않고 한마디씩 했다. 뿔고동 아버지는 무어라 말을 하지 못했다. 사또와 주고받은 얘기를 하지 않았다. 아니 할 수가 없었다. 일이 잘 풀렸다고 믿고 싶어 하는, 아니 그렇게 믿으려는 그들을 실망시키고 싶지 않았기 때문이다.

"안 하려는 게 아니고, 당장 못 하는 형편을 저들이라고 모를 리 있습니까?"

뿔고동 아버지가 마지못해 입을 열었다. 그러면서 속으로는 '뒤탈이 없도록 몇 번 더 가보리라.' 하고 다짐했다.

때마침 베들벌 어머니들이 곁두리를 내왔다.

"새참들 드세요. 시장들 하시지요. 모심는 일이 워낙 힘든 일이라서……."

"훈장 어른도 함께 드십시오."

"그러지요."

모두들 둘러앉았다.

풋바심한 보리쌀에 묵은쌀을 듬성듬성 섞은 밥을 한 사발씩 꾹꾹 눌러 돌렸다. 구수한 강된장 찌개에 무짠지, 비름나물이 보시기마다 소담했다.

기름진 찬은 아니라 해도 먹음직스럽다. 모내기는 한 해 농사의 첫 두렛일이라 베들벌 어머니들은 정성을 다해 두레밥을 지은 것이다. 모자란 찬감이라도 정성을 듬뿍 담으면 훨씬 맛을 돋울 수 있다.

밥그릇을 모두 비운 아버지들은 쌈지 담배를 한 짬씩 태운 다음 다시 일을 시작했다.

"오뉴월에 흘린 땀이 구시월에 열매 되네."

누군가의 입에서 메나리 가락이 흘러나왔다.

"얼널럴 상사뒤여. 어여뒤여 상사뒤여."

뒤따라 여럿이 후렴을 댔다.

"애기 모 자라서 베들벌이 가득 차네."

"언널럴 상사뒤여. 어여뒤여 상사뒤여."

노래 따라 못줄이 한 발 한 발 앞으로 나갔다. 흥겹다. 하늘도, 땅도, 베들벌의 어머니 아버지 들도 모두 흥겨웠다. 어느 결에 들어갔는지 뿔고동 아버지가 못줄 한끝을 붙잡고 있었다. 모를 심는 손이 한손처럼 착착 맞았다. 찰랑하던 무논의 빈자리가 줄어들고 대신 어린 모의 모숨이 늘어났다.

해는 어느덧 서산마루에 걸터앉았다.

베들벌의 봄노래로 들녘은 천천히 연두빛으로 물들어 갔다.

그것이 바로 생기 찬 봄빛이었다.

...산 너머 산

새 곳간을 지으러 오라는 날이 바로 오늘로 다가왔다. 그새 뿔고둥 아버지는 두 번이나 더 관아에 다녀왔다.

처음엔 틀린 일이라고 콩 팥 가리듯 말했지만 쇠귀에 경 읽기였다.

나중엔 지는 것이 이기는 것이라고 생각하여 사정사정해 보았지만 그것도 헛일이 되고 말았다. 베들벌 아버지들은 하는 수 없이 두레 모를 남겨 두고 새 곳간을 지으러 갔다.

저마다 농사일 말고 가진 재주에 닿는 일감을 받았다. 개동 아버지는 작도로 볏짚을 썰었다. 수남 아버지가 쌓여 있는 흙 가운데다 구덩이를 만들고 물을 길어다 부었다. 둘은 고의 가랑이를 접어 올리고 맨발로 반죽을 했다. 발바닥에 닿는, 차진 흙의 감촉이 좋다. 흙은 어디서나 이렇게 부드럽고 푸근했다.

"기왕 해야 할 일이 되었으니 부지런히 하세."

아직 모를 내지 못한 개동 아버지였다.

"하기 싫은 일로 치면 한 발짝이나 떼겠는감."

수남 아버지도 어쩌지 못하는 마음이다. 사람이 사는 집이든 낟알이 사는 집이든 집은 집이다. 아무리 빨리 짓는다 해도 시간과 노력이 들 만큼 들어야 한다. 기둥이 서고 용마루도 놓아야 한다. 또 이엉을 잘

엮어 줘야 비가 새지 않는다.

　게다가 곳간이 열 칸도 넘는지라 웬만한 집 두 채 짓는 일만큼이나 더디었다. 그렇지만 사방팔방에서 끌어들인 일꾼들이 워낙 많은지라 터무니없이 늦어지지는 않았다. 아직 끝손질이 남았지만, 곳간의 틀이 다 갖추어졌을 때 사또가 나왔다.

　베들벌 아버지들이 일손을 멈추고 사또에게 절을 했다.

　"여러분은 정말 훌륭한 나라님의 백성들이오."

　사또의 칭찬에도 베들벌 아버지들은 멀뚱히 그저 서 있기만 했다.

　"이렇게 튼튼한 곳간을 여러분 손으로 지었으니, 이 속에 채울 낟알도 여러분 손으로 들이리라 믿겠소. 정말 수고했소. 남은 일은 관아 식구들이 할 터이니, 이제 돌아가 농사일을 열심히 하도록 하시오."

　으름장인지 말 그대로 칭찬인지 아리송했다. 사또가 야릇한 웃음을 지으며 베들벌 아버지들을 빙 둘러보았다. 그러고 이방에게 눈짓을 보냈다.

　"모두 돌아가라는 분부시다아……."

　이방이 두 손을 휘휘 저었다.

　베들벌 아버지들은 주섬주섬 연장을 챙겨 가지고 돌아섰다. 둘씩 셋씩 짝을 지어 담을 빠져나가는데,

　"급한 파발이오!"

　하고 말을 탄 나졸이 뛰어들었다. 그들은 얼른 길을 비켜 주었다.

　"무에냐?"

동헌 안으로 걸음을 옮기던 사또가 성가신 듯 물었다.

나졸이 놀라 말에서 내리며 무릎을 꿇었다.

"흑흑……, 사또 나으리."

"무슨 일이냐? 사내 녀석이 훌쩍거리게. 어서 말을 하렷다!"

"사또 나으리, 흑흑……, 나으리의 어머니께서 그만……."

나졸은 말을 더 잇지 못했다.

"뭐 뭐라고? 어머니께서 돌, 돌아가셨단 말이냐?"

"네이……, 흐흐흑!"

나졸은 점점 더 흑흑거렸다. 사또의 수염이 바르르 떨렸다.

"어, 어머니가 어찌하여 돌아가셨단 말인가? 이 불효자식을 용, 용서해 주시옵……, 흑흑."

사또는 땅바닥에 털썩 주저앉았다. 그 자리에서 상투를 풀었다. 이방이 벼락같이, 누런 베옷을 챙겨 왔다.

사또의 어머니가 돌아가셨다는 소식은 바람처럼 온 고을로 빠르게 퍼졌다. 관아의 아전들이 이 고샅 저 고샅 외치고 다녔기 때문이다.

동헌 담 자락에 무르춤히 섰던 베들벌 아버지들은 얼핏 발을 내딛지 못한다.

코앞에 앉아 우는 사또의 모습을 못 본 체 지나칠 수도 없고, 그렇다고 함께 주저앉아 훌쩍일 수도 없는 딱한 형편이 되었다.

한참 동안 넋을 놓고 울던 사또가 눈물을 훔치며 일어났다.

"이방, 저들을 어서 돌아가도록 하라. 내 이 길로 돌아가신 어머니를 뵈러 가겠다. 책방은 이리 가까이 오너라."

사또는 고개를 숙여 책방에게 무어라 이르고는 떠날 채비를 했다.

"사또 나으리, 여길랑 염려 푹 놓으시고 부디 슬픔을 이기소서."

책방의 얼굴에도 눈물 콧물이 범벅이 되었다. 사또는 곧바로 한양으로 떠났다. 사또가 떠난 동헌은 아전들의 세상이 되었다. 어느 틈에 발이 닿았는지 고을의 훈장들이 동헌 마루에 둘러앉았다.

범 없는 골에 토끼라더니, 책방이 사또의 자리를 차지하고 앉아서 입을 열었다.

"여러분을 이렇게 급히 오시라 한 것은 다름 아니라……."

책방은 무슨 어려운 말을 꺼내려는 듯 잠시 뜸을 들였다.

"이번 우리 사또께서 당하신 큰일에 대해 우리의 마음을 모으기 위해서입니다. 좋은 생각이 있으시면……."

"……."

묵묵 대답이 없다. 또 무슨 꿍꿍이속이 있으려니 짐작은 하면서도, 훈장들은 입을 다물고 있다.

"이번이야말로 사또에게 우리의 마음을 모아 드릴 좋은 기회라고 생각합니다. 달리 좋은 생각이 없으시면 돈으로 보여 드리는 게 어떨까 싶은데……."

"뭐라고 했소?"

"돈을 걷겠다고?"

훈장들이 흠칫 놀라 물었다. 그러나 책방은 그대로 계속했다.

"지금 생각으로는 목표액을 이천 원쯤 하면 섭섭지 않을 듯한데 여러 어른들은 어떻게 생각하십니까?"

"예끼, 의논을 한다고 불러 놓고 거둬 낼 돈의 머릿수까지 몰래 정해 두어? 의논은 무슨 의논? 느으들 맘대로 해라, 맘대로 해!"

가장 나이가 많은 댓골 훈장이 벽력같이 소리를 질렀다.

"허나, 이천 원이 뉘 집 강아지 이름인가? 그렇게는 안 되는 법이오."

못골 훈장이 점잖게 일렀다.

"소도 비빌 언덕을 보고 등을 댄다 하거늘, 누울 자리를 보고 발을 뻗어야지 에헴!"

"도대체 부의금이란, 제 형편대로 내는 것이지, 미리 금을 정해 놓고 억지로 맞추려 들다니, 쯧쯧쯧……."

훈장들의 나무람이 빗발치듯 쏟아졌다.

"그러기에 정한 게 아니라 여러 어른들의 뜻을 묻는 것 아닙니까?"

책방의 태도는 겉보기엔 정중했다. 잠자코 듣고만 있던 뿔고동 아버지, 곧 둥짓골 훈장이 마침내 입을 열었다.

"난 한 푼도 낼 수 없소."

"네엣?"

책방이 들고 있던 붓을 떨어뜨렸다.

"마음에 슬픔이 없는데 어찌 슬픈 뜻을 보인단 말이오?"

"어이코, 사, 사또의 어머니가 돌아가셨는데 어, 어찌 슬프지가 않단 말입니까? 만일 사또가 이, 이 자리에 계셨더라면 크, 큰일 날……."

책방은 너무 놀라 말까지 떠듬거렸다.

"큰일은 무슨 큰일. 부모가 돌아가셨으니, 자식 된 사또에게는 큰일이라 하겠지만 베들벌 백성들에게는 결코 큰일이 아니오."

뿔고동 아버지는 대나무 가르듯 잘라 말했다.

"사또가 돌아와 이 소식을 듣는다면 정말 큰일 날 것입니다."

우스웠다. 사또는 말끝마다 나라님, 나라님 하더니, 책방은 또 말끝마다 사또, 사또를 앞세우는 것이다.

책방의 얼굴이 붉으락푸르락했다. 그러나 사또 앞에서도 할 말을 다하던 뿔고동의 아버지를 그의 입 재간으로 해 붙일 도리가 없었다. 함께 자리한 훈장들이 속이 시원하다는 빛이다. 이윽고 한 사람 두 사람 자리에서 일어났다.

"오늘 모임은 여기서 그만 끝냅시다."

아전들의 속셈은 완전히 빗나가고 말았다. 뿔고동 아버지가 맨 나중에 일어났다. 책방이 아까부터 뿔고동 아버지를 쏘아보다가 다가와 못을 박았다.

"오늘 모임은 둥짓골 훈장 때문에 깨졌다는 사실을 알아 두십시오."

"나는 내 마음이 이르는 대로 말했을 뿐이오. 무릇 정이란 돈만으로 나타낼 수 없는 것이오. 게다가 물은 위에서 아래로 흐르는 법, 내려오는 정이 있어야 올라가는 정도 솟는 게요."

"암튼, 사또가 돌아오시는 대로, 사실대로 이를 것입니다."

책방이 획 돌아섰다. 몸짓도 사또를 닮았다. 동헌 밖에서는 훈장들이 아직 헤어지지 않고 뿔고동 아버지를 기다리고 있었다.

"둥짓골 훈장, 정말 시원했소이다."

"나도 부의금을 못 내겠다는 말이 목구멍까지 올라왔지만 입 밖으로 나오지 않던 참에……."

"살기가 넉넉할 때라 해도 부의금이란 마음 자라는 대로 내는 것 아닙니까?"

"글쎄 말이오. 세상이 어수선하여 늘 억지가 사촌보다 윗길이었던지라……."

나이 많은 댓골 훈장이 혀를 끌끌 찼다.

"그래도 힘 자라는 데까지 그 억지를 막아야 합니다. 물줄기를 따라 흐르는 물을 억지로 막는다 해도 언젠가는 다시 흐르지요."

"그렇고말고요."

훈장들이 얘기를 주고받으며 들길을 천천히 걸었다. 모두들 마음속으로, 오늘 모임이 아전들에겐 깨진 그릇이 되었지만, 베들벌 백성들에겐 새 짐을 더는 데 도움이 되었으면 하고 빌었다.

그러나 또 한편으로는, 이 일을 빌미로 아전들이 다른 행티를 부리지 않을까 염려도 되었다.

들을 가로지른 봇도랑 끝에서 훈장들은 서로 헤어졌다. 뿔고동 아버지도 마을로 들어섰다. 감나무 우물 터, 너덩길을 오르는데, 개동 어머니가 물동이를 이고 걸어 내려오고 있었다.

"훈장 어른, 어디 다녀오십니까?"

"관아에 좀 다녀옵니다."

"훈장 어른, 방금 또 아전들이 마을을 돌고 갔습니다. 사또 나리 어머니가 돌아가셨다 합니다. 성의껏 돈을 내라는데, 어디 마련이 있어야지요."

지난겨울 몹시 앓았던 개동 어머니의 얼굴이 아직도 부스스하다.

"방금 그 일로 다녀오는 길이지요."

"네에? 그럼 어떻게 됐나요?"

"억지로야 낼 수 없는 일이지요."

"그러믄요. 우리네 형편이 뻔한데, 못 내도 탈은 없겠지요?"

개동 어머니는 뿔고동 아버지의 말을 물고 늘어졌다. 뿔고동 아버지 또한 개동 어머니의 마음을 알고도 남았다.

어려운 일, 힘든 일이 생길 때마다 뿔고동 아버지를 믿고 따르려는 마음……. 개동 어머니뿐 아니다. 베들벌 어머니들이 모두 그러했다.

뿔고동 아버지는 그때마다 그들의 힘이 되어 주지 못하는 것이 안타까웠다.

"어서 올라가 보세요, 훈장 어른. 지금쯤 모두들 걱정이 하나 더 생겨 애를 태울 겝니다."

개동 어머니가 물동이를 다시 이며 말했다.

뿔고동 아버지의 발걸음이 무거워졌다.

마음이 벼랑 끝에 선 것처럼 답답했다. 아전들은 한편으로 의논을 하자고 고을의 훈장들을 부르고, 다른 한편으로 돈을 걷으러 마을로 나간 것이다.

한 고개 넘으면 또 한 고개, 그야말로 산 너머 산인 셈이다. 아전들은 한번 받으려고 한 것은 꼭 받아 내려 할 것이 틀림없다. 이번에도 뿔고동 아버지는 베들벌 어머니 아버지 들에게 도움이 되지 못하려나 보다. 아니나 다를까. 그들은 사또가 돌아오기 전에 몫몫으로 걷어 낼 양으로 불같이 재촉했다.

그러나 빈 굴 앞에서 기다리는 짐승처럼, 아무리 기다려도 아전들의 주머니는 채워지지 않았다. 기다리다 지친 그들은 하는 수 없이 시간의 덫을 놓았다.

"당장 내놓을 수 없으면 가을걷이 때로 미루어 주겠소."

이 시간의 덫에 걸리지 않는 사람은 단 한 사람도 없었다. 그 덫으로 베들벌 어머니 아버지 들은 당장은 숨이 트였다.

...새 사또는 헌 사또

트인 숨통으로 베들벌 어머니 아버지 들은 파란 하늘을 마셨다. 하늘에 가득한 빛과 바람과 소리가 가슴 안에 밀려든다. 맑고 시원하다. 어느덧 그들은 시간의 덫에 걸려 있음을 까맣게 잊었다. 그리고 일에 열중했다.

황톳길, 너덩길, 두렁길을 발씨 익은 솜씨로 휘다녔다. 발씨 한 걸음 보텔 때마다 낟알 한 톨이라도 더 맺히도록 꿈을 키웠다.

그러나 덫은 그대로 덫일 뿐이다. 시간이 흐른 뒤, 시간의 덫을 놓던 아전들이 다시 왔다. 시간의 덫 안에 감춰 둔 속셈 꾸러미가 입을 딱 벌렸다. 농사일엔 까막눈인 그들이 됫박질엔 이골이 나 있었다. 가짓수를 따라 몫몫이 세미를 퍼내고 부의금 조로 또 얼마를 덜어 내고 나니 보릿고개는커녕 겨울나기도 빠듯했다. 너도나도 세미를 다음 해로 물렸다. 묵은 곡식을 새 곡식으로 바꿔 갚는 색갈이를 미루는 집도 한둘이 아니었다.

나라에 내야 할 세금조의 낟알을 제때 못 내면 그만큼 갚아야 할 짐이 무거워질 뿐이다. 게다가 아전들의 성화가 불같았다. 시시때때로 고샅을 돌며 세미를 독촉했다. 오늘도 신새벽부터 개동이네 집에 아전들이 찾아왔다.

"계시오?"

하고 부르는 소리에 개동 어머니가 부엌에서 나왔다. 연기가 우우 밖으로 내몰렸다. 관솔불 냄새는 유난히 독해 눈코를 뜰 수 없었다. 기침도 나왔다.

"아침 연기가 나는 집에서 세미를 자꾸 물리면 되겠소?"

"예?"

개동 어머니는 그제야 아전들을 똑바로 바라보았다. 은근히 부아가 났다.

"원, 빚진 죄인도 아닌데 꼭두새벽부터 돌아다니시오?"

"나라에 진 빚은 빚이 아니오?"

아전이 눈을 부릅떴다.

"빚이 뭔 빚이오? 우린 빚진 일 없소. 옛날부터 백성의 형편이 어려워지면 세미를 감해 주는 법이 있거늘, 거꾸로 더 내라고 쥐어짜기만 하니 없는 낟알이 어디서 쏟아진단 말이오? 낟알이 물처럼 쏟아지는 곳이 있거들랑 가르쳐 주시오. 당장 받아다 바치리다."

몸은 가냘퍼도 말끝은 야무졌다.

"아무튼 내기로 되어 있는 세미를 내지 않으면 나라에 빚을 지는 것이오."

아전이 아금받게 이르고 사립을 돌아섰다. 돌아서는 아전의 등에 대고 개동 어머니가 냅다 소리를 질렀다.

"이것 보시오. 백성이 살아야 나라도 사는 법이오. 백성 없는 나라가 있단 말 들어 보았소?"

아전은 돌아보며 눈꼬리를 하얗게 치뜰 뿐 대거리는 하지 않았다.

다음 집은 뿔고동의 집이다. 어깨 밑으로 내려가는 토담을 돌아드는데 왠지 몸이 사려 들었다. 발부리와 발뒤축이 제각기 놀았다.

훈장네 집이라는 생각 때문일까?

'개동이네 집에서도 말 소나기를 맞았는데 자칫 천둥 번개가 칠지도 몰라.'

'어떡헌다?'

아전들이 토담 아래서 서성였다. 그때 나이가 가장 들어 보이는 아전이 결단을 내렸다.

"우리는 모두 나라의 녹을 먹는 신하가 아니오? 나랏일을 하는데 줏대를 가져야지."

"그렇긴 하지만……."

엉거주춤하던 다른 아전들이 나이 든 아전을 따라 들어갔다.

"훈장 어른 계십니까?"

"뉘시오?"

뿔고동 아버지가 장지문을 열었다.

"관아에서 나왔습니다. 밀린 세미를 빨리 내라는 독촉장입니다."

"오늘 아침엔 까치 대신 까마귀 우는 소리가 나더니만……."

아전들의 얼굴이 금세 붉어졌다.

"무슨 말씀입니까? 그럼 우리가 죽은 사람 부고라도 가져왔단 말씀입니까?"

그래도 훈장 앞이라 그는 함부로 말을 놓지는 않았다. 그러나 속은 미꾸라지탕처럼 부글거렸다.

끓는 속을 가라앉히며 나이 든 아전이 장지문 앞에 바싹 다가갔다.

"훈장 어른이면 훈장 어른답게 사람을 대해 주어야지, 그런 실례 말씀이 어디 있습니까?"

나이 든 아전의 말이 제법 깍듯했다. 그러나 말투는 여전히 껄끄러웠다.

"당신, 제법 의젓하게 화를 내는구려. 허나 일엔 다 때가 있는 법이오. 보시오. 나라의 신하가 백성들을 먼저 생각해야 평화로운 세상이 될 수 있소. 그것이 곧 하늘 마음이오."

"하늘 마음이라고요?"

"그렇소. 우리가 다 함께 파란 하늘을 바라보고 다 함께 바람을 나누어 마시듯이, 기름진 들의 열매를 함께 나누어 먹으려는 마음을 뜻하오. 그러니 당신들도 하늘 마음을 가진 백성이 되도록 힘써 보시오."

"아, 아닙니다. 우리는 백성이기에 앞서 나라의 신하입니다. 누가 뭐래도 나라의 신하는 나랏일을 우선해야 합니다. 이렇게 훈장 어른께 대접하는 건 다 나라님의 신하로서의 체통을 지키기 위해서지요."

나이 든 아전이 고개를 설레설레 흔들었다.

"체통? 그렇구려. 체통은 양반들이 목숨보다 중히 여기는 것이거늘, 양반의 시중을 드는 동안 당신들도 체통을 섬기게 됐구려."

담배통의 재를 털며 뿔고동 아버지는 계속했다.

"하긴, 이즈음 들리는 얘기로는 양반의 체통도 돈으로 살 수 있다던데……."

"무, 무슨 말씀을 점점 더 삐딱하게 하십니까?"

'체통'이라는 말 한마디에 나이 든 아전이 덜미를 잡히고 말았다.

"거, 왜 있지 않소. '양반 상투' 말이오. 돈을 주면 그 양반 상투를 살 수 있는 세상이 되었다지 않소."

조금 누그러졌던 아전들의 속이 다시 부글거렸다.

"그 '양반 상투'가 산 너머 박 첨지네 상투인지 물 건너 김 첨지네 상투인지 상투 주인은 알 수 없고, 상투 꼭지만 날아다니는데 모양이 꼭 배추꼬랑이 같거든. 허허."

뿔고동 아버지가 장죽 한 모금을 빨았다.

"또 그 배추꼬랑이가 뭔고 하니……."

"그만 하십시오!"

나이 든 아전이 가로막았다. 더 듣기 싫었다. 그러나 뿔고동 아버지는 멈추지 않았다.

"그 꼬랑인, 베들벌 백성들의 밭에서 자란 배추 뿌리요. 잘 들으시오. 당신들이 배불리 먹는 동안 우리는 낟알 몇 줌에 이 배추꼬랑이를 넣어 푹 끓여 먹고 있소."

아전들이 기둥이 된 채 꼼짝을 안 했다. 누구도 더 입을 열지 않는다. 나이로 치면 뿔고동보다 대여섯 위일 듯싶다. 그러나 늦둥이를 둔 뿔고동 아버지에겐 나이 든 아전도 자식뻘밖에 되지 않았다.

그들은 겉으로는 여전히 태연한 척했지만, 뿔고동 아버지에 대해 왠지 두려움을 느끼기 시작했다. 그 두려움은 사또 앞에서 느끼는 두려움과는 달랐다. 몸집도 매무새도 사또보다 보잘것없는데, 바위처럼 무겁고 눈빛이 호수처럼 맑았다.

사립을 돌아 나오며 나이 든 아전이 가까스로 한마디를 보탰다.

"나라의 법을 지키는 것이 백성의 도리이고, 백성의 도리를 일깨워 주는 일이 훈장 어른이 해야 할 일이라 믿습니다. 더 길게 말씀드리지 않겠습니다."

뿔고동 아버지가 한 번 더 당조짐을 했다.

"가서 이르시오. 사또도 나라님도 당신들의 눈과 입을 통해 백성들의 형편을 읽을 수 있소. 아는 일을 모르는 일로, 본 것을 못 본 것으로 덮어 두면 백성들은 당신들의 눈과 귀가 멀었다 할 것이오."

뿔고동 아버지의 이 마지막 말이 얼마나 깊은 뜻을 가진 말이라는 것을 저들이 알았을까?

그들은 남은 고샅을 더 돌 셈이었다. 이왕 나선 걸음이 헛걸음이 되지 않게 하려고 윗마을로 향했다. 그런데 윗마을엔 나이 든 아전의 친척이 살고 있었다. 친척 집에 가서 조르는 일은 훈장네 집에 가서 조르는 것보다 더 거북한 일이었다. 나이 든 아전이 핑계를 떠올렸다.

"오늘은 그만 돌아갑시다. 관아를 오래 비워 두는 것은 좋지 않소. 곧 새 사또가 올 텐데 환영 준비도 해야 하지 않겠소."

모두 그의 말을 들었다. 발길을 관아 쪽으로 돌렸다.

아전들이 둥짓골 고샅을 떠난 뒤, 뿔고둥 아버지는 서둘러 사립을 나섰다. 뿔고둥과 또래들이 훈련하는 모습을 보기 위해서다.

봇도랑 사이를 건너뛰고 동진강 샛길을 거슬러 참대 숲으로 향했다. 멀리 한양으로 통하는 신작로 꽃밭 등 너머에 줄을 지어 사람들이 오고 있다. 뿔고둥 아버지는 걸음을 멈추고 한참 바라보았다.

말을 탄 이, 깃발을 든 이, 가마꾼들…….

'새 사또가 오나?'

뿔고둥 아버지의 가슴이 설렘과 두려움으로 떨렸다.

'제발, 이번엔 하늘 마음을 가진 사또가 왔으면…….'

마침 참대 숲 쪽에서 뿔고둥과 또래들이 내려오고 있었다. 그들도 활쏘기 연습을 하다가 신작로 쪽을 본 모양이다.

"훈장님, 훈장님. 새 사또가 오나 봅니다."

탄돌이 성큼 다가왔다.

"오냐. 나도 어림을 하고 있다."

나팔 소리가 들려왔다. 말 잔등 아래 도포 자락이 너풀거렸다.

사또의 행차가 틀림없다.

"아, 아버지, 옛 사또가 다시 오고 있습니다."

사또의 얼굴을 보러 길께로 달려갔던 뿔고둥이 헉헉대며 돌아왔다.

"훈장님, 새 사또는 헌 사또입니다."

개동의 말에 뿔고둥 아버지의 얼굴엔 짙은 그늘이 드리워졌다.

"무슨 인연이 또 남았기에 조 사또가 우리 고을을 두 번씩이나 다스린단 말이냐?"

"훈장님, 그래도 혹 압니까? 새 마음으로 좋은 사또가 되고 싶어 일부러 오는지도 모를 일입니다."

탄돌이 조심스럽게 여쭈었다.

"그랬으면 얼마나 좋겠느냐?"

뿔고동 아버지의 바람도 탄돌과 같았다.

들을 가로질러 오던 행차가 동헌 쪽으로 꺾어 들었다. 사또의 행차를 만난 베틀벌 사람들은 하던 일을 놓아두고 뒤따랐다. 그것이 사또에 대한 예의였다.

훈장과 또래들은 대숲에 몸을 감추어서 그들 눈에 띄지 않았다.

이윽고 동헌에 다다른 사또는 마치 자기 집에 돌아온 듯 기쁨을 감추지 못했다. 이방, 책방이 사또의 양쪽에 바싹 붙여 열심히 귓속말을 넣어 주었다.

사또가 앉으면 앉아서, 서면 서서, 쉴 새 없이 얘기 선물을 바쳤다.

사또의 얼굴이 금세 찌푸렸다가 금세 갰다 한다. 한참 얘기를 듣고 있던 사또가 백성들에게 눈이 멎었다.

"그동안 정든 고향엘 다시 오게 되어 기쁘오."

사또의 인사말은 빨간 거짓말이었다. 사또는 자신이 나라님이 계시는 한양 토박이임을 늘 자랑해 왔었다. 정말, 사는 동안 정이 들어 타향을 고향이라고 말할 수는 있다. 그러나 사또가 고향이라고 말한 베들벌은 분명 타향이었다. 마치 타향에 나가 고생을 참고 목돈을 벌려는 사람처럼 사또는 베들벌에 내려와 자신의 곳간을 채우는 일에만 빠져 있었다. 그것도 고생은커녕 손 하나 까딱 않고 백성들 곳간만 넘보았다.

베들벌 어머니 아버지 들은 사또의 너울 쓴 말을 잠자코 듣고만 있었다.

"여러분과 내가 다시 만나게 된 건 보통 인연이 아니오. 그런데……, 에헴!"

사또의 목소리가 눈꼬리처럼 치올라갔다.

"여기 온 여러분이야 그럴 리 없겠지만, 듣자 하니 내가 다시 온 것을 못마땅해 하는 사람이 있다던데……."

사또는 여기까지 말을 하고는 다시 사방을 둘러보았다. 여러분이야 그럴 리 없을 거라고 얼러 놓고 사또는 따가운 눈총을 한 사람 한 사람에게 쏘아 보냈다.

...훈장님, 훈장님

"여기 둥짓골 전 훈장 있소?"

사또가 자리에서 벌떡 일어났다.

"둥짓골 전 훈장 있느냐 물으신다아."

이방이 되받아 목청을 높였다.

"둥짓골 훈장 어른 오오지 아않았습니다요."

다짜고짜 내닫는 사또의 서슬에 물 끼얹은 듯 조용한 틈에서 대답이 나왔다. 수남 어머니였다.

"정말 없소?"

사또가 재차 물었다.

"사또 나으리, 먼 길 행차 끝인데 쉬십시오. 저희가 전 훈장을 곧 불러들이겠습니다."

책방이 사또의 마음을 가라앉히고 나줄 우두머리를 불렀다.

"예잇! 화살처럼 날아가 훈장을 맞혀 오겠습니다."

나줄들은 명령이 떨어지기 무섭게 동헌 밖으로 내달았다. 거친 걸음 새마다 철릭 자락이 휘뚝거리고 허리춤의 육모 방망이가 흔들렸다. 손에는 키보다도 큰 창을 쥐었다. 뽈고동 아버지는 집에 없었다.

"초막에 갔나 봐요."

뿔고동 어머니의 가슴이 공연히 떨렸다. 나졸들은 선걸음에 초막으로 내달았다. 그러나 거기에도 뿔고동 아버지는 없었다.

"활터 아니면 황토 마루로 가 보자!"

우두머리 나졸이 시키는 대로 그들은 두 패로 나뉘어, 한 패는 참대 숲 활터로, 또 한 패는 황토 마루로 향했다.

참대 숲 활터.

뿔고동 아버지는 방금 시합을 끝낸 또래들에게 베들벌의 땅 모양을 얘기해 주고 있었다. 나졸들은 발소리를 죽이며 가만가만 다가갔다.

"얘들아, 보렴. 저 건너 산이 심미산이다. 백산이라고도 하지. 산골에 들어 있으면 작은 언덕 폭밖에 되지 않겠지만 여기선 분명 산이다. 저기 올라가면 베들벌 사방이 한눈에 다 들어오거든. 그리고 저 산 뒤 기슭으로 갈라져 흐르는 동진강 물이 베들벌을 골고루 적셔 준다. 백산이 베들벌을 지켜 주는 파수꾼이라면 동진강은 베들벌을 살찌우는 젖줄이 되겠지. 그리고 너희는 이 산과 강과 들을 모두 지켜야 할 파수꾼의 파수꾼이다, 알겠느냐?"

뿔고동 아버지가 미처 대답을 듣기 전에 숲 속으로부터 나졸들이 뛰어나왔다.

"전 훈장은 우리를 따라오시오. 새 사또의 분부이오."

갑자기 당하는 일에 또래들의 눈이 휘둥그레졌다.

"무슨 일입니까?"

뿔고동이 나졸의 철릭 자락을 붙잡았다.

"저리 비켜. 귀에 피도 안 마른 녀석이 어디 앞에 나서는 거여?"

"우리 아버지입니다. 무엇 때문에 아버지를 잡아가시려 합니까?"

"가면 안다. 어서 따라 나오시오."

뿔고동 아버지가 잠시 생각에 잠기다가 나졸들 가까이 갔다.

"훈장님, 훈장님. 가지 마십시오."

"잘못하신 일도 없는데 무엇 때문에 저들에게 잡혀갑니까?"

또래들이 뿔고동 아버지를 붙들고 놓지 않았다.

"놓아라. 얼른 다녀오마. 별일 없을 게다."

뿔고동 아버지가 또래들을 다독이고 대숲을 내려갔다.

조릿대 댓잎의 향이 그윽하다. 물갬나무 아래 쥐손이풀이 나붓이 자라고 있다. 큰 나무 그늘 아래서도 고운 싹을 틔우며 지나는 사람의 발등을 간지럽혀 준다.

'머지않아 분홍 꽃도 피우겠지.'

작은 풀 싹 하나가 뿔고동 아버지의 마음에 드리운 그늘을 걷어 갔다. 말없이 앞장서 걷는 훈장의 뒷모습을 보며 나졸들은 맥이 빠졌다.

허리춤의 육모 방망이, 손에 쥔 창이 어쩐지 부끄러운 물건처럼 느껴졌다. 화살처럼 날아가 훈장을 붙잡아 오겠다고 씩씩거리던 그들이 웬일일까?

뿔고동 아버지에게 보이지 않는 부드러움이 있어 그들의 마음을 녹여 준 걸까? 그들은 자기들끼리 쑤군쑤군 얘기를 주고받았다.

"애들이나 가르칠 일이지 공연히 사또 비위를 거슬려 혼쭐이 나는 게야."

"조 사또가 다시 이곳에 올 줄 누가 알기나 했을까?"

"난 처음 올 때 가졌던 마음이 자꾸만 무너지고 있네."

"훈장 때문인가?"

"으음, 가르치는 것뿐만 아니라 산 자리 물 자리에도 아주 밝은 양반일세."

"허기야 불같은 우리 사또 성깔에 침을 놓는 사람도 저 훈장 말고 누가 있었나?"

"성깔뿐인가. 욕심은 또 어떻구. 이번에 거둔 부의금도 사또가 떠나기 전에 미리 금을 매겨 주고 갔다는 소문이 짜해."

앞에서 하는 얘기는 뒤에서 들리지 않는다. 그러나 뒤에서 하는 얘기는 앞에서 잘 들린다. 뿔고동 아버지는 나졸들의 얘기를 모두 들었다. 사람이 사람을 보는 눈은 보이지 않는 데서 더 정확하다. 사또를 모시는 나졸들의 입에서 나오는 사또에 대한 말, 그리고 자신에 대한 말은 무엇을 뜻할까?

그러나 뿔고동 아버지는 그들의 얘기를 대숲 바람에 날려 버렸다.

누구든 없는 데서 다른 사람 얘기를 하는 것은 용기가 없는 쪽이거나 옳지 못한 쪽일 터이기 때문이다.

동헌.

사또는 여전히 이방의 말을 찰떡 받아먹듯 받아먹고 있었다. 마침 동헌 안으로 앞장서서 들어오는 뿔고동 아버지를 보자 사또의 낯빛이 굳어졌다. 그의 눈빛이 숯불처럼 이글거렸다. 자리에서 벌떡 일어났다. 그 바람에 이방이 뒤로 발랑 넘어졌다.

"네 죄를 네가 알렷다!"

사또가 밑도 끝도 없는 소리를 내질렀다. 보기만 하면 조목조목 따지려 드는 뿔고동 아버지의 입을 미리 막으려는 약은 꾀였다.

뿔고동 아버지는 대답을 하지 않았다.

"어찌하여 대답을 안 하느냐? 여봐라, 저자를 당장 옥에 가두어라."

나졸들이 얼른 나서지 못하고 멈칫거렸다.

"뭣들 하느냐? 이방, 어서 빨리 끌고 가렷다아!"

"예이, 어서 빨리 끌고 가랍신다아!"

이방이 재빨리 뒷북을 쳤다. 나졸들이 뿔고동 아버지의 양쪽 팔을 붙들고 나갔다. 그는 고분고분한 어린애 같다.

참대 숲에서 나졸을 따라 나설 때부터 예전의 뿔고동 아버지가 아니었다. 얼굴엔 비록 깊은 어둠이 깔려 있지만 왠지 마음은 고요하기만 했다.

옥 안은 침침했다. 모퉁이에 짚북데기가 쌓여 있고 바닥은 강 흙이었다. 나졸이 문을 꽝 닫고 가 버린다. 뿔고동 아버지는 눈을 감았다. 눈을 떴을 때보다 밝은 세상이 보인다. 뻐꾸기가 울고 종다리가 맘껏 노래하는 하늘이 보인다. 빛 고운 피륙이 굽이굽이 펼쳐진 하늘 한복판에 해님이 웃고 있다. 꽃구름이 손짓한다. 해님은 그 쨍쨍한 햇발을 베들벌에 좌악 폈다. 꽃구름이 녹아 들을 적셔 준다.

'아, 가멸구나!'

뿔고동 아버지는 감은 눈앞에 아름답게 열리는 세상을 보고 하늘 마음 노래를 읊었다.

"전 훈장, 일어나시오!"

이방이 뿔고동 아버지를 불렀다.

"사또 나으리의 문초가 있으니 어서 나오시오!"

뿔고동 아버지가 일어나 이방을 똑바로 바라보자 이방이 슬쩍 고개를 돌렸다. 동헌 마당에 들어서기 무섭게 누군가 옆구리를 쿡 찔렀다. 이어 등을 힘껏 밀쳤다. 어이쿠! 오른쪽 무릎이 접질리며 뿔고동 아버지가 앞으로 고꾸라졌다.

"핫핫핫, 너무 곧추서면 허리가 꺾이는 법이다. 핫핫핫!"

사또가 동헌 마당 아래까지 내려와 있었다.

"나를 똑바로 봐라. 아니, 보시오. 훈장, 내가 바로 새 사또요. 핫핫핫!"

무엇이 그리 우스운지 사또는 말끝에 째지는 웃음을 달았다. 그러나 그의 얼굴빛이 또다시 일그러졌다.

"내 그동안 많이 참아 왔다. 훈장을 대접해 주는 내 깊은 뜻을 우습게 보던 너의 그 괘씸한 버릇을 오늘에야 단단히 고쳐 주게 되었구나. 네가 네 죄를 알렷다!"

사또는 미주알고주알 캐기 시작했다.

"나라님을 위해 일을 할 때마다 방해한 훼방 죄, 우리네 좋은 풍속을 그르치게 한 괘씸 죄, 세미를 제때제때 내지 않은 게으름 죄……. 네 죄는 네가 다 알지 못할 만큼 많다. 그래도 내가 훈장의 체통을 어여삐 여겨 이쯤 밝혀 두니, 여봐라, 이자에게 곤장 오십 대를 쳐서 가두어 라!"

말을 받아 입을 열 사이도 없이 매가 쏟아졌다. 매를 휘두르는 손이 도리깨질하는 손 같다. 아니 그보다 더 억세다.

뽈고동 아버지의 입에서 신음 소리가 났다. 자신도 모르게 나오는 소리였다. 신음 소리는 점점 커졌다. 영문도 모른 채 따라나선 일끝이 매타작일 줄은 뽈고동 아버지도 짐작하지 못했다. 모진 매를 막아 내 기엔 그가 입은 옷은 너무 얇았다. 등줄기가 얼얼하다. 엉덩이에 생살 이 터졌는지 쓰리고 아프다. 이를 물고 아픔을 참는다. 결코 눈물을 보 이지 않았다.

"에잇, 보기 싫다. 아까운 옥밥 먹이지 말고 제집으로 돌려보내랏!"

매에 장사가 따로 없다. 가까스로 몸을 가누며 일어났다.

어느새 왔는지 뽈고동 어머니가 울며불며 남편을 부축했다.

"아이고, 아이고, 닭 모가지 하나 못 비트는 우리 영감이 어찌 이런 모진 매를 맞았는고."

뽈고동 어머니 눈에서 눈물이 쏟아졌다. 마을 너덩길에 다다를 때까 지 쉴 새 없이 쏟아졌다. 뽈고동 아버지의 몫까지 흘리는 걸까?

뽈고동과 또래들이 감나무 공터에서 기다리고 있었다.

"아버지이……."

초주검이 되어 돌아오는 아버지를 보고 뿔고동이 울음을 터뜨렸다. 어깨의 깃털이 파르르 떨렸다.

"훈장님, 훈장님……."

또래들의 울음보가 한꺼번에 터졌다.

"괜찮다."

뿔고동 아버지가 기어드는 소리로 겨우 한마디 했다.

"훈장님, 제 등에 업히십시오."

탄돌이 뿔고동 아버지 앞에 등을 댔다.

"한 걸음이 백 걸음 같더니만……."

뿔고동 어머니가 그제야 숨을 돌렸다.

뿔고동 아버지는 자리에 누웠다. 몸을 제대로 쓸 수가 없어 뿔고동과 탄돌이 번갈아 곁을 지켰다.

"초막에 가서 공부들 해라."

"괜찮습니다, 아버지……."

뿔고동이 아버지를 볼 때마다 눈물을 흘렸다. 탄돌도 이렇게 슬퍼하는 뿔고동을 보기는 처음이다.

또래들이 아침저녁으로 와서 뿔고동 아버지에게 문안을 드리고 뿔고동을 위로해 주었다.

"뿔고동, 넌 우리 대장이야. 대장은 눈물을 함부로 보여서는 안 돼."

"자, 우리 모두 하늘 마음 노래를 부르자."

슬픔에 잠긴 뿔고동을 건지기 위해 또래들은 한마음이 되었다.

"고맙다. 노래를 부르자."

뽈고동이 눈물을 훔치며 말했다.

힘찬 노랫소리에 뽈고동 아버지가 눈을 떴다.

잠 속에 묻혔던 아픔도 깨어났다.

'저 씩씩한 노래……. 이제는 맘 놓고 푹 잘 수 있으리라. 아픔도 슬픔도 다 잊고 평화의 새가 되어 날고 싶다.'

며칠이 지나도 온몸의 욱신거리는 아픔은 가라앉지 않았다. 가슴이 쉴 새 없이 방망이질을 했다. 때 없이 숨이 딱 멎는 듯한 기분이 들기도 했다. 물 한 모금도 마시고 싶지 않다.

조용히 하늘 마음 노래를 읊어 본다.

"…… 평화 평화 평화의 씨……. 그래. 아픈 내 몸속에 평화의 씨를 묻자. 한 알의 밀알이 밀밭을 이루듯 내 안에 묻힌 평화의 씨앗이 베들벌의 평화를 맺을 수 있다면……."

꿈 같은 꿈, 이루어야 할 꿈을 꾸며 뽈고동 아버지는 다시 깊은 잠에 빠졌다.

황토 마루의 귀신 놀이

...우리 모두 새가 되어

넓고 메마른 들판 가운데 새 한 마리가 외롭게 서 있다. 새는 이리저리 목을 돌리며 물을 찾았다.

'한 모금 물을 마시고 싶구나.'

그러나 어디를 보아도 물 자리는 없었다. 새는 절뚝절뚝 걸으며 물자리를 찾았다.

동쪽으로 갔다. 물이 없다. 서쪽으로 갔다. 새의 가냘픈 목이 더욱 가냘퍼 보인다. 목이 점점 타들고 발가락도 아파 왔다.

'저어기 남쪽으로 가 보자.'

외발 떼기를 하며 남쪽 길을 따라 걸었다. 멀리 푸른 실낱 같은 물줄기가 보였다. 둑도 보였다. 새는 기뻐 날았다. 무엇에 날개가 눌렸는지 새는 그동안 날 수 있는데도 날지 못했던 것이다.

물가에 사뿐 내린 새는 아픈 발을 물속에 담그고 목을 적셨다.

부드러운 동진강의 푸른 물이 발목을 간지럽혔다. 새는 모처럼 맑고 푸른 숨을 들이켰다.

뿔고둥 아버지는 영영 깨어나지 못했다.

그 소식이 검대 할아버지의 귀에 들어온 것은 뿔고둥 아버지가 돌아가신 지 열흘이 지나서였다. 그날은 마침 보은 장터에서 하늘 마음 식구들이 만나는 날이었다.

개동 아버지와 수남 아버지가 뿔고동 아버지의 소식을 전해 주었다. 검대 할아버지가 개동 아버지, 수남 아버지와 함께 베들벌에 왔다. 뿔고동과 탄돌은 마치 친할아버지를 맞듯 기뻐했다. 할아버지는 먼저 아버지를 여읜 뿔고동을 포근히 감싸 주었다. 갑자기 훈장을 잃은 또래들에게도 따뜻한 위로의 말을 주었다.

"이제부터 슬퍼하고 있을 때가 아니다. 그분이 왜 돌아가셨는지, 무엇 때문에 돌아가셨는지 새겨 두어라. 남은 일은 너희 몫이다."

"잘 알고 있습니다, 할아버지."

뿔고동과 탄돌이 조용히 대답했다.

"그리고 탄돌."

"네?"

"가서 팽나무 지팡이를 가져오너라."

"팽나무 지팡이를요?"

검대 할아버지가 탄돌을 뚫어지게 바라보았다. 할아버지의 눈빛에 탄돌은 자리에서 벌떡 일어났다.

"여기 가져왔습니다."

검대 할아버지가 팽나무 지팡이를 들어 올려 손잡이 아래를 들여다보았다.

"탄돌, 이 지팡이 누가 주더냐?"

"고향을 떠나올 때 할머니가 주신 것입니다."

"으음, 이거 내가 만든 것이다. 보거라. 손잡이 아래 내 이름이 새겨져 있으니……."

탄돌은 얼른 손잡이 아래를 들여다보았다. 숯덩이가 박힌 듯 '검대' 두 글자가 박혀 있었다.

'어찌 여태 이걸 못 보았을까?'

"네엣?"

탄돌은 잠시 숨이 멎은 듯, 큰 숨을 내쉬었다. 곁에 있던 뿔고동도 따라 놀라 어안이 벙벙했다.

"잘 듣거라, 탄돌. 나는 너의 친할아범이다. 내 일찍이 할멈한테 이 팽나무 지팡이 하나를 남겨 두고 범티재를 떠나왔지. 온 나라를 두루 다니며 산과 들과 바람의 이야기에 귀를 기울이고 넘치는 힘을 모아 무술을 닦았다. 그러는 사이 우연히도 하늘 마음 가진 사람을 만나게 됐지."

할아버지는 곰방대에 불을 붙인 다음 계속했다.

"할아범은 다시 태어났다. 힘으로 때려눕히던 사람을 말로써 타이르고, 잘 닦여진 무술을 하늘 마음 또래들에게 나누어 주었다. 너희도 보았지? 언젠가 장날 드팀전에서. 다 이 할아범의 또래들이다."

할아버지의 입에서 폴폴 담배 연기가 피어났다.

"탄돌, 너를 처음 본 순간, 나는 네가 내 손주라는 걸 알아차렸다. 유달리 큰 덕데며 눈, 코, 입, 귀가 너의 아범, 이 할아범의 아들을 쏘옥 뺐거든, 허허."

그러나 탄돌은 아직도 믿기지 않았다. 검대 할아버지의 말이 정말인 것 같기도 하고 아닌 것 같기도 했다. 은근히 의심도 돋았다.

'혹 당신에게 혈육이 없어 나를 손주로 삼으시려는 게 아닐까?'

그러면서도 탄돌의 마음은 점점 더 할아버지에게 끌렸다. 왠지 할아버지가 전에보다 정답게 느껴졌다.

생각에 잠긴 탄돌을 검대 할아버지가 지그시 바라보았다.

"옛말에 물은 보이는 데서 이어져 흐르지만 피는 보이지 않는 데서도 이어져 흐른다 했다. 그러기에 오랫동안 떨어져 살던 부모 형제도 만나면 금세 알아본다."

탄돌의 귀에 익은 말이었다. 범티재를 떠날 때 바로 할머니에게서 들었던 얘기다. 할아버지는 옛말이라 했지만 어쩌면 할머니와 나눈 약속의 말일지도 몰랐다.

"할머니도 말씀하셨지요. 이 팽나무 지팡이가 어쩌면 할아버지를 찾아 줄지 모른다고 하셨어요."

탄돌은 자기도 모르는 사이 눈시울이 뜨거워졌다. 문득 할아버지의 무릎에 묻히고 싶었다. 그러나 꾹 참았다. 그때 뿔고동이 입을 열었다.

"탄돌, 축하해. 난 아버지를 여의었지만, 넌 할아버지를 만나게 되었으니 얼마나 좋으냐."

"고마워, 뿔고동. 하지만 나의 할아버지가 곧 너의 할아버지야. 너의 아버지가 곧 나의 아버지였듯이."

탄돌이 말해 놓고 검대 할아버지를 슬쩍 쳐다보았다. 검대 할아버지가 빙긋이 웃으며 끄덕였다.

"자, 탄돌, 우리 이야기는 여기서 끝내기로 하자. 이제부터 너희 어깨의 깃털을 모으도록 해라. 우리 모두 새가 되어야 할 때다."

방 안이 갑자기 엄숙해졌다.

"무슨 말씀이신가요, 할아버지?"

"둥짓골 전 훈장은 새가 되어 날아갔다. 한 마리 평화의 새……. 날아간 새는 돌아오지 않는다. 이제 너희 차례야."

"그래서 훈장님이 돌아가셨어도 우리는 아침저녁 참대 숲에 가서 훈련을 하고 있습니다."

탄돌이 대답했다.

"아암, 그래야지."

검대 할아버지는 며칠을 뿔고동 집에서 묵으며 또래들에게 병서에 대한 이야기를 들려주었다.

새벽과 달밤을 이용하여 검술도 익혀 주었다. 탄돌이 검대 할아버지의 손주라는 사실을 알게 된 또래들은 탄돌을 부대장으로 삼았다.

또래들은 검대 할아버지를 새 스승으로 모시고 싶었다. 그러나 할아버지는 한곳에 오래 머물 수가 없었다. 할아버지를 기다리는 사람이 많았기 때문이다. 할아버지가 둥짓골을 떠나던 날, 뿔고동과 또래들은 좋은 이름을 선사받았다.

"너희 모두 녹두새의 깃털을 어깨에 달고 있으니 녹두 부대라 함이 어떨까 한다. 뿔고동, 따라서 넌 이제부터 녹두 장군이 되는 게다."

"좋아요, 할아버지."

"열심히 하겠습니다."

탄돌과 뿔고동 모두 만족하는 걸 보니 다른 또래들도 물론 찬성할 것 같았다. 할아버지가 계시지 않는 동안 훈련은 뿔고동과 탄돌이 맡아 했다.

검대 할아버지의 피를 받아서인지, 탄돌은 활쏘기보다 검술에 더 능했다. 탄돌이 검술을 익힌 다음부터는 아무 때나 아무 곳에서나 울근불근 내솟던 힘을 잘 가눌 수 있게 되었다. 힘을 쓸 때 쓰고 아낄 때 아끼는 기술을 배운 것이다.

탄돌의 상대는 개동이였다. 둘은 연습에 들어가기 전에 꼭 인사를 나누었다. 대칼을 비스듬히 세워 서로의 허술한 곳을 찾으려 마음을 하나로 모았다. 눈에 힘이 들어갔다. 누구든 먼저 공격을 하면 대칼의 춤이 시작되었다. 많이 맞은 사람이 연습을 많이 한 사람이 된다. 맞으면서 몸과 마음이 닦이기 때문이다. 그러나 연습이 끝나면 다시 인사를 나누고 한또래가 된다. 활쏘기와 검술을 함께 익히는 동안 뿔고동은 새로운 사실을 발견했다.

"우리들 중에 활쏘기를 더 잘하는 또래가 있고, 검술에 더 능한 또래가 있다. 한 사람이 두 가지를 다 연습하는 것보다 그 가운데 잘하는 것을 골라 열심히 한다면 더 훌륭한 솜씨를 갖게 되지 않을까?"

"뿔고동, 그거 참 좋은 발견인데?"

탄돌이 부추겼다.

"그렇다면 우리 부대를 둘로 나누자. 활쏘기 부대와 검술 부대, 어때?"

개동이의 말에 모두들 박수를 보냈다. 뿔고동이 백반으로 땅에 금을 그었다.

"왼쪽은 활쏘기 부대, 오른쪽은 검술 부대. 각각 제자리 집합! 뿌우우……."

뿔고동이 오랜만에 나팔을 불었다. 또래들은 저마다 좋아하는 부대, 자신 있는 부대로 들어갔다. 그리고 활쏘기 부대는 뿔고동이, 검술 부대는 탄돌이 각각 꼭지가 되었다.

양쪽 또래들은 숫자도 얼추 비슷했다. 하나였던 부대를 둘로 갈랐는데 힘이 곱으로 늘어났다. 녹두 부대 또래들은 하루도 거르지 않고 훈련을 계속했다. 여름이 되면서부터는 새벽 훈련 시간을 한 시간 더 늘렸다. 또래들의 부지런해진 모습을 보고 베들벌 어머니들은 한편 대견해하면서도 또 한편 걱정을 했다.

"뿔고동 어머니, 훈장 어른이 가신 다음 아이들이 부쩍 부지런해졌어요."

개동 어머니가 말문을 열었다.

"글쎄, 꼭두새벽 어스름 달밤에도 활터를 찾곤 해요."

수남 어머니였다.

"몸과 마음을 닦는 거야 더없이 좋은 일이지요만……."

뿔고동 어머니가 무슨 말을 하려다 마는데 눈치 빠른 개동 어머니가 뒤를 이었다.

"행여 어린것들이 못된 싸움 놀이를 하려는 게 아닌가 모르겠어요."

"어이쿠, 그런 말씀 마세요. 말이 씨가 되어 어린것들이 역모죄에 걸리기라도 한다면, 어이구…… 무서워라……."

뿔고동 아버지가 매 맞는 광경을 두 눈으로 똑똑히 보았던 수남 어머니는 지레 겁을 먹었다.

"그런데 참, 엊저녁에 이상한 꿈을 꾸었어요."

개동 어머니가 호미 자루를 흙 속에 박으며 팔을 들어 황토 마루 쪽을 가리켰다.

"무슨 꿈을요?"

뿔고동 어머니가 놀라 물었다.

"달밤이었어요. 푸른 날개를 가진 애들이 저어기 황토 마루 쪽으로 날아가는 꿈을 꾸었어요. 우리 애들 같았어요."

"이상도 해라. 애들이 새처럼 날아가다니……."

수남 어머니는 무슨 괴이쩍은 얘기를 들은 듯 얼굴을 찡그렸다.

"오오라, 애들 어깨에 단 깃털 때문에 그런 꿈을 꾸었나 봐요. 깃털들이 모여 새가 되지 않았을까요?"

"어쨌거나 하늘을 나는 꿈이니 좋은 꿈이 아닐는지……."

"글쎄, 꿈보다 풀이가 더 좋아야 한다는데, 좋은 꿈으로 생각하면 좋은 꿈이 될 테지요."

뿔고동 어머니가 개동 어머니의 꿈을 좋은 쪽으로 끌어 주었다. 그러면서도 속으로는 몇 곱 더 근심이 늘었다.

'애들이 싸움 놀이를 열심히 하면 난리가 난다는 옛말이 있는데……'

게다가 이즈음엔 아이들이 검대 할아버지에게서 배운 검술도 익히고 있었다.

베들벌 어머니 아버지 들은 그들의 어린 시절을 돌이켜 보며 또래들의 훈련을 눈여겨보았다. 그리고 그 옛날 그들의 부모가 그랬듯이 똑같은 생각에 잠겼다.

'아무리 거짓된 평화라도 싸움보다는 못하지 않다. 그러니 참고 기다리렴.'

비록 가난하게 살아도 저마다 자식을 당금같이 귀하게 여기는 베들벌 어머니, 아버지……. 훗날 베들벌을 지키고 가꾸어 나갈 의젓한 또래들이 피지도 못하고 지는 꽃봉오리가 되는 것을 원하지 않았다. 부질없는 싸움에 말려들어 빛도 없이 사라지는 별이 되는 것을 원하지 않았다. 그러나 또래들은 바로 그런 어머니, 아버지의 사랑을 저버리지 않기 위해 힘쓰고 있었다.

그것은 생각의 차이였다. 때로는 착한 자식도 부모와 생각을 달리하는 수가 있다. 누구의 생각이 더 옳고 그르다는 것을 가리기에 앞서, 그렇게 다른 생각을 갖게 된 까닭을 찾아낼 수 있어야 할 것이다.

...사발통문

그 무렵 사또는 또 하나 커다란 일을 벌여 놓고 있었다.

베들벌의 젖줄, 동진강에 새 둑을 쌓기 시작했다. 심미산을 돌며 흐르는 두 갈래의 강줄기에 각각 묵은 둑이 있는데, 그 아래쪽에 더 높은 둑을 쌓는 것이다. 두 개의 둑으로 물을 모으나 한 개의 둑으로 모으나 매양 한가지다.

더구나 이미 있는 둑이 갑자기 무너질 염려가 있는 것도 아닌데, 없는 일을 만드는 셈이 되고 말았다. 게다가 새 둑을 쌓기 위해 조상 대대로 내려온 묵은 나무를 마구 베어 버렸다.

사또는 새로 쌓은 둑이 매우 튼튼하고 물의 양도 많으므로 어떤 가뭄이 닥쳐와도 끄떡없을 거라고 자랑이 늘어졌다. 동헌에 오는 사람한테마다 자랑을 하고, 그것도 모자라 고을마다 아전들을 내보내 선전 나팔을 불게 했다.

나팔은 실제 목소리보다 크게 울린다. 새 둑에 대한 선전 나팔 소리가 베들벌 사방팔방으로 퍼져 나간 뒤 얼마 되지 않아 새로운 세금의 이름이 태어났다.

새 둑세였다.

벌 끝에 매타작이라더니 바로 이를 두고 하는 말이 아닐까? 베들벌 백성들이 원치도 않는 일을 억지 춘향으로 해 놓고선, 그 일 끝에 세금 덩이를 매달아 준 것이다.

"말이 좋아 둑세지, 하늘이 준 물도 세금 내고 쓰란 말 아니여!"

"정작 베들벌 주인인 우리네와는 한마디 의논도 없이, 사또도 너무 하시는구면."

"이게 바로 나리 혼자 북도 치고 장구도 치는 모양이여. 우리네사 하늘 보고 가슴이나 치세그려."

베들벌 어머니 아버지 들이 한숨 끝에 맺힌 말을 토해 냈다.

"뿔고동아, 살림은 점점 줄고 걱정은 점점 태산 같아지는구나."

웬만해서 어려운 빛을 보이지 않던 뿔고동 어머니도 아들에게 푸념을 했다.

"어머니, 잘 알고 있습니다. 저와 또래들이 그동안 생각을 모았습니다. 우리의 여린 힘을 한데 모으자고요."

"아서라. 피지도 못하고 다칠라."

뿔고동 어머니가 펄쩍 뛰었다.

"훈장님이 다 못한 일을 뿔고동과 저희가 물려받기로 했습니다."

탄돌이 옆에서 거들었다.

"더 참고 기다려 보거라. 너희는 모두 갓 돋아난 햇잎들……. 푸릇푸릇 자라 꽃과 열매를 맺어야지."

"어머니, 우리도 이제 할 수 있습니다. 우선 새 둑세의 이름을 거두도록 우리 이름을 이미 모아 두었습니다."

뿔고동이 조그만 두루마리 종이를 폈다. 작은 붓으로 빽빽하게 써 내려간 아래쪽에 둥근 사발 모양으로 이름이 둘러쳐 있다.

"이것이 무엇이냐?"

뿔고동 어머니가 물었다.

"사또에게 호소하는 글입니다."

뿔고동 어머니가 묵묵히 사발 속 이름을 훑어보았다.

"이름을 왜 이렇게 빙 돌려 썼냐?"

"우리 이름을 이렇게 둥글게 돌아가며 쓰면, 누가 이걸 맨 처음 썼는지 감쪽같이 모를 테지요."

참으로 꾀발랐다.

"어디서 이런 생각을 얻었느냐?"

"개동이 집에서요."

"개동이네?"

뿔고동 어머니는 자못 궁금했다.

"어서 말씀드려, 뿔고동."

탄돌이 옆에서 쿡 찔렀다. 뿔고동이 실쭉 웃으며 털어놓았다.

"개동이 누이 옥분이가 소꿉놀이하는 걸 구경하고 있었지요."

"뿔고동 오빠도 먹어."

옥분이가 정성껏 차린 소꿉 상을 뿔고동에게 내밀었다. 갖가지 나물을 사금파리 접시에 둥글게 담고 차진 흙 밥을 이 빠진 종지에 수북하게 담았다.

"어디 맛을 볼까?"

뿔고동은 흙바닥에 털썩 앉아 옥분이의 소꿉 상을 받았다.

"반찬이 참 많구나, 옥분아."

"응, 오빠 흙 밥 많이 먹어."

"그래. 근데 어떤 나물을 맨 처음 만들었지?"

"글쎄, 뿔고동 오빠가 한번 찾아내 봐."

옥분이가 수수께끼 문제를 내놓은 듯 즐거워했다. 사실 그랬다.

갖가지 나물을 둥글게 담아 쉽게 찾아낼 수가 없었다.

'에라 모르겠다. 아무거나 고르자.'

뿔고동은 눈으로 손가락 짚기를 했다.

"어떤 나물이 맨 처음 만든 나물일까요, 땡 똥 땡!"

하며 하나를 짚었다.

그러나 옥분이가 깔깔대며,

"틀렸어, 틀렸어. 뿔고동 오빠는 엉터리……."

하고 놀려 댔다.

"하지만 오빠가 아무리 알려 해도 모를 거야. 나밖엔."

옥분이의 이 말 한마디에 뿔고동의 머릿속에 꾀바른 생각 하나가 떠
올랐다.

"고맙다, 옥분아. 네가 차린 소꿉 반찬 정말 맛있게 먹었다. 냠냠냠."

뿔고동이 입 안에 무엇을 넣고 씹는 시늉을 하며 개동이네 사립을

나왔다. 그러고는 그길로 또래들을 불렀다.

"정말 좋은 꾀로구나."

탄돌이 손뼉을 치며 좋아했다.

"우리가 의논한 일을 빨리 시작하자."

개동이는 언제나 마음이 급했다.

"우리 이름을 이렇게 빙 둘러 쓰면 사또도 누가 맨 먼저 이 일을 준비했나 알 길이 없을 게다."

모두들 대찬성이었다. 그날로 사또에게 올리는 글이 만들어졌다.

뿔고동 어머니도 이야기를 듣고는 쓸쓸하게 웃었다.

"너희 생각은 꾀바르다만……."

"어머니, 염려 마십시오. 우리 마음이 모여 있는 곳에 하늘 마음이 함께할 것입니다."

개동이가 뿔고동 대신 뿔고동 어머니를 위로해 드렸다. 뿔고동 어머니가 개동이를 빤히 바라보았다.

"늬 누이 옥분인 참 귀엽기도 하지."

뿔고동 어머니의 갑작스런 말 바꿈에 개동이 머쓱해 했다.

"마음씨도 여간 곱지 않아요. 제 오빠 또래들을 퍽 따르지요."

뿔고동이 나서서 겹 두둔을 했다.

"그중에도 뿔고동을 요걸로 따른답니다."

탄돌이 무슨 비밀을 말하듯 뿔고동 어머니께 엄지손가락을 젖혀 보였다. 뿔고동 얼굴이 발개졌다.

"어쨌거나 뿔고동아, 몸조심해라. 넌 아직 장가도 들지 않은, 에미의 아들이다."

뿔고동의 얼굴이 금세 달라졌다.

"어머니, 어머니의 아들은 많습니다. 탄돌도 있고 또 다른 또래들도 다 어머니의 아들입니다."

"그렇긴 하다만……."

뿔고동 어머니는 더 말을 잇지 못했다. 아들의 생각이 이만큼 넓고 깊어진 데 대해 그저 놀랄 뿐이었다.

그로부터 며칠 지나 동헌 담벼락 곳곳에 사발통문이 붙었다.

나졸이 솟을대문에 붙은 사발통문을 떼어다가 이방에게 주었다.

밤사이 쥐도 새도 모르게 붙은 사발통문을 보고 이방은 두 손을 바들바들 떨며 그것을 또 사또에게 올렸다.

사또 나으리 보십시오.
  사또 나으리, 새 둑세를 거두어 주십시오. 더 이상 세금의 이름을 만들어 내지 마십시오. 사또의 곳간이 차면 차는 만큼, 베들벌 우리의 곳간이 비어 가고 있습니다. 곳간뿐 아니라 우리의 배 속도 비어 점점 더 배가 고픕니다.
  사또 나으리, 제발 우리가 다 함께 배부르고 평화롭게 살 수 있도록 하늘 마음을 되찾으십시오.

  —하늘 마음을 지키려는 녹두 부뎌 또래들 올림.

사또의 입이 형편없이 씰룩거렸다.

갑자기 근육이 굳어지는 병에 걸린 듯 온몸이 뻣뻣해졌다.

"이, 이방. 이, 이런 쓸데없는 종이쪽을 나에게까지 올리다니, 이, 이방의 속셈이 의심스럽구나!"

마주 보고 뒤통수를 때리는 식이었다.

"네네네, 사또 나으리. 아, 아닙니다. 어, 어서 물려 주십시오. 이 몹쓸 종이쪽을 모조리 어, 없애겠사옵니다."

"아, 아니다. 이왕 나붙었으니 그 종이쪽에 쓰인 이름을 잘 살펴보아라. 그리고 맨 처음 쓴 놈부터 잡아들이도록 해라."

"하지만 사또 나으리, 이름이 둥근 사발 모양으로 둘러 써 있어 도무지 처음 쓴 놈을 가려낼 수가 없습니다요."

"무슨 잔말이 이리 많으냐. 에이잇!"

사또가 마른침을 내뱉고는 방으로 휑 들어가 버렸다.

이방은 하는 수 없이 사발 속의 이름을 아무것이나 찍어서 닥치는 대로 잡아들이도록 했다. 그런데 그것도 쉬운 일이 아니었다. 고을을 샅샅이 다 돌아도 사발 속의 이름을 찾을 수가 없었다. 집집마다 들러 물어보면 모두 모르는 이름이라 했다. 사실, 사발 속의 이름은 나줄들이 들고 다니는 종이에도 써 있지 않은 이름이었다. 그것은 바로 또래들끼리 몰래 쓰는 이름이었다. 그 이름을 아는 사람은 또래들의 식구들뿐, 관아에서는 모르는 이름이었다.

사또는 꽂동으로 약이 올랐다.

"사발 속에 들어 있는 놈들이 고작 스물도 안 되는데 못 잡는단 말이냐? 에이잇, 미련한 것들!"

사또의 고약한 말 총이 이번엔 나졸들에게 떨어졌다. 그러는 동안 사발통문은 점점 더 번져 갔다. 동헌의 담벼락뿐 아니라 고을고을의 토담 자락에도 나붙었다. 사람들이 모여 웅성웅성 수군거렸다.

"무슨 일이 나긴 날 모양이여. 홍길동도 없는 세상에 누가 이런 걸 붙였을까?"

"그나저나 저 속엣말은 보기만 해도 시원허네."

"아이고, 그래도 어째 맘이 편치는 않구먼. 공연히 가만히 있는 사또의 코투를 건드리는 게 아닌감."

"가만히 있기는 이게 가만히 있을 형편인가."

사발 속의 이름을 모르는 채 사람들은 걱정 반, 은근히 바람 반이 되어 얘기를 주고받았다. 며칠이 지나도 사발 속 이름의 주인을 찾지 못한 사또는 마침내 다른 수를 쓰기로 했다.

이미 나붙은 사발통문을 나졸들로 하여금 모두 떼어 내게 했다.

그러고 나서 더 이상 사발통문이 나붙지 않도록 막는 것이다.

사또는 동헌 안팎을 지키던 나졸들을 모두 밖으로 내보냈다. 낮에는 물론 밤에도 횃불을 든 나졸들이 거리를 살피고 다녔다. 그런데도 사발통문을 몰래 붙이는 또래를 한 사람도 붙잡지 못했다.

도둑 한 사람을 순경 열 사람이 잡지 못한다더니 참으로 야릇했다. 나졸들이 곳곳에 붙여진 사발통문을 채 없애기도 전에 또 다른 사발통

사또는 보십시오.

이대로 고집을 꺾지 않으면 우리의 힘을 모을 것입니다. 우리의 힘은 비록 작은 힘이지만, 뭉치면 큰 힘이 되리라 믿습니다. 지금이라도 늦지 않았으니 우리의 이름을 밝히려는 대신 새 둑세의 이름을 거두고 새 곳간의 낟알을 배고픈 백성들에게 나누어 주십시오.

　　　　　　　－평화의 깃털을 단 녹두 부대 또래 올림.

문이 나붙었다. 사발통문의 호소를 들어주기는커녕 딴청만 부리는 사또에게 새 사발통문은 마지막 엄포를 놓고 있었다.

　그러나 사또는 조금도 달라지지 않았다. 더 이상 사발통문 때문에 머리를 썩이고 싶지 않아 아예 잊기로 맘을 먹었다.

　"사또 나으리, 골치 아픈 사건은 빨리 잊으시는 게 약이옵니다."

　이방이 한술 더 떴다.

　"그으럼. 나도 그렇게 생각한다. 핫핫."

　그리하여 사또는 사발통문 사건을 머리에서 지워 버리고 다시 곳간 채우는 일에 몰두했다. 그 일만큼 사또의 기분을 돋우어 주는 일은 없었다. 몇 날 몇 달이 지나도 사또는 하늘 마음을 되찾지 않았다. 뿔고 동과 또래들은 마침내 직접 사또를 만나 모은 뜻을 일러 주기로 작정했다.

... 도망가는 사또

이른 새벽, 뿔고동은 장독 위에 맑은 물 한 그릇을 떠 올려놓았다.

"한울이여, 이제부터 어떤 어려움이 닥쳐와도 굳세게 버틸 수 있는 힘을 주소서. 저와 또래들을 도우소서. 베들벌 어머니 아버지 들을 도우소서."

뿔고동은 어머니처럼 두 손을 마주 비비지는 않았지만 마음을 모아 간절히 기도했다. 그리고 조금은 들뜨려는 마음을 정화수 안에 가라앉혔다.

이윽고 첫닭이 울 때 뿔고동과 또래들은 약속대로 집을 나섰다. 어깨엔 언제나처럼 녹두새의 파란 깃을 달았다.

말목 장터.

가끔 얼치기 장사꾼이 되어 가던 곳이다. 장마당이 널찍해 또래들이 한데 모이는 곳으로는 안성맞춤이다. 마침 가는 날이 장날이어서 베들벌 어머니 아버지들도 많이 나왔다.

또래들은 이마에 하얀 수건을 동여맸다. 마치 싸움터에 나가는 전사들처럼 늠름했다. 그러나 싸우러 가지 않는다. 사또를 직접 만나 하늘 마음을 되찾도록 부탁하러 가는 것이다. 그렇더라도 훈련 때 쓰던 죽창을 한 손에 쥐었다.

뿔고동이 힘껏 나팔을 불었다.

길게 한 번 불자, 또래들은 하늘 마음 노래를 씩씩하게 불렀다. 두 번 불자, 제자리에서 걸음을 맞추었다. 세 번을 불자, 줄을 지어 앞으로 나갔다. 이윽고 행진이 시작되었다. 베들벌 어머니 아버지 들이 박수를 보냈다. 장꾼들도 손뼉을 쳐 주었다.

뿔고동이 맨 앞에 서고 탄돌이 맨 뒤에 섰다. 장마당을 한 바퀴 돌아 드팀전과 옹기전 사이에 난 길로 막 빠져나가려는데 옥분이가 헐레벌떡 달려왔다. 뿔고동이 맨 처음 보았다.

"아니, 옥분아. 여길 왜 왔냐?"

"오빠, 이것 받아."

옥분이가 꽤 큰 덩치의 보퉁이 한 개를 불쑥 내밀었다.

"뭔데?"

"보리개떡이야. 어젯밤에 어머니랑 만들었어. 가다가 배고프면 나눠 먹어, 오빠."

"고맙다, 옥분아. 가서 어머니께도 고맙단 말씀 전해 주렴."

"응."

그때 뒷줄께 섰던 개동이 뽀르르 달려 나왔다. 밖에서 보니 누이가 더 예쁘다.

"옥분아, 오빠 돌아올 때까지 잘 있어."

옥분이가 샐쭉 웃으며 손을 흔들었다.

뿔고동은 옥분이가 준 보퉁이를 개동이에게 넘겨주었다. 개동이는 그것을 또 탄돌에게 주었다. 탄돌이 팽나무 지팡이에 꿰어 어깨에 멨다. 근사했다. 잠시 멈추었던 행진이 계속되었다. 걸음 줄이 무논의 못 줄처럼 가지런했다. 그동안 열심히 훈련을 한 덕분이다.

못골, 댓골로 갈라지는 길목에서 새 또래들이 기다리고 있었다.

"우리도 함께 갈 테다."

"우리도 소식 듣고 달려왔다."

"뒤에 가더라도 걸음을 잘 맞출게."

"좋아. 우리는 이제부터 모두 하늘 마음 또래들이다."

뿔고동의 한마디에 그들도 모두 또래가 되었다. 그리고 어깨에 녹두 새의 깃을 달았다. 또래들은 점점 불어 몇 백 명이 되었다.

쉬지 않고 걷는 걸음들로 해서 고요하던 길이 수런거렸다. 수런거림 속에 베들벌 황톳길이 천천히 깨어났다.

잔잔한 바람이 불어왔다. 또래들의 어깨에 단 깃털이 가볍게 춤을 추었다. 바람은 또래들의 가슴속에서 자라는 하늘 마음 새싹에도 스쳤다. 새싹의 맑고 푸른빛이 또래들의 눈동자마다 차란차란 고였다.

또래들은 마음으로 서로의 생각을 나누며 말없이 걸었다. 뿔고동이 가끔 고개를 돌려 길게 한 번 나팔을 불었다.

탄돌이 뒤에서 지팡이를 높이 쳐들었다. 또래들이 일제히 하늘 마음 노래를 불렀다. 노래를 미처 모르는 또래들도 몇 번 듣고는 곧 따라 했다. 한나절이 지났다.

때가 겨웠다. 옥분이가 싸 준 보리개떡을 조금씩 떼어 나누어 먹었다. 간혹 미리 주먹밥을 싸 가지고 온 또래도 있어 그것도 함께 나누어 먹었다. 한 톨 낱알로도 기운을 얻을 수 있듯이 또래들은 보리개떡과 주먹밥으로 한 끼를 메웠다. 다시 또 걸음을 놓았다.

가도 가도 끝없는 들판. 들판을 가로지르는 좁은 황톳길. 그 황톳길이 끝나고 널찍한 신작로에 다다랐다.

멀리 사또가 사는 동헌, 솟을대문이 빤히 보였다. 다행히 또래들이 여기까지 오는 동안 아무의 훼방도 받지 않았다. 아니, 훼방을 받을 까닭이 없었다. 또래들은 얌전히 그러나 씩씩하게 걸어왔을 뿐이다. 이윽고 동헌 담장을 끼고 돌아들 때 동헌 나졸들이 우루루 몰려나왔다. 그러나 그들은 그 자리에 우뚝 섰다.

"웬, 웬 사람들이 저리……."

우두머리 나졸이 어안이 벙벙한 채 어쩔 줄 몰라 했다.

또래들은 그새 또 불어 한눈에 세기도 어려웠다.

멀리서 바라보던 나졸들이 지레 겁을 먹었다.

분명 창을 들고 섰는데 아무것도 안 든 빈손 같다. 또래들은 하늘 마음 노래를 부르며 점점 동헌 가까이 다가갔다.

시끌벅적한 소리에 밖으로 나온 사또의 눈이 화등잔만 해졌다.

"저, 저것들이 무엇이냐?"

사또가 이방에게 다급하게 물었다.

"어깨엔가 엉덩이엔가에 닭 털인가 새털인가를 단 자들이옵니다."

이방이 방금 우두머리 나졸에게 주워들은 대로 전했다.

"예끼, 닭은 새가 아니더냐? 게다가 새털을 어떻게 엉덩이에 단다더냐. 멍청한 것 같으니라구."

"네네, 영특하신 나으리. 참, 닭도 새입지요. 게다가 새털은 엉덩이 아니, 어깨에 다는 것입죠. 용서해 주소서."

"예끼, 말이 많다. 사또보다 말을 많이 하는 이방도 있다더냐?"

"없, 없사옵니다."

"한데, 저자들이 어찌하여 저렇게 떼를 지어 왔단 말이냐?"

"사또 나으리, 그걸 알면 제가 이방을 하고만 있겠사옵니까?"

"이런 고이연 것, 믿는 나무에 곰이 핀다더니, 이방, 너를 두고 하는 말이렷다."

그때, 책방이 헐레벌떡 뛰어들었다.

"사, 사또, 크, 큰일 났습니다. 짜하게 돌던 소문이……."

"무슨 소문이 짜하게 돌았단 말이냐?"

"쥐도 새도 모르게 사발통문을 붙인 자들이 바로 저들이라 합니다."

"그렇다면 사발통문 안에 든 이름보다 어찌 저리 많으냐?"

"사또, 지금 숫자를 물으실 때가 아닙니다. 저들이 사또를 붙잡으러 곧 이리로 들이닥칠지 모릅니다."

책방은 또래들의 숫자에 눌려 지레 겁을 먹고 엉터리 보고를 했다.

"뭣이라고? 저런 발칙한 것들을 보았나?"

사또의 턱수염이 바르르 떨렸다. 그러나 순간 사발통문의 글귀가 떠올랐다. 마음자리가 뒤숭숭해지기 시작했다. 문득 새 둑을 쌓고 새 곳간을 짓던 일이 생각났다. 새 둑 안에 고인 물세를 걷고 새 곳간을 가득 채우게 하던 일도 생각났다. 둥짓골 훈장에게 매타작을 하던 일도 스쳐 갔다. 그때는 쩌렁쩌렁 목청을 돋우며 명을 내렸는데 지금은 두려웠다.

'잠시 피해 있자. 그러면 저자들이 지쳐 물러나겠지.'

사또가 책방에게 일렀다.

"내 이방과 함께 다녀올 데가 있으니, 내가 없는 동안 책방은 동헌을 잘 지키고 있으렷다."

"네, 알겠습니다. 하지만 사또 행차이온데 어찌 책방이……."

"행차는 무슨 행차? 입을 다물렷다."

"사또, 이 난리통에 소인도 데려가지 않으시구요?"

책방이 매달렸다.

"난리는 무슨 난리? 점점 못 하는 말이 없구나, 고이연."

"하지만 사또, 바깥이 저렇게 웅성웅성하는데 어떻게 떠나시려고 합니까?"

이방도 불안한지 거들었다.

"일없다. 베들벌 백성들이 모두 내 편인데 저따위 깃털 조무래기들을 무서워해서는 안 된다."

"예에에……."

책방이 시르죽는 소리로 대답했다.

사또는 누런 베옷으로 갈아입고 뒷담으로 난 문을 빠져나갔다.

"에이, 이대로 당할 수 없지. 사또도 이방도 떠난 빈집에 무엇 땜에 혼자 남아 욕을 먹나."

책방이 열쇠 꾸러미를 괴춤에 찔러 넣고 막 떠날 참에 우두머리 나졸이 낌새를 알아챘다.

"책방 어른은 또 몰래 어딜 가십니까?"

"어어엇? 잠깐 바람 좀 쐬고 오겠네."

"그런 말씀 마십시오. 편할 땐 한솥밥 식구더니 어려울 땐 뿔뿔이 도망이십니까? 우리는 어떡하렵니까?"

"어떡하긴 뭘 어떡해? 창을 들고 그따위 깃털 조무래기들이 무서워 발발 떨다니, 쯧쯧……."

"조무래기들이 아닙니다. 다 큰 장정들입니다."

"조무래기든 장정이든 겁내지 말게. 자, 여기 곳간 열쇠를 줄 테니 배불리 먹고 잘 지키고 있게."

책방이 인심 쓰듯 열쇠 꾸러미 중 곳간 열쇠를 끌러 우두머리 나졸에게 건네주었다. 그러고는 뒤도 돌아보지 않고 어디론가 사라졌다.

나졸이 닭 쫓던 개 지붕 바라보듯 하고 있을 때 뿔고둥과 또래들이 동헌 안으로 들어섰다. 동헌 마당엔 또래들로 꽉 찼다. 뿔고둥이 우두머리 나졸에게 말했다.

"사또를 만나러 왔습니다."

"사또는 여기 없소."

"어디 갔습니까?"

"우리는 모르오."

"곳간 열쇠는 어디 있습니까?"

"그것도 모르오. 곳간 주인인 사또만 아는 일이오."

"곳간 주인은 사또가 아니라 베들벌 백성들입니다. 곳간 주인이 배가 고픈데 곳간 속의 쌀을 꺼내 먹어야 하지 않겠습니까?"

점잖게 묻는 뿔고동에게 우두머리 나졸의 마음이 흔들렸다.

"당신들도 우리와 한또랩니다. 우리는 태어날 때부터 다 함께 한 그루의 하늘 마음 나무로 자랐습니다. 그리고 우리들 한 사람 한 사람은 하늘 마음 나무의 가지들입니다. 그런데 불행하게도 이 하늘 마음 나무에 욕심이라는 벌레가 낀 것입니다. 벌레는 하늘 마음 나무의 잎과 가지를 갉아먹고 열매를 상하게 했습니다. 남을 배고프게 하고 나만 배부르게 하려는 마음, 남을 업신여기고 나만 대접받으려는 마음은 모두 이 벌레 때문에 생긴 마음입니다. 이제 우리들에게 남은 하늘 마음에 더 이상 벌레가 끼지 않도록 지킵시다."

뿔고동이 나졸들에게 하늘 마음의 참뜻을 깨우쳐 주었다.

우두머리 나졸은 더 이상 모르쇠라 할 수 없었다.

"여기 곳간 열쇠 있소. 우리는 그저 하라는 대로 했을 뿐이오."

"이제라도 늦지 않았습니다."

뿔고동 뒤에 버티고 섰던 탄돌이 열쇠로 곳간 문을 열었다.

뿔고동과 또래들은 곳간에서 낟알을 꺼내 골고루 나누어 주었다.

뿔고동이 마치 새 사또가 된 것 같다. 그렇다. 새 사또가 와서 새 바람이 불고 있는지도 모른다. 푸른 녹두새의 깃털이 모여 일으키는 푸른 바람 덕분이다.

날마다 매타작이 끊이지 않던 동헌 마당에 모처럼 노래 타작이 쏟아졌다. 모두가 즐겁게 하늘 마음 노래를 부른다.

하늘 아래 땅이 있고
땅 위에 우리 있네,
가슴에다 씨를 묻네
하늘 마음 씨를 묻네,
평화 평화 평화의 씨…….

...가재는 게 편

사또는 낮과 밤을 쉬지 않고 걸었다.

엉겁결에 주워 입고 나온 바짓가랑이가 후줄근해졌다. 이렇게 오래 걸어 보기는 난생 처음이다. 차림이 하도 허름하여 사또를 알아보는 이가 없었을 테지만 사또도 사람이 두려워 목이 타도 물을 얻어 마실 수 없었다.

가늠조차 할 수 없는 길을 걷고 또 걸어 가까스로 전주성에 다다랐다. 전주성에는 베들벌 사또보다 더 높은 나라님의 신하가 살고 있다. 그곳은 감영이라 하고 감영의 가장 높은 신하를 감사라고 불렀다.

사또는 전라 감사 문어발 앞에 머리를 조아려 인사를 올렸다.

"사또, 이게 어찌 된 일이오?"

감사 문어발이 놀라 물었다.

"감사 나으리, 난리가 났습니다. 녹두 부대인지 깃털 부대인지 하는 자들이 동헌을 차지하였습니다."

이방에게 난리가 무슨 난리냐고 호통을 치던 사또가 도리어 그 말에 힘을 주었다.

"뭐라고?"

"그자들은 악당입니다. 나라님의 뜻을 거역하고 백성을 괴롭히고 있습니다. 농사철이 되어도 농사를 짓지 않고 우우 몰려다니다가 동헌까지 차지했으니 이 일을 어찌하면 좋겠습니까?"

사또는 참말 같은 거짓말을 줄줄이 엮어 냈다. 문어발 감사의 얼굴이 붉으락푸르락해졌다.

"고이연, 그래 그 깃털 군의 숫자가 얼마나 된단 말이오?"

"천 명도 넘습니다."

사또는 생각나는 대로 둘러댔다.

"천 명?"

"예. 감영의 병사를 제게 내주시면 용감하게 싸워 저자들을 무찌르겠습니다."

사또는 의기양양해졌다.

"다짜고짜 싸운다고 다 되는 일은 아니오. 저들도 나라님의 백성인걸……. 그건 그렇고, 저들이 가진 무기는?"

감사의 물음에 사또가 갑자기 엉거주춤해졌다.

"그, 그건……."

맞서 싸우기는커녕 또래들을 만나지도 않고 도망쳐 나왔으니, 그들이 무기를 가졌는지 안 가졌는지, 가졌으면 어떤 무기를 가졌는지 알턱이 없었다.

감사는 사또의 대답을 더 기다리지 않고 잘라 말했다.

"아무튼 일이 어떻게 돌아가는지 분명치 않으니 먼저 염탐 병정을 조금 보내 주겠소."

"감사 어른, 은혜가 하늘 같사옵니다."

사또가 또다시 머리를 조아렸다.

동헌에서 베들벌 어머니 아버지 들의 조아린 머리 등을 내려다보던 사또가 여기선 거꾸로였다. 문어발 감사는 오십 명의 염탐 병정을 녹두 부대 안에 숨어들도록 했다. 그리고 바로 명령 하나를 더 내렸다.

어떤 병정은 농민 옷을 입고, 어떤 병정은 담배 장수 차림을 했다.

그즈음, 뿔고동과 또래들은 동헌을 나와 뿔뿔이 흩어졌다. 농사일을 돕기 위해 집으로 돌아간 또래들과는 서로 연락을 갖도록 짜 두었다. 곳간 속의 낟알을 먹을 만큼만 나누어 갖고 나머지는 그대로 남겨 두었다. 사또가 돌아오면 다시 찾아가기로 했다. 그들은 전처럼 활을 쏘고 책 읽는 일에 열중했다. 다만, 함께 온 새 또래들로 해서 훈련을 하는 또래가 곱으로 늘어났다. 어떤 때는 훈련을 마친 뒤 함께 밤을 보내기도 했다.

바로 그런 날, 감사가 보낸 염탐 병정들이 끼어든 것이다. 탄돌이 그것을 알아챘다.

"뿔고동, 아무래도 수상해. 얼굴빛이 유달리 하얀 또래들이 있다."

"그래?"

뿔고동이 놀라 또래들을 눈여겨 훑어보았다. 탄돌의 말대로 얼굴빛이 유난히 하얀 또래들이 눈에 띄었다.

"혹 사또의 염탐꾼들이 아닐까?"

"그럴지도 몰라."

수남이가 고개를 주억거렸다.

"그렇다면…….''

뿔고동이 잠시 생각에 잠겼다.

"뿔고동, 꾀는 꾀로 맞서자."

개동이 무릎을 치며 말했다.

"좋은 꾀라도 있나?"

탄돌이 물었다.

"응, 저들에게 하늘 마음 노래를 시켜 보자."

"그럼, 곧 눈치챌 거다. 우리가 저희를 의심한다는 걸."

뿔고동이 개동의 말에 찬동하지 않았다.

"그럼 어떡헌다?"

탄돌도 수남이도 골똘히 생각했다.

얼마 뒤, 뿔고동이 입을 열었다.

"저들이 사또의 염탐꾼이라면, 사또는 지금쯤 어디 있을까?"

탄돌이 팽나무 지팡이로 땅바닥에 동서남북을 그리고 방향 점을 쳤다. 세 번 쳤는데 북쪽이 두 번 동쪽이 한 번 나왔다.

"북동쪽인데."

"북동쪽? 그럼 전주 감영이 있는 곳 아니냐?"

"글쎄다."

"내 짐작도 그렇다. 동헌을 비운 사또가 지금쯤 감영에 가 있을 것이다. 그렇다면 염탐꾼들은 바로 전주 감영에서 보내온 게다."

"'가재는 게 편'이라더니. 감사와 사또가 짜고 염탐꾼을 보낸 게 아닐까?"

"그렇다면 우리가 위험해진다."

뿔고동 얼굴이 걱정스런 빛이 되었다.

"뿔고동, 이놈들을 당장 피사리하듯 뽑아 내자."

"안 돼. 개동아, 아까 네가 그랬지. 꾀는 꾀로 맞서자고. 우선 그들이 감영에서 왔다면 틀림없이 우리네보다 잘 먹고 지냈을 게다. 이따가 밤참으로 먹을 삶은 감자를 그들에게 더 많이 주어 보자. 그리고 그들의 먹새를 눈여겨보는 거다."

역시 달랐다. 낯선 또래들은 함께 훈련을 하던 또래들처럼 게걸스레 먹지 않았다. 먹고 나서 더 먹고 싶어 헛헛해 하지도 않았다. 또래들의 의심은 믿음으로 바뀌었다.

"뿔고동, 네 말이 딱 맞다. 틀림없이 염탐꾼들이다."

탄돌도 더 의심치 않았다.

"그렇더라도 좀 더 기다려 보자. 저들에 의해 스스로 들통이 날 때까지 감시를 늦추지 말자. 모두 자기 위치로!"

또래들이 뿔고동의 명령에 따랐다.

달밤. 고요한 어둠 속에서 쑤석쑤석 발자국 소리가 나기 시작했다. 얼굴의 반은 수건으로 가린 또래들이 허리를 구부리고 뿔고동과 탄돌이 잠든 곳으로 다가오고 있었다.

뿔고동, 탄돌, 개동, 수남이는 귀를 활짝 열고 눈을 꼭 감은 채 깊은 잠이 든 것처럼 코를 골았다.

"쉿! 내가 몽둥이를 위로 쳐들면 행동 개시!"

가리개를 한 얼굴 하나가 낮게 말했다. 한 걸음, 한 걸음 발자국 소리가 가까워졌다. 분명 뿔고동과 또래들을 겨냥하는 발걸음이었다.

쑤와와……

대숲 쪽에서 언덕께로 바람이 불어왔다. 바람 소리 틈에 가리개 얼굴이 몽둥이를 번쩍 쳐들자 다른 가리개 얼굴들이 일제히 달려들어 잠든 뿔고동과 또래들을 덮치려 했다. 그러나 바로 그 순간 뿔고동과 또래들이 벌떡 일어났다.

뿔고동 또래들과 가리개 얼굴들이 맞붙었다. 서로 힘으로 상대방을 넘어뜨리려 훈련 터는 달밤의 싸움터가 되어 버렸다.

한데 엉겨 붙어 실랑이를 하는 동안 몽둥이를 든 가리개 얼굴이 몰래 뿔고동의 등 뒤로 갔다. 마침 탄돌이 보고 잽싸게 쫓아가 몽둥이를 든 가리개 얼굴의 팔목을 꺾었다.

"어쿠쿠, 내 팔……"

몽둥이를 땅에 떨어뜨리며 그는 데굴데굴 굴렀다. 아기장수 탄돌의 한판 힘에 팔이 어떻게 되었을까?

그 모양을 본 다른 가리개 얼굴들이 금세 기가 죽었다.

"모두 얼굴의 가리개를 벗어라!"

뿔고동이 점잖게 말했다. 그들은 뿔고동이 시키는 대로 고분고분 가리개를 벗었다.

"너희는 어디서 왔냐?"

"말할 수 없다."

맨 먼저 몽둥이를 쳐들었던 가리개 얼굴이 대답했다.

아픈 팔을 연신 주무르면서도 말투는 깐깐했다.

"누가 우리를 해치라고 하더냐?"

"해치라 한 게 아니라 잡아 오라 했다."

"누가?"

"그것도 말할 수 없다."

"어서 말해라."

탄돌에게 팔목이 꺾인 염탐 병정이 겁에 질려 입을 열었다.

"전라 감영에서 왔다."

"우리가 무얼 잘못했다고 잡아 오라는 거냐?"

"모른다. 우리는 명령에 따랐을 뿐이다."

참 어처구니없었다. 무엇 때문에 잡으려는지도 모르고 잡으려 했다 니…….

그들은 허수아비 병정들이었다. 바로 그렇기에 뿔고동은 그들에 대 해 희망을 가졌다.

이튿날 가리개를 했던 낯선 또래들을 어떻게 할까에 대해 의논을 했 다. 혼을 내 주자는 얘기도 있고, 잘 타일러 하늘 마음을 심어 주자는 얘기도 나왔다. 그리고 의논의 끝은 좋은 쪽으로 기울었다.

"진정 하늘 마음을 가지려면 마음의 가리개를 벗어야 한다. 겉으로는 우리와 한또래인 체하고 속으로 우리를 해코지하려는 마음이 있다면 지금이라도 좋으니 전주 감영으로 돌아가라. 가는 길은 지켜 주겠다. 단, 가서 문어발 감사에게 일러라. 우리는 서로 돕고 사는 하늘 마음 또래들이 되기 위해 몸과 마음을 튼튼히 닦고 있다고. 누구도 우리 하늘 마음을 훔쳐 갈 수 없다고."

뿔고동이 가리개를 한 또래들에게 단단히 일렀다.

그들 중 아무도 일어나려 하지 않았다. 그런데 꼭 한 사람이 일어났다. 탄돌에게 팔을 꺾였던 낯선 또래였다.

"나는 돌아가겠다. 가서 문어발 감사에게 이 사실을 모두 말하겠다. 그리고 다시는 녹두 부대 또래들을 잡으러 오지 않겠다."

그는 우두머리답게 아픔을 참고 말했다.

"그리고 나를 따라온 너희는 여기 머물며 하늘 마음을 배우도록 해라. 그러나 각자 뜻대로 하라."

말을 마친 그는 뚜벅뚜벅 혼자서 대숲 길을 내려갔다.

누구도 그의 가는 길을 막지 않았다.

아무도 그를 뒤따라가지 않았다.

올 때는 담배 장수로 꾸미고 왔지만 돌아갈 때는 그도 떳떳한 나라님의 병정이었다.

한바탕 회오리가 지나간 뒤 활터는 다시 조용해졌다. 베들벌 또래들은 가리개를 했던 낯선 또래들에게 그동안 익힌 활 솜씨, 검 솜씨를 가르쳐 주었다. 쉬는 짬엔 그들과 함께 하늘 마음 노래도 부르고 베들벌의 지리도 익혀 주었다. 어떤 또래는 낯선 또래의 손바닥을 펴 놓고 손금을 보아 주기도 했다. 베들벌 또래들의 파란 하늘 마음은 낯선 또래들에게도 곱게 물들기 시작했다.

한편 혼자서 돌아온 담배 장수 병정을 본 문어발 감사는 화가 머리 끝까지 올라 호통을 쳤다.

"어찌하여 혼자 돌아오느냐?"

"어찌할 수 없었습니다."

"그것도 대답이라고 하느냐. 못된 무리들을 잡아 오라고 보냈더니 잡아 오기는커녕, 데리고 간 병정도 두고 와? 이이런 고이연!"

감사의 말투나 사또의 말투가 똑같다.

"감사 나으리, 솔직히 말씀드려 녹두 부대 또래들은 못된 무리가 아니었습니다."

"무에? 또, 또래라고? 그, 그럼 그들이 우리와 한편이란 말이냐? 점점 고약한 소리만 하는구나."

"네, 그들은 모두 하늘 마음을 가진 또래들이었습니다. 우리보고도 또래라고 말했습니다. 그들 가운데는 우리보다 몇 배 힘이 센 장사도 있고 활 솜씨, 검 솜씨가 대단했지만 우리를 해치지 않았습니다."

"거짓말! 너의 그 웅크린 팔은 어디서 다쳤느냐?"

감사의 눈이 아까부터 다친 팔에 붙어 있는 걸 모르고 있었다.

"이, 이건 제가 먼저 단검을 쳐들다 장사 또래에게 접질린 것입니다.

그들은 저를 죽일 수도 있었는데 그러지 않고 안전하게 보내 주었습니다."

"그렇다면 나머지 놈들은 어떻게 된 거냐?"

"그들의 뜻에 맡겼습니다. 베들벌 또래들과 함께 하늘 마음대로 살고 싶다 하였습니다."

"에이잇! 못된 물이 들어도 단단히 들었구나. 여봐라, 이자를 당장 옥에 가두어라. 부하를 몽땅 잃고 혼자 살아온 비겁한 자를 엄벌에 처하리라."

그리고 문어발 감사는 곧 한양의 더 큰 신하에게 편지를 올렸다.

...황토 마루의 귀신 놀이

일이 급하게 되어 인사 말씀은 접어 두고 올립니다. 베들벌 머숲에 고얀 놈들이 진을 치고 있습니다. 녹두 부대 깃털 군이라 하옵는 바, 담벼락에 사발통문을 써 붙이고 다니며 세상을 어지럽히더니, 마침내 창과 칼로써 백성들을 해치려 하고 있사옵니다. 베들벌의 사또가 무서워 감영으로 쫓겨 오고, 감영에서 보낸 병정들도 모두 쫓겨 오고 말았습니다. 일이 불같이 급하오니 빨리 구원병을 보내 주시기 바라옵니다.

전라 감사 문어발 올림.

말은 '아' 다르고 '어' 다르다. 같은 일을 얘기하는 데도 말하기에 따라 딴판이 되는 수가 있다. 하물며 거짓말에 있어서야 더 말할 나위가 없었다.

전라 감사 문어발은 베들벌 사또의 거짓말에다 한술을 더 떴다.

거짓말은 자칫 눈덩이처럼 불어난다. 뿔고동과 또래들은 불어난 거짓말 때문에 그만 백성들을 괴롭히는 나쁜 무리로 되어 갔다.

그리하여 한양의 큰 신하는 문어발 감사의 숨넘어가는 편지를 받고 즉시 나라님한테 달려갔다. 나라님은 또 모든 나랏일을 나라님의 부인인 중전 마님과 의논했다.

"전하, 이는 틀림없이 하늘 같은 전하를 헐뜯는 고약한 무리이옵니다. 하오나 전하, 그들도 전하의 사랑하는 백성들이옵니다. 잔잔한 물에 돌을 던지지 않으면 물결이 생기지 않사옵니다. 요즈음 듣자온대 백성들을 괴롭히는 신하들도 있다 하옵니다. 그들도 함께 엄히 다스리시옵소서."

중전 마님은 그동안 품어 둔 말을 모두 꺼냈다.

"옳은 말씀이오, 중전. 그러니 어찌하면 좋겠소?"

나라님이 중전의 뜻을 간곡히 물었다.

"전하, 지금은 이 나라가 몹시 어려운 때이옵니다. 안에서는 나라님을 괴롭히는 못된 무리들이 날뛰고, 밖에서는 이상한 바람이 불어와 이 나라의 큰 대문을 열라고 아우성입니다. 다행히 우리에겐 오랫동안 형제 나라로 지낸 형님 나라가 있사옵니다. 그 나라에 전갈을 보내 우리를 돕도록 부탁하심이 어떠하옵니까?"

"하지만 중전, 북쪽 형님 나라를 불러들이면 남쪽 섬나라가 가만있겠소?"

"바다 건너 멀리 떨어져 있는데 어떻게 알겠사옵니까?"

"발 없는 말이 천리를 간다 하오. 중전, 공연한 손짓으로 자칫 또 하나의 불씨가 생길지 모르니 이번만은 우리 힘으로 해 봅시다."

"그러하오나 전하, 우린 힘이 모자라옵니다."

중전이 토라진 말투로 말했다. 언제나 중전이 하자는 대로 '그러구려!' 하던 나라님이 웬일로 고집을 부렸다.

나라님이 어전 큰 신하를 불렀다.

"으음, 내 백성들이 녹두 부대라는 무리에게 괴로움을 당하고 있다 한다. 병사를 보내 그들을 엄히 다스리도록 하라. 또한 손바닥을 마주쳐야 소리가 나거늘, 그런 무리가 생겨난 데에는 고을을 다스리는 자들에게도 잘못이 있으렷다. 그러하니 그들도 엄히 다스리도록 하라!"

"예이!"

나라님의 말은 지엄했다. 큰 신하는 그길로 잘 훈련된 신식 병정 600명을 베들벌로 보냈다. 신식 병정들은 베들벌의 지리에 밝은 장사꾼들을 앞장 세우고 뿔고동과 또래들이 있는 대숲을 향했다.

대숲에서는 마침 검대 할아버지와 핫바지 아저씨들이 와 있었다. 할아버지와 또래들은 지나온 이야기를 주고받았다.

"한양에 올라가 나라님에게 상소를 올리고 왔다. 하늘 마음을 지키려는 백성들을 보호해 달라고 간곡히 말씀드렸지."

"그래서 나라님이 들어주셨나요?"

탄돌이 자못 궁금해 했다.

"나라님의 귀에만 들어간다면 안 들어주실 리가 있겠느냐? 허나 나라님과 신하들의 마음이 하나가 아니니……."

할아버지의 말끝이 무거웠다.

"지난번 이곳에 전주 감영에서 보낸 염탐꾼이 들어왔습니다."

뿔고동이 곧이곧대로 말했다.

"무어라고?"

검대 할아버지의 얼굴빛이 하얗게 변했다.

"다행히 미리 알아채 그들을 붙잡았지요."

"그래서 어떻게 했느냐? 그냥 돌려보냈느냐?"

"아닙니다. 그들에게 하늘 마음을 심어 주었더니 남겠다고 하여 함께 있습니다. 활쏘기, 창던지기 등 훈련도 함께하고 있습니다."

"잘했다."

검대 할아버지의 입가에 모처럼 엷은 웃음이 피었다.

바로 그때였다.

수남이가 헐레벌떡 달려왔다.

"뿔고동, 뿔고동, 야단났다. 한양에서 신식 병정들이 오고 있다 한다. 주막 가마꾼한테서 방금 듣고 달려왔다."

"신식 병정?"

뿔고동 어깨의 깃털이 바르르 떨렸다.

지난번 일로 대숲에서 훈련만 하고 있기엔 마음이 놓이지 않아, 한양으로 가는 주막거리에 염탐 또래를 보냈던 것이다. 바로 발걸음이 가장 잰 수남이었다.

"할아버지, 일이 점점 꼬이는 것 같아요."

탄돌도 금세 머리가 띵해지는 것 같았다. 덩치는 커도 겁이 많다.

"으음, 신식 병정들이라면 틀림없이 총을 갖고 있을 거다."

"저들이 우리 마음을 몰라주고 있습니다. 우리를 적으로 생각하고 있어요."

뿔고동의 말이 끝나자 검대 할아버지가 팽나무 지팡이를 번쩍 들어 올렸다.

"더 얘기를 나눌 겨를이 없다. 만일을 위해서 모두 활 통을 메고 죽창을 모아라. 오지 않은 또래에게는 빨리 연락을 하고, 맞설 준비를 하는 거다."

또래들은 검대 할아버지의 말이 떨어지기 무섭게 익숙한 솜씨로 준비를 했다. 연락을 받은 또래들이 하던 일은 놓아두고 속속 대숲으로 올라왔다.

멀리 한양에서 내려온 병정들의 모습이 나타났다. 아직 싸워 보지도 않았는데 마치 승리의 싸움을 마치고 돌아오는 모습 같았다. 의기양양하다.

"모두 대숲 사이에 숨어라."

뿔고동이 명령을 내리고 또래들과 함께 숨었다. 대숲 활터는 순식간에 텅 비었다.

또래들은 숲 속에서 활터로 올라가는 병정들의 엉덩이를 훔쳐보았다. 긴장된 속에서도 쿡쿡 웃음이 나왔다.

"어! 분명 여기 허연 낮도깨비들이 있었는데 다 어디 갔지?"

신식 총을 들고 앞장 선 병정이 숲 속을 두리번거렸다.

"아무도 없습니다, 대장님."

"아무도 없으면 모두 숨었다. 찾아라."

대장의 명령이 떨어지기 무섭게 봇짐장수들이 숲 속을 뒤졌다. 그러나 건성이다.

'피융!'

화살 하나가 봇짐장수 보따리에 박혔다. 봇짐장수가 기겁을 해서 고꾸라졌다.

"먼 길 오느라 고단할 텐데 이곳서 편히 쉬도록 하십시오. 우리의 훈련 터를 쉼터로 양보하고 다른 곳으로 갑니다."

대장이 화살을 뽑아 읽었다.

"이런 여우 같은 놈들. 곧 죽어도 무서워 도망갔단 소리는 듣고 싶지 않겠지. 흐흠."

대장이 입가에 묘한 웃음을 잠깐 비치더니 눈꼬리를 치올리며 소리쳤다.

"쏴라! 겁 총 한 방!"

'탕!'

대숲에 난생 처음 총소리가 났다.

생전 듣도 보도 못한 총소리였다.

하늘과 땅이 쩌릉 울렸다. 천둥 번개가 한꺼번에 몰아치는 소리 같았다.

숨어 있는 뿔고동과 또래들의 간이 콩알만 해졌다. 가슴이 벌떡벌떡 뛰었다.

'타앙!'

또 한 방의 총소리가 울렸다. 잇따른 총소리가 연기와 함께 대숲 꼭대기를 훌훌 넘어갔다.

또래들이 대숲 깊숙이 들어가 꼼짝도 하지 않았다.

신식 병정들은 대숲 공터에 진을 치고 적이 나타나기를 기다렸다. 그러나 그들은 대숲 안으로 들어가 또래들을 찾으려 하지 않았다. 총도 화살처럼 적과 떨어져 있어야 제대로 쏠 수 있기 때문이다.

어스름 저녁, 대숲에 잠시 고요가 흘렀다. 어디선가 은은한 나팔 소리가 들렸다. 신식 병정들이 달밤의 피리 소리로 들었는지 기척이 없다. 때마침 이는 대숲 바람을 타고 숲 속에서 희끗희끗한 것들이 움직였다.

"저, 저것들이 무엇이냐?"

대장이 물었다.

"아깐 낮도깨비였고, 지금은 밤도깨비입니다."

"뭣? 밤, 밤도깨비라고? 이놈앗! 그럼 저것들이 바로 그 닭 털 군인지 깃털 군인지 하는 놈들이다. 뒤쫓아라!"

마침내 신식 병정들이 달아나는 뿔고동과 또래들을 뒤쫓았다. 뿔고동의 나팔 소리 암호로 황토 마루 쪽으로 숨어들려는 또래들은 한쪽에서 활을 쏘며 또 한쪽에서는 죽창을 던지며 대숲을 내달렸다. 또래들은 일부러 구불구불한 길을 골라 두 패로 갈라졌다. 신식 병정들도 두 패로 갈라서 뒤쫓았다.

그러나 무거운 총을 메고 털털한 황톳길을 달리는 또래들의 솜씨를 따를 재간이 없었다. 그렇다고 함부로 총을 쏠 수도 없었다.

겁을 주기 위해 쏘는 총알은 이미 다 써 버렸다. 남은 건 진짜 총알 뿐이다. 나라님이 절대로 백성들을 죽여서는 안 된다고 엄명을 내렸기 때문이다. 사실 진짜 총알을 가지고 온 것도 대장이 몰래 슬쩍 내린 명령이었다.

쫓는 신식 병정들보다 달아나는 또래들의 수가 훨씬 많다.

무거운 총을 멘 병정들 가운데 주저앉는 병정이 있는 반면, 달아나는 또래들이 어디로 가는지도 모르고 덩달아 달리고 있다.

한 발 땅띔조차 힘겹게 느껴질 때였다.

"와와와……."

그들의 귓가에 함성이 들렸다. 뒤를 돌아보았다.

"이크, 저게 뭐야!"

맞은편 언덕 황토 마루 중턱에서 뿔고동의 또래들이 외치는 소리였다. 귀신도 놀랄 일이었다.

신식 병정들은 총을 가지고 노루를 쫓다 놓친 사냥꾼 신세가 되었다.

"좋다. 다른 길로 해서 우리가 먼저 꼭대기를 차지하자."

그들은 돌아섰다. 맨 끝의 봇짐 부대가 앞장섰다.

이 고을 저 고을 다니며 물건을 팔던 사람들이라 발씨가 익었다.

저쪽 샛길에서 한 떼의 봇짐장수들이 신식 부대 쪽으로 다가왔다.

"우리도 함께 갑시다."

"어디서 오는 길이오?"

한양에서부터 따라온 늙은 봇짐장수가 물었다.

"참나무 골에서 올라오는 중입니다. 원, 그 깃털을 단 조무래기들이 고을에 가득해서 장사가 되어야지요. 뭐 하늘 마음인가 하는 노래를 부르며 바람을 내고 다니니 편안히 돌아다닐 수가 없어요. 몹쓸 바람을 잠재우려 우리도 이 길로 들어섰습니다."

"잘 왔소. 우리는 나라님의 신식 부대를 돕고 있는 중이오. 헌데, 그 깃털 군의 용기와 꾀가 대단허구려."

늙은 봇짐장수는 대장이 들을까 봐 소리를 죽였다.

"아까도 우리가 무서워 아주 사라진 줄 알았더니, 글쎄, 저길 좀 보슈. 벌써 꼭대기에 있구려."

"그러게 말입니다. 힘드실 텐데 저희가 앞장서지요."

젊은 봇짐장수가 말했다. 함께 온 봇짐장수들도 모두 끄덕였다. 신식 부대 대장도 그들의 용기를 칭찬해 주었다.

신식 부대는 앞장 선 봇짐 부대를 따라 황토 마루 중턱까지 거침없이 올라갔다.

아무도 없다. 그새 또 어디로 갔다.

"기막힌 놈들이구나."

대장이 혀를 차며 명령을 내렸다.

"언덕 꼭대기까지 올라가라. 그곳을 오늘 밤 우리의 진지로 삼는다."

"갑시다."

젊은 봇짐장수들이 또 앞장을 섰다.

총을 멘 신식 병정들도 마지못해 뒤따랐다. 그런데 이게 어찌 된 일인가?

황토 마루 언덕에도 그들이 말하는 도깨비들은 보이지 않고 달빛만 은은하게 흐르고 있었다.

"끝까지 뒤쫓은 우리가 무서워 모두 흩어진 모양입니다."

젊은 봇짐장수의 말이었다.

"그렇다면 총을 내리고 잠깐 쉰다. 그러나 조금이라도 경계를 게을리해서는 안 돼."

신식 병정들은 어깨의 총을 내렸다.

어깨가 가벼워 날아갈 것 같다. 그들은 오랜 행군으로 몹시 지쳐 있었다.

길잡이 봇짐장수들이 저녁을 짓기 시작했다. 싸움터에서도 끼니를 거를 수는 없었다.

...부어라, 마셔라

대숲에서 황토 마루로 내달아 온 녹두 부대 또래들은 산 중턱에서 잠시 머리를 모았다. 그들은 앞에 나가 신식 부대와 맞서 싸울 것인가, 아니면 저들이 올라올 때까지 기다릴 것인가를 의논했다.

"당당하게 맞붙자. 저들에게 우리의 실력을 보일 때가 왔다."

개동이가 의기양양했다.

"작은 고추가 더 맵다는 걸 단단히 일깨워 주자."

개동이의 단짝 또래가 거들었다.

"하지만 저들은 신식 총을 갖고 있다. 섣불리 우리를 드러내면 자칫 다칠지 몰라."

뿔고동이 그들을 가라앉혔다.

"나도 같은 생각이야. 대창과 화살이 총 앞에 먼저 나서는 건 좀 위험하다고 생각해."

수남이었다.

"위험하지 않은 싸움이 세상에 어디 있냐?"

개동이가 발끈했다.

"그래도 뻔히 아는 위험을 몰라라 할 수는 없지 않아? 그건 짚가리를 안고 불 속으로 들어가는 것과 같아."

수남이도 지지 않았다.

"개동아, 앞에 나서지 않고 이길 수 있는 방법을 생각해 보자."

뿔고동이 개동이를 바라보며 말했다.

잠시 침묵이 흘렀다.

"뿔고동, 생각났다."

탄돌이 무릎을 치며 말했다.

"문어발 감사가 우리에게 염탐꾼을 보냈지? 우리도 염탐꾼을 보내자."

"그게 좋겠는데?"

수남이가 무릎을 쳤다. 뿔고동이 빙그레 웃었다.

"한데 어떻게?"

"우리도 마찬가지 봇짐장수로 꾸미는 거야. 마침 저들 부대 안에도 봇짐장수들이 있는 것 같아."

"길잡이들이야."

뿔고동은 벌써 알고 있었나 보다.

"모두 떠돌이라서 서로 얼굴을 잘 모를 게 아니냐. 옷차림도 그렇고 그러니, 감쪽같을 거다."

탄돌은 가까운 곳에서 좋은 생각을 찾아낸 것이다. 또래들의 생각이 그리로 모아졌다.

"참, 파는 건 또 뭘로 하지?"

수남이가 고개를 갸우뚱했다.

"그건 염려 마. 양식으로 가져온 엿이 남아 있어."

개동이가 얼른 답해 주었다.

뿔고동은 개동이가 또래들과 마음을 같이하는 것이 퍽 고맙게 느껴졌다.

'용기 있는 아이야.'

뿔고동은 또래들을 다시 둘로 나누었다.

"한쪽은 봇짐장수가 되어 저들 안으로 숨어들고 또 한쪽은 여기 남는다."

"남아서 뭘 하냐?"

개동이었다.

"저들이 잠들 때까지 기다리는 거다. 그러고 나서……."

"공격이냐?"

개동이가 받았다.

"응, 단 소리 없는 공격이다."

"소리 없는 공격? 그런 공격도 다 있냐?"

옆에서 듣고 있던 또래들이 쿡쿡거렸다.

"우리의 목표는 싸우는 것이 아니라 저들의 총을 빼앗는 것이다."

웃던 또래들이 무르춤해졌다.

잠자코 듣고만 있던 검대 할아버지가 입을 열었기 때문이다.

"그러려면 저들이 스스로 손에서 총을 놓도록 해야 한다. 총은 사람을 토끼로 보이게 하는 고약한 물건이야."

"그러려면 봇짐 부대가 먼저 가서 해야 할 일이 있다."

뿔고동이 할아버지의 말에 덧붙였다.

대숲에서 문어발 감사의 염탐꾼들과의 맞닥뜨림이 있은 뒤로 할아버지와 핫바지 아저씨들은 녹두 부대를 떠나지 않았다. 핫바지 아저씨들은 할아버지의 명령에 따라 녹두 부대 안으로 들어왔다.

그들은 이제 검대 할아버지의 명령이 아니라, 뿔고동의 명령을 받게 되었다. 검대 할아버지는 항상 뒤에서 뿔고동에게 필요한 이야기로 도와주었다.

이윽고 봇짐 부대 또래들은 신식 부대 안에 숨어들기 위해 언덕을 내려갔다.

봇짐 부대의 선봉은 수남이었다.

남은 또래들은 서둘러 마루 꼭대기로 향했다.

그들은 일부러 가파른 북쪽 길을 골랐다.

길은 좋지 않지만 나무들이 많아 숨기 좋았다. 황토 마루 맨 꼭대기에는 대머리 공터가 있었다. 사람처럼 이마가 홀떡 벗겨졌다 하여 그렇게 불렀다.

전에 훈장님이 살아 계셨을 땐 함께 자주 오던 곳이었다.

올라오자마자 그들은 풀숲 바닥에 찰싹 엎드렸다. 뒤미처 남쪽 능선을 따라 신식 부대 병정들이 깃발을 앞세우고 올라왔다. 척후병이 대머리 공터에서 사방을 휘둘러보았다. 그러나 나무 뒤에 숨은 녹두 부대 깃털 군을 발견하지 못했다. 영락없이 도깨비에 홀린 것이라고 한 봇짐장수가 툴툴거렸다.

그는 쌀 짐을 등에 잔뜩 지고 있었다.

대장의 명령으로 병정들은 대머리 공터에 진을 쳤다. 병정들의 반은 총을 계속 들고 있고, 반은 놓았다.

그들은 봇짐장수들이 해 온 밥을 교대로 먹었다. 시장이 좋은 반찬이었다.

저녁을 먹고 나니 노곤했다. 봇짐장수 하나가 대장 몰래 담배를 팔고 다녔다.

"장사 버릇은 싸움터에서도 못 버리는군."

겉으로는 그렇게 말하면서도 쌈짓돈이 있는 병정들은 슬금슬금 대장의 눈치를 보며 사서 피웠다. 담배는 연기가 나므로 싸움 중에는 절대 금물이었기 때문이다.

엿을 사 먹는 병정도 있었다. 병정들은 하나같이 무엇으로든 입가심을 하고 싶어 했다. 더구나 밤이 이슥해지자 속이 출출했던 것이다.

"술 생각이 간절해. 집에 있으면 지금쯤 술참을 할 땐데……."

나이 든 한 병정이 푸념을 했다.

대장이 그의 말을 엿들었다. 솔깃했다.

"이봐."

대장은 그의 귀에 슬쩍 말을 넣었다.

나이 든 병정의 입이 벙글어지더니 봇짐장수들이 있는 쪽으로 갔다.

젊은 봇짐장수가 벌쭉 웃더니 그와 함께 어디론가 사라졌다.

얼마 뒤, 그가 지겟바리에 가득 무엇을 얹어 가지고 돌아왔다. 술통이었다.

"맛이 그만일 겝니다요."

대장이 봇짐장수의 괴춤에 엽전 한 움큼을 넣어 주었다. 나이 든 병정이 잽싸게 술통을 천막 안으로 가져갔다.

대장은 나이 든 병정과 마주 앉았다.

천막 안에서 쉬쉬하며 마시느라 달밤의 기분은 덜했지만 술맛이 과연 기막혔다.

"이봐아, 오늘 밤은 아무 일도 없을 테니 모두 펴언히 쉬라고 해에……."

대장의 혀가 꼬부라졌다.

"예예, 며엉령대로 이르으겠습니다아……."

나이 든 병정의 혀도 꼬부라졌다.

대장이 술에 취했다는 말이 삽시간에 진영 안에 돌았다.

대장과 나이 든 병정에게 술을 날랐던 봇짐장수가 그들에게 사실대로 털어놓았다. 진영 안 병정들에게도 술통이 들어왔다. 술은 담배보다 더 위험했다.

한 순배, 두 순배, 술이 돌자 그들은 지금 자기네들이 싸움터에 있다는 사실조차 잊어 갔다. 어느 쯤엔가 교대로 경계를 하던 일도 흐지부지되었다.

술 인심은 엿 인심, 담배 인심보다 더 좋아 서로 권하며 주거니 받거니 하는 가운데 모두 거나하게 취했다. 그리고 이어 하나둘 잠에 떨어지기 시작했다.

술 심부름을 하던 봇짐장수들만 깨어 있었다. 부어라, 마셔라, 하며 떠들던 소리가 멎고 사방은 고요해졌다.

...화살과 총알

죽은 듯 숨어 있던 깃털 군들이 일어났다.

"개동아, 지금이다."

뿔고동이 개동이에게 속삭였다.

"알았다. 탄돌, 나가자."

개동이 탄돌 쪽으로 돌멩이 한 개를 던졌다. 탄돌이 지팡이 끝으로 솔보굿을 탁탁 치자 뒤따라 다른 또래들도 탁탁 쳤다. 서로 부르고 응답하는 신호였다. 대숲에서처럼 다른 곳으로 빠져나가려는 것이 아니라 가만히 적진 속으로 들어간다는 뿔고동의 나팔 신호 대신이었다.

검대 할아버지만 남고 모두 숲에서 나와 대머리 공터 쪽으로 살금살금 기어갔다. 개동이가 앞장서서 공터를 가로질렀다. 여전히 진영 안은 조용했다.

기척이 없다. 총을 들고 경계를 하는 병정조차 없었다.

"아뿔싸. 병정들이 밤이슬에 젖은 채 곯아떨어져 있다."

"대장의 천막에도 불이 꺼져 있다."

"이크, 이게 뭐야? 술통이잖아?"

바로 그때, 개동이를 부르는 소리가 낮게 들렸다.

"여기야 여기!"

수남이었다.

"수남아, 별일 없지?"

"웅. 네가 보다시피."

수남이가 대장의 천막 뒤에서 걸어 나왔다.

"오늘 밤엔 엿 장사 술장사 다 했다. 엿 장사보다 술장사가 더 재미있더라."

"수남아, 얘기는 나중에 하고…… 자, 행동 개시다."

어느 틈에 왔는지 뿔고동이 엄숙하게 말했다. 또래들은 잠자는 신식 부대 병정들을 징검징검 건너며 풀어 놓은 총을 주웠다.

"이거야말로 소리 없는 공격이다."

개동이가 뿔고동의 말을 되새겼다.

"이거야말로 당당한 실력이다."

뿔고동이 또 개동의 말을 되새겼다.

둘은 소리 안 나게 웃었다.

"적도 우리도 다치지 않았으니 이거야말로 하늘 마음이다."

탄돌도 한마디 했다.

"하지만, 난 이 총이 쓸 데가 없이 녹이 슨다면 더 좋겠다."

뿔고동의 목소리가 깊게 가라앉았다.

그들은 한쪽 어깨에 활 통을 메고, 한쪽 어깨에 총을 메고 발소리를 죽여 오던 길로 향했다. 아무리 적이 잠에 곯아떨어져 있어도 적의 진영에 오래 머무르는 것은 위험하다.

또래들이 반쯤 진영을 빠져나왔을 때였다. 대장의 천막 쪽에서 쑤석쑤석 소리가 났다. 이어 불이 켜졌다.

"누구냐!"

거적이 휙 젖혀지면서 대장의 목소리가 쩌렁 울렸다.

"네? 네? 부르셨습니까?"

술이 채 덜 깬 나이 든 병정이 뒤따라 나왔다.

"발자국 소리가 들렸다. 하나가 아니라 수십 수백이었다."

"발, 발자국 소리라구요?"

"비상, 전군 비상!"

대장이 천막 둘레에 곯아떨어진 병정들에게 발길질을 하며 외쳤다.

"내 총, 내 총 어디 갔어?"

병정들이 어둠 속에서 총을 찾느라 서로에게 이마를 부딪고 법석을 떨었다.

"뭣? 총, 총이 없어졌다고? 이, 이런 술망태들을 보았나?"

대장은 천막 안으로 뛰쳐 들어갔다. 다행히 대장의 총은 그대로 있었다.

"그래, 밤새 너희 총이 어디로 갔단 말이냐? 총에 발이 붙은 것도 아니고 날개가 달린 것도 아닌데, 이런 고이연 것들!"

"대장님, 그, 그게 아니고 총 도둑이 들었나 봅니다."

나이 든 병정의 말에 대장의 귀가 번쩍 틔었다.

"도둑이 아니라 바로 그놈들이다. 깃털 조무래기들. 뒤쫓아라!"

대장은 불같이 명령을 내렸다. 그러나 병정들은 졸던 닭 모양으로 주춤하고 섰다.

어디로 달아났는지도 모르고 더구나 총이 없으니 선뜻 나서지 못하는 것이었다. 대장과 몇몇 외따로 떨어져 자던 병정들만 총을 가졌을 뿐, 거의가 빈손이었다. 이상한 것은 봇짐장수가 눈에 띄게 줄어 있었다. 그러나 누구도 그걸 물어보지 않았다.

"앗! 저기 그림자 꼬리가 보인다!"

대장이 솔숲 쪽을 가리키며 외쳤다.

미처 숨어들지 못한 또래들을 본 것이다.

"나를 따르라!"

대장이 앞장섰다. 그러나 병정들은 마지못해 뒤따라 나섰다.

"겁내지 말아라. 저놈들은 총을 가져갔다 해도 쏠 줄을 모르는 무지렁이들이다. 그래서 이름도 깃털 군 아니더냐. 빨리빨리 움직여라!"

대장이 엄포인지 구슬림인지 덧붙였다.

병정들은 그제야 다리에 힘을 주었다.

그러나 대장의 말은 사실 맞지 않았다.

녹두 부대의 깃털 군 속에도 총을 쏠 줄 아는 또래들이 있었다. 바로 지난번 문어발 감사의 염탐꾼으로 왔다가 새 또래가 된 사람들이었다.

뒤늦게 신식 부대 병정들은 정신이 났다. 그들은 공터를 지나 북쪽, 녹두 부대 진영까지 깊숙이 들어가 숨은 또래들을 찾기 시작했다.

대장과 총을 멘 병정들이 뒤에서 총을 쏘았다.

탕! 탕! 이번엔 진짜 총이었다.

불꽃이 튕겼다. 숲이 홀러덩 뒤집혔다. 나뭇잎과 흙먼지가 밤하늘을 덮었다. 죽은 듯 엎디어 있던 또래들도 더 이상 견딜 수 없었다.

"뿔고동, 안 되겠다. 화살을 쏘든, 총을 쏘든 명령을 해라."

개동이 불같이 졸랐다. 이번엔 뿔고동도 머뭇거릴 수 없었다.

"화살을 쏘아라!"

뿔고동의 명령이 떨어지기가 무섭게 화살이 날아갔다.

피융! 피융!

"이크, 이게 웬 화살 비냐!"

신식 부대 병정들이 질겁을 했다.

날아오는 화살을 피하려고 고꾸라지고 넘어지며 비명을 질렀다.

화살은 점점 더 날아왔다. 앞에서도 날아오고 옆에서도 날아왔다. 모자 위에도 떨어졌다.

"앞에서 총을 쏴라!"

대장이 총을 가진 병정들을 앞으로 나와 쏘도록 명령했다. 그러나 미처 쏠 새도 없이 겨누고 있던 손에 화살을 맞아 총을 떨어뜨렸다.

"아이쿠, 대장님. 내 팔, 내 팔이……."

화살을 맞은 병정이 다 죽어 가는 소리로 대장을 불렀다.

"이 머저리 같은 놈! 그래, 싸움터에서 떨어진 네 총을 찾지 않고 네 팔을 찾아?"

대장이 냅다 소리를 지르고는 떨어진 총을 주워 다른 병정에게 넘겨

주었다.

맨몸으로 버티던 병정들은 쏟아지는 화살을 맞고 픽픽 쓰러졌다.

화살과 총알의 대결이었다. 그런데 화살은 점점 늘어나고, 총알은 점점 줄어들고 있다. 녹두 부대 또래들은 총알을 한 개도 쓰지 않았는데, 신식 부대 병정들은 거의 다 쓰고 얼마 남지 않았다.

대장은 불안했다. 총알은 떨어지고 병정들의 신음 소리는 점점 크게 들려왔다. 화살 앞에 총알이 맥을 못 쓰는 걸 생각하면 속이 끓었지만 더 버틸 수가 없었다.

"진영으로 후퇴!"

팔을 높이 쳐들고 명령을 내리는 순간, 화살 하나가 피융 하고 날아왔다.

"어쿠쿠, 내 팔!"

대장도 화살을 맞는 순간 '내 팔' 하며 고꾸라졌다. 나이 든 병정이 용케 달려와 대장의 팔에 박힌 화살을 뽑았다. 병정들이 어어어, 울부짖는 소리를 내며 진영 쪽으로 내달았다.

또래들은 등을 보이는 병정들을 더 이상 쏘지 않았다.

"뿔고동, 이번엔 뒤쫓자."

"우리가 계속 여기에 있으면 저들이 다시 올 것이다. 우리의 실력을 알았으니 다시 올 땐 많은 병정을 데리고 올 것이다."

"더구나 저들은 한양에서 내려온 신식 부대 병정들이다. 우리에게 총을 빼앗긴 이상 그냥 놓아둘 리 없다."

또래들의 말은 일리가 있었다. 다시 올 적을 앉아서 맞을 수는 없는 일이다.

뿔고동은 검대 할아버지를 바라보았다.

할아버지의 눈이 뿔고동의 눈과 마주쳤다. 할아버지가 고개를 두 번 끄덕거렸다. 뿔고동이 알아챘다.

"좋아. 가자!"

뿔고동이 벌떡 일어나며 나팔을 힘껏 불었다.

'뿌우, 뿌우우.'

진격 나팔이다.

"어디로?"

"한양까지?"

"아니다. 전주성으로 먼저 들어가라. 가서 문어발 감사에게도 하늘 마음을 심어 주도록 해라."

"네, 할아버지."

검대 할아버지 앞에서는 성급한 개동이도 다소곳했다.

그리하여 그들은 참대 숲으로 돌아가지 않고 곧바로 전주성으로 향했다. 줄을 맞추고 활과 대칼이 든 주머니, 그리고 신식 부대로부터 빼앗은 양총을 어깨에 멨다.

"잠깐."

탄돌이 뿔고동을 세웠다.

"대머리 공터를 돌아보고 내려가자."

"아차! 깜박했다. 꺼진 불도 다시 봐야 하는걸."

내려가던 행군이 거슬러 공터 쪽으로 올라갔다. 혹 진영 쪽으로 후퇴했던 신식 부대 병정이 숨어 있을지 몰라 경계를 게을리하지 않았다. 그러나 다행히 병정들이 보이지 않았다. 히힝! 어디서 말 울음소리가 들려왔다. 공터 아랫녘 소나무에 말이 묶여 있었다. 어림해서 스무 필은 될 것 같았다.

"말을 놓고 갔구나."

"덤으로 얻은 선물이다."

또래들이 좋아했다. 가장 덕데가 좋은 말을 할아버지에게 드렸다.

"괜찮다. 나는 대숲으로 돌아갈 테다. 말까지 얻었으니 너희 힘이 곱인 셈이다. 내가 대숲을 지키고 있을 테니 잘하고 돌아오너라."

전주성은 베들벌에서 이백 리가 다 되는 길이었다. 거기까지 가려면 여러 고을을 지나야 했다. 또래들은 말을 번갈아 타며 아픈 다리를 쉴수 있었다.

지나는 고을마다 새 또래들이 기다리고 있었다. 개중에는 나이 어린 꼬마 또래도 있고, 따비나 괭이손이 익은 아버지 또래도 있었다.

주막거리를 지날 때였다. 사내아이와 그 어머니가 길을 막아섰다.

"녹두 대장님, 우리 아이를 데려가 주시오."

아이의 어머니가 먼저 입을 열었다.

뿔고동은 속으로 몹시 놀랐다. 또래들의 심부름꾼으로 붙여졌던 별명을 또래 아닌 사람에게서 처음 들은 것이다.

"이름은?"

"용복이라고 합니다."

"몇 살이지?"

"열 살입니다."

"녹두 부대 깃털 군으로 보내 달라고 날마다 이 홀어미를 조른답니다요."

"대장님, 저도 활을 쏠 줄 알아요."

아이가 한 발 다가오며 말했다.

"작아도 매운 고추지요."

용복 어머니의 거드는 말에 모두들 와, 하고 웃었다.

"그럼요. 우리 깃털 군엔 작아도 매운 고추가 많습니다."

탄돌이 용복을 불끈 안으며 받았다.

뿔고동이 용복의 어깨에 깃털을 달아 주었다.

"이제부터 너는 녹두 부대 깃털 군이다. 우리는 모두 하늘 마음을 지키려는 한뜻 아래 모였으니까."

또래들이 새 또래 용복을 위해 힘찬 박수를 쳐 주었다.

뿔고동이 축하 나팔을 멋지게 불었다.

꼬마 용복이 어머니에게 인사를 하고 깃털 군 속으로 들어갔다.

용복 어머니가 잠깐 기다리라 하더니 뒤꼍으로 들어가 흰말 한 필을 끌고 나왔다. 말 안장 위엔 큼지막한 보퉁이가 얹혀 있었다.

"이 말도 가져가십시오. 웬 한양 어른이 이곳에 들렀을 때 비루먹었

다고 버리고 간 것입니다요. 정성으로 돌봐 주었더니 제법 투실투실해
졌지요. 그리고 이건 베 두 필입니다요. 짬짬이 손수 짠 것이니 무엇에
든 쓰시어요."

"고맙습니다. 모두 잘 쓰겠습니다."

또래들이 복덩이가 들어왔다고 좋아했다. 그러나 뿔고동은 그렇지
않았다.

새삼 어깨가 무거워져 옴을 느꼈다.

이제 뿔고동의 이름이 베들벌에서뿐 아니라, 다른 고을에도 알려진
게 틀림없었다.

행군은 다시 시작되었다. 그들은 고을을 지나면서 백성들을 살폈다.

어디를 가도 배고픈 백성들이 마른 입에 풀칠하듯 가까스로 살고 있
었다.

또래들은 욕심꾸러기 사또를 동헌 마루에 꽁꽁 묶어 놓고 관아의 곳
간 문을 열었다. 송기죽만 먹던 백성들의 눈이 화등잔만 해졌다. 억울
하게 갇힌 사람도 풀어 주었다. 워낙 또래들의 수가 많았기 때문에 누
구도 또래들을 막지 못했다. 오히려 또래들의 행동이 너무도 시원시원
하였기에 백성들은 해묵은 고생이 이제야 끝나나 보다고 무겁던 마음
을 내려놓았다.

한 고을을 다독이고 나면 곧 다른 고을로 떠났다. 가는 곳마다 백성
들의 형편은 마찬가지였다. 그런데 함평이란 고을을 지날 때였다.

사또가 곳간 문에 떡 버티고 서서 꼼짝도 하지 않았다. 이상하게 또

래들을 찾아와 하소연하는 사람도 없었다.

"모두 말을 못 하도록 가둬 놓은 게다. 이것은 내놓고 치는 매보다 더 무서운 매다."

또래들이 사또 앞에 대놓고 이렇게 얘기해도 사또는 끄떡도 없었다.

뿔고동이 점잖게 일렀다.

"문을 여십시오."

"열지 않겠소."

"배고픈 백성들에게 곡식을 나누어 주십시오."

"나는 백성을 배고프게 하지 않았소. 배고픈 백성이 있거들랑 내게 데려오시오. 내 손으로 직접 주리다."

"그렇다면 고을 사람들에게 물어봅시다."

그때 마침 사람들이 우르르 동헌 안으로 몰려 들어왔다.

"잠깐만 기다리시오."

곳간 앞에서 사또와 깃털 군이 실랑이를 벌이는 광경을 보더니 손을 홰홰 내둘렀다.

"사또를 벌하지 마시오. 우리 사또는 다른 고을 사또와 다르오."

"무, 무어라고요?"

뿔고동과 또래들은 적이 놀랐다.

그동안 여러 고을을 지나왔어도 이런 일은 처음이었다. 그들은 자기네 사또를 정말 사또로 알고 있었다. 사또가 고을의 백성과 한마음을 이루고 있는 것이다. 이것이 바로 하늘 마음 아닌가!

뿔고동은 오랜 가뭄 끝에 단비를 맞은 기분이었다.

"우리의 무례함을 용서하십시오."

뿔고동은 사또 앞에 무릎을 꿇었다.

"어떻게든 하늘 마음을 되찾으려는 한 가지 생각에 그만⋯⋯."

"일어나시오. 할 말이 있소."

사또가 뿔고동의 팔을 붙잡아 일으켜 함께 안으로 들어갔다.

"내 오랫동안 마음으로 그대들을 알고 있었소. 나라가 안팎으로 어지러울 때 그대들 같은 용감한 백성이 있음을 내 어찌 모른 척하겠소. 그대들을 돕고 싶소."

사또가 벽장문을 열었다. 갑옷과 투구가 차곡차곡 쌓여 있었다. 사또는 그것들을 뿔고동 앞에 내놓았다.

"가져가시오."

"이 많은 걸 다 주시면⋯⋯."

관아는 무엇으로 지키겠느냐고 맺고 싶었지만 어려워서 말을 맺지 못했다.

"머지않아 한양에서 또 무장한 병정들이 내려올 것이오. 이번엔 그들도 그냥 물러나지 않을 것이오. 그대들이 많이 다칠지도 모르니 단단히 조심하시오. 우리 모두 백성의 아래인 것을⋯⋯."

사또의 입에서 이런 말이 나오다니⋯⋯.

뿔고동은 잠시 어리둥절해졌다. 그러나 곧 사또의 말을 받아들였다. 조금 전 동헌으로 몰려온 백성들의 얼굴을 떠올렸던 것이다. 백성들은 거짓이 없다.

"한양에서 오는 병정들은 나라님이 직접 보내는 것 아닙니까?"

"그렇소."

"그렇다면 나라님이 어찌 우리의 뜻을 모르실까요?"

"그대들의 뜻이 나라님 귀에 들어만 간다면 어찌 모르겠소. 하지만……."

사또가 고개를 가로저으며 검대 할아버지와 똑같은 말을 했다.

"어째서 들어가지 않는단 말씀인가요?"

"나라님의 부인, 중전 마님이 먼저 듣기 때문이오. 그 중전 마님의 귀에 단 말은 나라님의 귀에도 들어가지만 쓴 말은 다른 쪽 귀로 흘러가 버린다오."

"그렇다면 중전 마님은 우리를 어떻게 보고 계실까요?"

"백성을 괴롭히는 못된 무리로 볼 것이오."

"못된 무리로요? 어째서요?"

뿔고동이 사또에게 대들 듯 물었다.

"잠깐, 가까이……."

사또가 귓속말을 하였다.

"중전 마님과 나라님의 아버지가 서로 미워하고 있소. 이 얘긴 아무에게도 말하지 마시오."

사또가 단단히 일렀다.

"서로 편을 가르고 있소. 그 때문에 나라님의 신하들도 둘로 갈라져 있소. 나라님이 허수아비가 되어 가고 있으니 어찌 나라 밑둥이 흔들리지 않는단 말이오."

"그렇더라도 중전 마님에게 우리가 밉보일 까닭이 없습니다."

"내 말은 중전 마님이 당신들을 이용할 꿍꿍이속을 갖고 있다는 것이오."

"혹 나라님의 아버님과 맞서기 위해서인가요?"

사또가 끄덕였다.

"얼마 전 아무도 몰래 북쪽 나라에 편지를 보냈다 하오."

뿔고동은 하도 어이가 없어 말도 제대로 나오지 않았다. 사또의 방을 나오자 탄돌과 개동이 달려왔다.

"뿔고동, 사또와 무슨 얘기를 했냐?"

"사또가 갑옷을 가져가라 했다."

"갑옷을?"

"사또가?"

탄돌도 놀라는 빛이다.

"이곳 사또는 우리와 한마음이다."

뿔고동은 탄돌과 개동에게 사또가 한 얘기를 들려주었다. 탄돌이 물었다.

"그래, 무슨 글을 보냈을까?"

"혹 우리를 혼내 주려는 속셈 아닐까?"

"우리가 뭘 잘못했다고?"

개동이 말발을 세웠다.

"알 수 없는 일이다. 중전 마님이 우리를 못된 무리로 보고 있다지 않냐?"

뿔고동이 숨을 깊이 들이쉬었다.

"훈장님 말씀이 꼭 맞는구나. 곧 밖에서 오는 적과도 싸울 때가 오겠다."

"하지만 걱정 없다. 우리가 똘똘 뭉치면……."

개동이 탄돌의 말을 받았다.

"아무튼 마음을 더욱 단단히 묶자."

뿔고동이 아퀴 짓듯 말하고 일어섰다.

"하늘이 우릴 도울 것이다."

탄돌도 거들었다. 녹두 부대 또래들은 다시 행군을 시작했다. 또래들의 모습이 점점 새로워졌다.

말을 타고 활통을 멘 또래, 어깨에 총을 멘 또래, 갑옷과 투구를 입은 또래……, 아직 어깨에 깃털을 달고 있지만 저마다 어엿한 무사들이었다.

늠름한 그들의 모습이 백성들의 마음을 사로잡았다. 마치 꺼져 가는 불씨에 닿는 기름이듯, 그들은 지친 백성들의 마음에 생기를 불어넣어 주고 있었다. 백성들은 이제 춥고 배고픈 하루하루 대신, 따뜻하고 배부른 일 년 열두 달을 꿈꾸었다.

...달뜸 마을 대포 부대

또래들은 잠깐잠깐 머무르는 동안에도 훈련을 놓지 않았다. 훈련은 점점 더 힘들었다. 새 무기가 생긴 만큼 훈련의 가짓수도 늘어났다. 그러나 누구도 마다하지 않았다. 어떤 꾀바른 또래는 닭을 키우는 대장 태를 고쳐 그 안에 감쪽같이 숨어서 화살을 쏠 수 있게 했다.

뿔고동이 그를 대장태 또래라 불렀다.

밤이 되면 하늘 마음 노래를 부르고 검대 할아버지의 말씀을 새겼다. 몸을 닦으면 마음도 닦아야 했기 때문이다.

어느 날 밤, 뿔고동은 불어난 녹두 부대 또래들을 뿔나팔만으로는 지휘할 수 없음을 깨달았다.

마침 용복 엄마가 준 베가 생각났다.

그것을 잘라 깃발을 만들었다. 거기에 파랑, 빨강, 노랑, 초록, 하양의 오색 물을 들였다.

깃발로 갖가지 신호를 만들었다. 또래에게 깃발의 신호들을 익히도록 했다. 깃발의 빛깔을 따라 부대를 나누었다. 전에 대숲 훈련 터에서는 활쏘기 부대와 검술 부대 둘로 나누었지만, 이젠 그것으로 모자랐기 때문이다.

오색 깃발을 앞세우고 또래들이 힘차게 걸었다. 내딛는 걸음 앞에

길은 점점 넓고 탄탄했다.

마을의 너덩길에서 들의 황톳길을 지나고 봇짐장수들의 발씨 익은 신작로 위에 또래들의 발씨도 익어 갔다. 그것은 커다란 물결, 바다처럼 넓고 푸른 들녘을 넘실대는 물결이었다.

물결은 사방에서 높게 일었다. 누구도 막기 힘든 새 희망의 물결, 그러나 물결은 때로 뜻하지 않은 벽에 부딪치기도 한다. 또래들의 행군이 달뜸 마을에 다다랐을 때, 뜻밖의 기습을 받았다.

또래들이 하루의 행군을 마치고 냇가에서 저녁을 먹고 있을 때였다.

퍼엉! 퍼퍼엉!

하늘땅이 무너지는 소리와 함께 밥그릇이 날아갔다. 밥을 먹던 또래들이 하늘로 솟았다가 땅에 떨어졌다. 조약돌이 튕겨 또래들의 뒤통수를 때렸다.

냇물도 미처 날뛰었다. 눈 깜짝할 사이에 벌어진 일이었다.

"베를 펴라!"

그러나 곧 정신을 차린 또래들이 들려오는 명령대로 대나무에 감아 둔 베를 잽싸게 펼쳤다.

서쪽 동둑께서 뿔고동이 바람처럼 달려오며 빨간 깃발과 파란 깃발을 위로 힘껏 쳐들었다. 대창과 활을 멘 또래와 갑옷과 투구를 쓴 또래가, 말에 올라타기가 무섭게 냇물을 가로질러 대포 부대를 향해 내달렸다.

쏜살같다. 대포 부대 병사들이 미처 대포 구멍에 대포알을 넣을 사이도 없이 또래들이 코밑에 바짝 붙었다. 냇가에 남은 또래들이 그새 감쪽같이 사라졌다.

"쥐새끼 같은 놈들!"

대포 부대 대장이 부아를 터뜨리는데, 등 뒤에서 갑자기 나팔 소리가 울렸다.

"이, 이 무슨 홍두깨 소리냐!"

피융, 피융!

"어쿠쿠. 화, 화살이닷! 어, 어디서 오는 화살이냣! 어, 어서 대포를 쏴라!"

대포 부대 대장이 허리를 움켜잡고 외쳤다. 그러나 또래들이 너무 바투 달라붙어 있어서 쏘아도 맞지 않는다.

"총, 총을 쏴라!"

대장의 명령이 바뀐다. 그러나 바로 그 순간 벼랑 위쪽에서 초록 깃발이 쳐들리며 와 하는 소리가 요란하게 났다. 벼랑 위쪽이 하얗다. 뒤로 돌아 총을 겨누려는데 무엇이 데구르르 굴러 내려왔다. 또래들이 대장태 속에 숨어 화살을 쏘고 창을 던진다. 대포 부대 총알이 날아간다. 그러나 움직이는 물체라 잘 맞지 않는다.

"으아아."

되레 총을 겨누던 팔목에 화살이 꽂혔다. 총구멍 앞에 대창이 꽂혀 총구멍이 막혔다. 흙먼지가 일고 눈앞이 뿌옇다.

데굴데굴 굴러 내려오는 대장태가 산꼭대기에서 구르는 바윗덩이

못지않게 무섭다.

병사들이 하나둘 총을 놓고 갈팡질팡했다. 대장의 명령이 다시 떨어졌다.

"계속 쏴라!"

정신을 잃지 않은 병정이 구르는 대장태가 멈추기를 기다렸다 타앙! 타앙! 쏘아 댔다.

어쿠쿠! 대장태가 땅바닥에 고꾸라졌다.

"이놈, 맛 좀 봐라!"

그러나 총알은 백 년 넘은 팽나무 밑둥치에 박혔다. 우우웅 나무가 울었다.

대장태 안에 숨은 또래가 굴속의 토끼 모양 뛰쳐나와 숲께로 달아났다.

"저, 저놈을 잡아라!"

떨어지는 명령이,

"도로 제자리!"

하고 이내 바뀐다.

계속 굴러 내리는 대장태를 겨누는 일이 더 급했다. 총을 맞고 대장태 안에서 미처 빠져나오지 못한 또래도 있었다.

뿔고동은 더 싸우고 싶지 않았다. 그러나 멈출 수도 없었다. 총알이 계속 날아오고 대포 소리도 멈추지 않았다. 또래들은 날쌔게 두 패로 갈라져 대포 부대 위아래 쪽에 자리를 잡았다.

"등잔 밑이 어둡다. 아래쪽 또래는 될 수 있는 대로 대포 부대에 바투 붙어라. 위쪽 또래는 계속 대장태를 굴려라."

대포 부대는 더 이상 대포를 쏠 수 없고 총도 쏠 수 없었다.

쏘아도 제대로 맞지 않고 비싼 총알만 동이 날 판이다. 대포를 믿고 총을 믿고 싸우러 나온 병정들이 대포와 총을 쏠 수 없으니, 남은 일은 줄행랑뿐이다. 병정들의 줄행랑 뒤엔, 떨구고 간 무기들이 또한 적지 않았다.

이번에 더욱 놀란 것은 그동안 말로만 듣던 대포의 무시무시한 힘을 알게 된 것이다.

그로 인해 또래를 잃는 슬픔을 처음 알게 되었다. 쓰러진 또래들이 못 다 피운 용기의 꽃을 남은 또래들이 피우기로 다짐했다.

달뜸 마을에서 마주쳤던 대포 부대 병정들을 여시봉에서 다시 만났지만 이번엔 부딪치지 않았다. 그들은 또래들의 꽁무니에 나타났다간 사라지고 나타났다간 사라질 뿐 총을 쏘지 않았다.

또래들도 그들을 되잡지 않았다. 목표는 그들이 아니라 전주성이었기 때문이다.

뿔고동이 서둘렀다.

멀리 전주성 성벽이 보였다. 또래들이 만날 마지막 벽, 성벽은 높고 두텁다. 겉으로는 바깥의 적과 맞서기 위한 것이라지만, 성안의 나라님 신하들과 성 밖의 백성들을 가르는 장벽이기도 했다. 또래들에게 아무리 좋은 하늘 마음 씨앗이 자라고 있다 해도 그들이 성문을 닫고 있으면 전해 줄 수 없다.

그런데 성안의 나라님 신하들은 전보다 더 꼭꼭 성문을 닫고 개미 새끼 한 마리도 얼씬 못 하게 했다.

그들은 또래들이 황토 마루에서 귀신 놀이를 멋지게 해낸 것을 알고 있었다.

달뜸 마을에서 대포의 불덩이에도 끄떡없었다고 도망 온 대포 부대 병정들에게서 방금 들었다. 말은 꼬리에 꼬리를 달고 이어져 야릇한 소문으로 퍼져 나갔다.

'녹두 부대 또래들에겐 총을 쏘아도 맞지 않는다.'

'저들에게 겨눈 총알은 앞으로 나가지 않고 뒤로 나가 총을 쏜 사람이 되맞는다.'

'동에 번쩍 서에 번쩍 하니 도깨비불이 씌었다.'

소문은 곧잘 사실로 둔갑을 한다.

"뿔고동, 문어발 감사가 소문을 진짜로 알고 있나 보다."

성안에 미리 들여보낸 염탐 또래가 와서 말했다.

"그럼, 지레 겁을 먹고 있단 말이냐?"

"응. 그런 것 같아."

"일이 도리어 그르쳐지겠다."

뿔고동은 문어발 감사에게 편지를 썼다. 할 말이 있으니 또래들과 자리를 함께해 달라는 글이었다. 답장도 부탁했다. 문어발 감사는 편지를 받고 베들벌 사또보다 더 떨었다. 하지만 언제까지나 성문을 닫아 놓고 있을 수도 없었다.

성안엔 문어발 감사만 살고 있는 것이 아니다. 성안에도 성 밖에도 나라님의 백성들이 살고 있다.

백성들이 그날그날 살아가는 데 필요한 것들을 사고팔기 위해 닷새 마다 장이 선다. 그래서 장날이면 하는 수 없이 성문을 열어야 했다. 문어발 감사는 답장은커녕 성안에 있는 것조차 불안했다.

여차하면 성을 뜰 채비를 몰래 해 두었다. 녹두 부대 또래들이 전주 성 턱밑에 닿은 날은 바로 장날이었다. 아니다. 그것을 미리 계산하고 뿔고동이 그렇게 서둘렀는지 모른다.

장은 성문에서 조금 떨어진 곳에 섰다.

서쪽 성문이 보이는 곳에 탄돌이 약초 뿌리를 벌여 놓았다. 사람들 이 약초 장수라서 덩치도 크다고 추켜 주었다. 조금 떨어진 자리에 수 남이가 나뭇단을 쌓아 두었다.

개동이가 나뭇단을 이리저리 뒤적이며 살 뜻을 비쳤다. 서로 이야기 가 오갔다.

장터 여기저기에서 또래들이 장꾼들 틈에 끼어 저마다 사고팔 물건 을 앞에 두고 떠들어 댔다. 장터는 오랜만에 시끌벅적했다.

뿌우우.

어디서 느닷없이 나팔 소리가 들려왔다.

"이게 웬 나팔 소리여?"

"성안에서 나온 소린가?"

"글쎄, 모를 일이여. 세상이 노상 수선수선하니……."

뿌우 뿌우 뿌우.

세 번의 나팔 소리와 함께 탄돌이 약초 뿌리 밑에서 대창과 대칼을 꺼냈다. 개동이와 수남이는 나뭇단 밑에 감춰 둔 활통을 어깨에 멨다. 또래들이 우루루 성문께로 달려갔다. 장꾼 차림의 또래들을 보고 성문을 지키던 병졸들이 놀라 자빠졌다.

피융 피융!

성벽 위에서 화살이 쏟아지기 시작했다. 문어발 감사의 명령으로 떨어지는 화살 비였다.

"에이잇!"

개동이와 수남이가 눈을 부릅뜨고 화살을 겨누었다. 탄돌이 창 든 문지기를 밀어젖히며 성문을 활짝 열었다. 장꾼들과 또래들이 물밀 듯이 들어갔다. 성안이 장바닥처럼 북적거렸다. 성 밖과 성안이 하나가 되었다.

뿔고동은 문어발 감사를 찾았다. 보이지 않는다. 감쪽같다. 베틀벌 사또나 문어발 감사나 숨는 재주는 다람쥐 사촌이다.

성벽 위 병정들이 불화살을 쏘기 시작했다. 성문 밖 집들이 화살을 맞고 타오른다. 사람들이 맨몸으로 뛰쳐나오며 외쳐 댔다.

"화살을 쏘지 마시오! 물 물 물!"

목숨보다 아까운 것이 안에 있는지 그들은 물동이를 안고 불 속으로 뛰어들었다.

불화살은 여전히 날아왔다. 갑작스런 불길을 보고 또래들이 성벽으로 뛰쳐 올라갔다.

"이, 이 못된……, 너희가 백성들의 심부름꾼이냐!"

"백성들의 집에 불을 지르다니……."

또래들에게 뒷덜미를 잡힌 병정들이 숨조차 제대로 쉬지 못했다.

"우, 우리는 그으저 문어발 감……."

"문어발 감사는 도망가고 없다. 어서 그 불심지를 꺼라."

병정들은 또래들이 시키는 대로 했다.

불화살을 맞고 집이 재가 된 사람은 곧 성안으로 들어왔다. 성안, 곳간의 빗장이 열리고 낟알이 또래들에 의해 고루고루 나누어졌다.

"녹두 부대 만세!"

"뿔고동 만세!"

성안의 백성들이 외쳤다. 그러나 뿔고동의 마음은 쓸쓸했다.

'또 허탕이다. 우리들 마음을 알아보려고 하지도 않고 도망부터 가는 나라님의 신하들……. 아아, 일이 잘 되려나 못 되려나.'

마음속에 근심이 쌓였다. 또래들을 더 다치게 하고 싶지 않았다. 백성들을 위해 애쓴다 하지만 백성들이 어쩐지 불안해 하는 것 같아 미안했다.

뿔고동은 괴로울 때면 탄돌을 부른다.

탄돌이 곁에 있으면 형처럼 기대고 싶어진다. 검대 할아버지가 곁에 계실 때같이 든든했다.

"탄돌, 자칫 일이 꼬일지도 몰라."

"왜? 우리 뜻대로 됐지 않아?"

"아니, 이번에 감사를 꼭 만났어야 하는 거다."

"기다리면 돌아오겠지. 그동안 잘 해 보자."

"그래, 탄돌. 그가 돌아오면 기꺼이 맞는 거다."

뿔고동이 고개를 끄덕였다. 또래들은 성안의 백성들을 가르치기 위해 검대 할아버지를 모셔 왔다. 백성들이 눈을 크게 뜨고 귀를 열었다. 마음도 활짝 열었다. 활짝 열린 마음 밭에 검대 할아버지의 말이 씨톨로 떨어졌다. 그리하여 마른 잔디에 불이 붙듯 하늘 마음 노래가 퍼지고, 성안은 새로 일군 하늘 마음 밭으로 바뀌어 갔다.

...부탁은 곧 약속

조용한 몇 날이 지났다. 백성들도 이만만 하면 더 바랄 게 없겠다고 마음을 놓았다. 그러나 이 조용함은 그리 오래가지 못했다. 마치 물이 끓기 전의 고요와 같은 것이었다.

꼭두새벽, 성의 맞은편 완매봉에서 대포알이 날아왔다. 성벽이 뻥뻥 뚫렸다. 총알도 날아왔다.

"달뜸 마을 대포 부대다!"

개동이 외쳤다. 또래들은 화살과 총으로 맞섰다. 그러나 성 밖 높은 데서 성을 겨냥한 총알과 포탄을 피하기란 빗방울을 피해 걷는 것만큼 어려웠다. 싸움은 지독했다. 피를 흘리는 또래를 돌볼 겨를도 없었다. 훌훌 넘어오는 총알을 더 이상 앉아서 맞을 수 없다.

또래들은 성문을 박차고 나가기로 했다.

뿔고동은 또래들을 둘로 갈랐다. 한 무리는 돌격 부대, 한 무리는 기습 부대였다. 먼저 기습 부대 또래들이 북문으로 빠져나가 대포 부대가 진을 치고 있는 완매봉 뒷기슭으로 숨어들었다. 솔가지를 꺾어 몸을 가리며 바위를 방패 삼아 살금살금 올라갔다. 그러나 완매봉은 황토 마루보다 몇 곱이나 더 높아 오르기가 쉽지 않았다. 먼저 대포 부대들이 위쪽을 차지하고 있어 더욱 만만치 않았다.

총알을 소나기로 퍼부었다. 총에 맞은 또래들이 낙엽처럼 구른다.

우우욱! 기습 부대 대장 탄돌은 가슴이 터질 것 같아 두 주먹을 움켜쥐었다. 옴나위할 수 없었다. 이럴 땐 아무리 기운이 세도 쓸데없다. 화살도 대창도 대칼도 한낱 대나무 쪼가리에 지나지 않았다.

"으으윽…… 노욱두 대자아앙……."

구르는 낙엽 속에서 들려오는 용복의 신음 소리……. 탄돌이 가까이 다가갔다.

"용복아!"

탄돌이 쓰러진 용복을 끌어안았다.

어린 용복의 가슴에 피가 고였다.

꽃물처럼 곱고 붉다. 용복은 파란 하늘을 한 번 보더니 눈을 감았다.

"용복아, 한울님 집에 가서 편히 쉬거라."

탄돌은 울음을 삼키며 용복을 바위 밑에 눕혔다.

"돌아간다!"

탄돌이 명령을 내렸다. 도저히 대포 부대 진지까지 올라갈 수 없다고 생각했기 때문이다.

그런데 바로 그때였다.

대포 부대 병정들이 반대편 산기슭으로 내리닫기 시작했다.

바로 뿔고동의 돌격 부대를 맞은 것이다. 동쪽과 서쪽 성문을 열고 돌격 부대 또래들이 대포 부대 앞쪽으로 내달았다.

앞장선 또래는 개동이었다. 개동이 손에는 하얀 깃발이 들려 있었다.

"항복이냐?"

대포 부대 대장이 총을 겨누려다 내린다.

"그렇습니다."

개동은 공손했다. 아무리 적이지만 나이가 더 많은 사람에겐 말을 높이도록 훈장님이 늘 이르셨다.

"성안에 너희 대장이 있느냐?"

"우리 대장 뿔고동은 쓰러졌습니다. 나머지는 있으나마나입니다."

"좋아. 너희는 살려 준다. 잠시 나쁜 무리들의 물이 들었을 터이니 이제 우리와 함께한다."

"넷!"

개동은 짐짓 고마운 척했다.

"일이 잘되어 간다. 더 여기 머물 필요가 없다. 밀고 들어간다!"

대포 부대 대장의 명령이 떨어지기가 무섭게 병정들이 성을 향해 내리달았다.

또래들은 그들을 돕는 척하며 뒤따랐다. 성문 코앞까지 왔다.

"성문을 열라! 열면 살고 열지 않으면 총알이다. 어서 빨리 열랏!"

대포 부대 대장이 성벽을 향해 소리쳤다. 그러나 대꾸가 없다. 숨막히는 순간이다. 대포 부대 병정들도 안절부절이다. 지난번처럼 적과 너무 바투 있어 거꾸로 당할까 봐 은근히 겁을 먹고 있었다.

아니나 다를까. 성벽 위에서 나팔 소리가 들렸다. 노란 깃발이 흔들림과 동시에 화살이 쏟아졌다. 화살이 쏟아짐과 동시에 개동이와 또래들이 양쪽으로 갈라져 달아났다.

"앗, 또 당했다! 저, 저놈들을 잡아랏! 아, 아니다. 성벽 윗놈들부터 해치워라! 뿔고동은 죽지 않았다!"

대포 부대 대장의 명령이 왔다 갔다 하는 사이 아뿔싸, 건너편 완매봉에서 또 화살이 날아왔다. 뒷기슭으로 숨어들다 돌아서려던 탄돌의 기습 부대 또래들이 산꼭대기에서 쏘는 화살이었다.

대포 부대와 녹두 부대의 위치가 순식간에 뒤바뀌었다. 병정들이 화살을 맞고 픽픽 쓰러졌다. 앞뒤에 적을 두었으니 버틸 재간이 없다. 대포 부대 대장은 은근히 겁이 났다. 최신식 무기를 갖춘 데다 깃털 조무래기들이라고 얕잡아 보던 또래들에게 두 번이나 얼없이 당했으니 한양에 돌아갈 면목조차 없어졌다.

병정은 말할 것 없고 대포와 총알도 너무 많이 축을 냈다.

"안 될 일이다. 더 이상 싸우다간 일만 더 그르칠 뿐이다. 저자들을 구슬리자. 총을 내려랏!"

화살도 멎었다.

대포 부대 대장은 떨어진 화살 끝에 편지를 매달아 되쏘았다.

성벽 위에 있던 또래가 편지를 뿔고동에게 가져갔다. 뿔고동은 검대 할아버지에게 보였다.

"약 주고 병 주려는 속셈이다."

"바깥 형편을 알 때까지 답을 보내지 않겠습니다."

"그래라."

녹두 부대의 회답이 오지 않자 대포 부대 대장은 다시 쪽지를 쏘아 보냈다. 또래들은 아랑곳하지 않고 성을 굳게 지켰다.

성안과 성 밖이 서로 버티고 있는 사이, 누가 북쪽 성문 아래 파 둔 굴 문을 두드렸다.

"누구냐?"

"조릿대다."

안에서 문이 열렸다. 염탐 또래였다.

"뿔고동은 어디 있냐?"

"따라와!"

염탐 또래는 굴 문을 지키던 또래를 따라갔다. 성안에 처음 들어오기 때문에 염탐 또래는 길을 잘 몰랐다.

"무사히 돌아왔구나."

검대 할아버지가 염탐 또래의 어깨를 도닥여 주었다. 뿔고동이 급히 물었다.

"밖은 어떠냐?"

"큰일 났다, 뿔고동. 북쪽 오랑캐 나라 병정들이 들어왔다."

"뭐라고?"

"그뿐 아니다. 남쪽 섬 오랑캐들도 이때다 싶어 쫓아 들어왔다."

말하는 염탐 또래의 입이 말라 있었다.

"나라님은 처음부터 말렸지만, 중전 마님과 한통인 나라님의 신하들이 기어코 끌어들였다 한다."

"기가 막힐 일이다. 제 나라 백성을 혼내 주려고 오랑캐들을 끌어들이다니……."

검대 할아버지가 수염을 떨었다.

"그래, 나라님이 바람에 흔들리는 갈대란 말이냐?"

"인천 앞바다에서 산더미만 한 배를 보았다. 북쪽 오랑캐들이 타고 온 배라 한다. 게다가 한양 큰 대문 안에서는 섬 오랑캐들이 활개를 치고 있다."

"그러니 어쩌면 좋으냐?"

염탐 또래는 애가 탔다.

"짐작하던 일 아니냐?"

뿔고동은 뜻밖에 담담했다.

"저들에게 글을 써 보내자. 나라가 바람 앞에 등불이 되었음을 알려야 한다."

뿔고동의 편지가 대포 부대로 날아갔다.

마침 대포 부대에서도 한양에서 파발이 내려와 있었다.

"못된 무리들을 다스리고자 북쪽 형제 나라에 도움을 청했더니 뜻하지 않게 섬나라 병사들을 끌어들인 형편이 되었다. 그러니 더 이상 총소리를 내지 마라. 너희의 총소리가 더 큰 총소리를 불러들일 테니 저들과 얘기를 나누어 보라."

나라님의 큰 신하가 나라님의 부탁 말씀을 전했다. 대포 부대 대장은 더 기다릴 수 없었다. 뿔고동을 만나 담판을 하고 싶었다. 때를 맞추듯 뿔고동의 편지가 날아온 것이다.

나라님의 큰 신하와 대포 부대 대장이 성안 뿔고동을 찾아왔다. 뿔고동이 반가이 맞았다. 언제 싸웠냐는 듯. 하기야 싸울 때는 적이지만 돌아서면 한 백성들이다.

또래들의 얘기는 뜻밖이었다. 나라님의 큰 신하도, 대포 부대 대장도 속으로 몹시 놀라는 빛이었다. 나라님의 큰 신하는 더욱 그랬다.

'엉터리 양반 같으니라구.'

큰 신하는 문어발 감사에게 듣던 것과는 딴판인 것을 보고 부끄럽기까지 했다.

'이렇게 착한 백성들을 못된 무리, 아니 적으로 생각했다니……'

그렇긴 해도 겉으로 드러내 보일 수는 없었다. 그런 솔직한 몸짓이 그의 몸엔 익지 않았다. 대신 또래들의 간곡한 부탁을 모두 들어주었다. 부탁은 곧 약속이었다.

백성들을 위한 약속, 백성이 땅의 주인이 되게 하고 하늘 마음을 지킬 수 있도록 하는 약속이었다. 또래들은 약속을 받고 성문을 활짝 열었다.

몇 날 며칠 총소리가 멎지 않던 전주성이 고요를 되찾았다.

다행히 나라님의 큰 신하는 또래들과의 약속을 지키려고 애를 썼다. 될 나무는 떡잎부터 알아보듯 잘될 것 같았다. 미더웠다. 뿔고동은 마침내 전주성을 그에게 맡기고 또래들과 함께 성문을 나섰다.

바람이 불었다. 늦봄, 초여름의 샛바람이다. 오랜만에 또래들은 가슴

깊이 바람을 마셨다. 마시면서 되찾은 하늘 마음이 바람처럼 사방으로 퍼지기를 간절히 빌었다.

어깨에 활통을 메고 등에는 바랑을 졌지만 마음이 가붓했다.

베들벌 너른 들판이 눈앞에 삼삼하다.

"누가 우릴 가장 반길까?"

뿔고동이 또래들에게 물었다.

"들이 가장 반길 거다."

"동진강 물이 먼저 반겨 줄 거다."

"뭐니 뭐니 해도 우리를 낳아 준 어머니 아버지 들이겠지."

또래들이 저마다 한마디씩 하며 고향을 그렸다. 그들 모두 몸보다 마음이 먼저 가고 있었다. 뿔고동도 물론 그러했다.

"뿔고동, 난 누이가 제일 보고 싶다."

개동이가 슬쩍 눈웃음을 던졌다. 개동의 말에 뿔고동은 왈칵 그리움이 솟는다.

"나도."

말목 장터에서 보리개떡을 건네주고 꽁지 머리를 흔들며 뛰어가던 옥분이의 뒷모습이 아슴아슴 떠올랐다. 웃음이 나왔다.

"뿔고동."

"응?"

뿔고동이 흠칫 대답했다.

"너 이번에 돌아가면……."

개동이 말을 멈추었다.

"돌아가면?"

"장가들어라."

"장가?"

뿔고동이 또 웃었다.

"우리 누이 보고 싶다 했지. 보고 싶으믄 장가들어 함께 사는 거다."

"너의 어머닌 어떡하고?"

"나도 장가들면 된다. 널 뒤따라서, 히히."

개동이도 싱겁게 웃었다.

"색시가 있어야 장갈 가지. 혼자 가냐?"

탄돌이 끼어들며 놀려 댔다.

"누가 아냐? 그동안 많이 돌아다녔으니 어디 점찍어 둔 색시가 있는지 모르지."

검대 할아버지도 귀를 밝혔다.

"아, 아닙니다, 할아버지. 우스갯소리로 한 말입니다."

개동이가 펄쩍 뛰었다.

"우스갯소린, 다들 나이가 찼는걸. 허허 탄돌도……."

검대 할아버지가 탄돌을 짚으며 돌아보았다. 지금 이 순간만은 할아버지도 손주 장가보낼 일을 생각하는 듯했다.

즐겁다. 세상에 시집가고 장가드는 얘기처럼 즐겁고 신 나는 얘기가 어디 있었는가. 정다운 얘기를 주고받으며 달뜸 마을을 지났다. 마을 이름과는 달리, 아픈 자국이 남아 있는 곳이다.

여기서 또래들은 길을 나누었다. 나라님의 큰 신하와의 약속이 고을마다 제대로 이루어지는지 보기 위해서다.

오색 깃발을 앞세우고 검대 할아버지, 뿔고동, 탄돌, 개동, 수남이가 뿔뿔이 흩어졌다.

검대 할아버지만 베들벌로 가고, 나머지는 모두 낯선 고을로 모숨을 지어 떠났다. 그러나 낯선 고을은 곧 낯익은 고을이 되었다. 그새 전주성의 소식이 바람 타고 고을고을로 퍼진 것이다.

고을에 버티고 있던 고약한 사또나 욕심꾸러기 양반들은 대부분 보따리를 싸고 어디론가 자취를 감추었다. 궛문이 좁거나 곳간에 미련이 남아 떠나지 못한 양반들도 또래들이 온다는 말을 듣고 부랴부랴 뜰 채비를 했다.

뿔고동이 갈매봉 너르미골로 접어들 때였다. 멀리서 맨상투에 도포만 걸친 사람이 정신없이 나귀 등에 올라타고 있었다.

"가자. 싸게 가자."

채찍으로 나귀 엉덩이를 때렸다. 나귀가 힝힝 콧소리로 울며 발을 뗐다. 아뿔싸! 나귀가 뒤로 갔다.

"나으리, 보십시오. 나귀를 타려면 제대로 타셔야지요."

어느새 뿔고동이 도포짜리 앞에 섰다. 도포짜리의 얼굴이 빨개졌다. 그는 내려서 나귀를 바로 탈 생각은 하지 않고 뿔고동을 노려보았다. 그때였다.

"이놈, 내 기어이 잡고말고. 그래 남의 나귀를 빼앗아 타고 십 리나 갈 줄 알았나?"

첫눈에 봇짐장수 같은 사람이 도포짜리를 끌어내렸다. 힘으로는 얼토당토않았다.

"지금이라도 사과하고 나귀를 돌려주십시오."

뿔고동이 타일렀다. 봇짐장수가 뿔고동 어깨의 깃털을 보고 흠칫 놀랐다.

"고, 고맙습니다, 나으리."

"나는 나으리가 아닙니다. 나으리는 저분입니다. 나는 뿔고동입니다."

맨상투로 도망가던 양반은 웬일인지 뿔고동과 또래들을 따라오라 했다.

"문을 여시오!"

꼭꼭 잠근 솟을대문을 빼꼼히 열고 내다보던 양반의 마나님이 질겁을 했다.

"문을 여시오, 부인. 나요!"

"여, 영감, 어찌 되돌아오십니까?"

"괜찮소. 마음을 놓으시오."

양반의 마나님이 손수 큰문을 열었다. 부리던 하인들도 모두 떠나고 혼자 빈집을 지키고 있었던 것이다.

"임자, 곳간 문을 활짝 열어요. 그리고 온 동네 사람을 불러 잔치를 합시다."

"예? 자, 잔치요? 영감두, 집엔 아무도 없는데 잔치를 어찌한단 말입니까?"

양반의 마나님이 안 될 일이라 했다.

"부인, 염려 마시오. 여기 뿔고동, 아, 아니 노옥두 대장이 오셨소."

양반은 녹두 대장이라는 말이 입에 익지 않아 더듬거렸다.

"노옥두 대장이라구요?"

양반의 마나님도 더듬거리며 놀라 뿔고동을 바라보았다.

"인사드립니다. 뿔고동이라고 합니다."

공손했다. 또래들도 공손히 인사했다.

고샅고샅에 퍼지는 나팔 소리를 들으며 마을 사람들이 모여들었다.

"웬일이여? 노랭이 최 진사가?"

"오늘 아침 해가 서쪽에서 떴남?"

"아암, 사람 맴 속에 돋는 해는 서쪽에서도 뜰 수 있제."

"이게 다 하늘 마음 또래 덕분이여."

"살맛 나네, 살맛 나. 세상 살맛 나네. 모래알 같던 세상 인심, 찰떡 인심이 되었구먼."

담벼락에 닿는 것조차 꺼리던 노랭이 양반 집에 처음 이웃들이 모여, 먹고 마시며 얘기꽃을 피웠다. 보기만 해도 좋았다.

뿔고동과 또래들은 뿌듯이 차오르는 기쁨을 누를 길 없었다. 그 기쁨은 싸움에서 이겼을 때보다 더 컸다.

구두쇠 양반 최 진사가 인심 좋은 양반이 되어 뿔고동과 또래들을 붙잡았다. 그러나 한곳에 오래 머물 순 없었다. 전주성에서의 약속이 맺어진 뒤로 뿔고둥과 또래들을 기다리는 눈이 더 많아졌기 때문이다.

"나으리, 이제 마음 푹 놓고 사십시오. 곳간 문을 활짝 열면 솟을대문을 활짝 열어 두고도 마음 놓고 살 수 있습니다."

"고맙소, 녹두 대장. 내 그동안 하나는 알고 둘은 몰랐소."

최 진사는 허리춤에서 엽전 꾸러미를 끌어 뿔고둥에게 주었다.

"웬걸 이리 많이 주십니까?"

"달라진 내 마음의 표시오. 받으시오."

"고맙습니다, 진사 나으리."

뿔고둥이 깍듯했다. 진정 마음에서 우러나는 깍듯함이었다. 최 진사의 따뜻한 배웅을 받으며 일행은 다시 길을 잡았다.

어진말, 구슬내, 운개골……, 베들벌 둘레의 고을을 두루 돌며 또래들은 새 바람을 일으켰다. 그 바람은 그 옛날 새재 너머 나귀 타고 온 바람보다 따뜻했다. 그러나 새 바람은 힘이 있었다. 늘어진 삼밭의 줄기를 일으켜 세우고 목화 잎 사이마다 탐스런 다래의 꿈을 묻어 주었다.

못골 댓골 갈림목에서 또래들은 서로 헤어졌다. 서로 손바닥을 마주 대고 가볍게 쳤다. 뿔고둥은 집이 먼 또래에게 타던 말을 주었다. 뿔뿔이 흩어져 돌아가는 또래들의 뒷모습을 보며 뿔고둥은 가슴이 뜨거워 옴을 느꼈다.

'용감한 또래들!'

안에도 적 밖에도 적

...맑은 물 떠 놓고

한바탕 회오리가 지나갔어도 들은 여전히 푸르렀다. 다사로운 햇빛과 정다운 구름을 동무 삼으며 들은 언제나 말없이 제 빛깔을 지켜 나간다.

'이 너르디너른 들판…… 한울님과 우리들의 한마당, 우리가 한또래 되어 가꾼 하늘 마음 씨앗이 열매 될 때 신 나게 춤을 추고 싶다. 한울님과 함께.'

다시 돌아온 고향 들녘에서 푸른 들빛에 취해 뿔고동은 단숨에 둥짓골로 달렸다.

"어머니!"

사립을 열자마자 어머니를 불렀다.

방문이 열리며 옥분이가 뛰어나왔다.

"어머! 뿔고동 오빠 왔네?"

"옥분이 니가 여기 왜?"

옥분이가 토방 아래 오뚝 섰다. 무슨 말을 먼저 해야 할지 모르는 눈빛이다.

"울 어머니는?"

"누, 누워 계셔."

옥분이의 눈에 금세 눈물이 고인다.

"드, 들어오너라아."

안에서 어머니의 목소리가 새어 나왔다.

다른 때 같으면 버선발로 달려 나왔을 어머니, 그 어머니의 목소리가 실처럼 가늘다. 뿔고동은 짚신을 벗고 들어갔다.

아랫목에 누워 있던 어머니가 일어났다.

"애쓰었다. 모옴은 서엉하냐?"

어머니는 더듬더듬 말을 이으며 뿔고동의 낯빛을 살폈다.

"마않이 상해엣구나."

그러나 어머니의 얼굴이 더 엉망이다. 뿔고동은 말을 잃었다. 가슴이 메어 온다. 눈물이 솟으려는 걸 꾹 참는다.

"어머니, 누우십시오."

뿔고동은 어머니를 자리에 눕혀 드리고 밖으로 나왔다. 숨이 막혔다. 옥분이가 마당 가운데 그대로 서 있었다.

"옥분아, 너네 집은 어떡하고 일루 왔냐?"

"개동 오빠도 돌아왔어."

"벌써?"

"응, 탄돌 오빠도 검대 할아버지도."

"다들 느네 집에 계시냐?"

옥분이가 끄덕였다.

"뿔고동 오빠, 오빠네 엄니가 많이 아프셔."

"그래. 그런 것 같다."

"개동 오빠랑 우리 엄마가 가서 돌봐 드리라고 해서……."

옥분이가 손가락을 만지작거리며 말끝을 흐렸다. 어쩐지 전보다 부끄럼을 더 타는 것 같다.

"고맙다, 옥분아. 근데 한약내가 나는데?"

"응. 검대 할아버지가 읍내 한약방에서 지어 오셨어."

"고마운 분들이구나. 가자, 옥분아."

"어디?"

"느네 집에."

"오빠 혼자 가. 난 여기 있을게."

"그럼, 나 얼른 갔다 올게."

뽈고동은 사립을 나서며 새삼 옥분이가 든든하게 여겨졌다.

개동이네 집으로 향하면서 뽈고동은 개동이 어머니를 생각했다. 오래 앓아 부수수하던 모습이 떠올랐다.

'좀 나으셨을까?'

먹성이 늘 근근하여 드티는 게 없는 살림인지라 베들벌 어머니 아버지 들에겐 건강한 몸이 곧 사는 밑천이었다. 그래서 밑천이 떨어졌다 함은 몸이 아프다는 뜻이고, 밑천이 다시 생겼다 함은 아픈 몸이 나았다는 뜻이기도 했다.

"옥분 어머니!"

"오매, 뽈고동 왔고나!"

옥분 어머니가 부엌에서 나오다 말고 반색을 했다. 얼핏 보기에 건강을 웬만큼 되찾은 것 같았다.

"옥분 어머니, 이젠 좀 괜찮으십니까?"

뽈고동은 일부러 개동 어머니 대신 옥분 어머니라 했다.

왠지 그러고 싶어졌다.

"오이야. 괜찮고말고. 그런데 집에는 들렀냐?"

옥분 어머니 얼굴이 금세 흐려졌다.

"네, 어머니가 몹시 아프십니다."

"아이구, 어찌나 고생을 허시는지 내 하도 안쓰러 옥분이를 보냈다. 돌림병도 아니고…… 어서 일어나셔야 할 텐데……."

옥분 어머니는 금세 코를 훌쩍였다. 뽈고동의 눈에서 참았던 눈물이 쏟아졌다.

"읍내 의원이 두 번이나 왔다 갔건마는 어째 힘이 안 되나 부다."

"제가 불효자식입니다."

"어데 너만 집을 떠났더냐? 모두 다 좋은 일 하자고 나선 건데……. 어쨌거나 느으들이 큰일을 해냈다니 고맙고나. 개동이, 검대 어른한테 들었니라."

"다 어디 갔습니까?"

뒤늦게 묻는다.

"벌써 초막에들 갔다."

"그럼, 이만 가 보겠습니다."

"뿔고동아!"

뿔고동이 돌아서는데 옥분 어머니가 불렀다.

"네?"

"읍내 의원 말씀이…… 니 에미 아무래도 쉬이 일어나지 못할 것 같다 하드만, 있는 동안이라도 잘 모시그라."

"네."

너덩길을 내려오며 뿔고동은 줄곧 어머니를 생각했다.

'어머니는 지금 무엇을 원하고 계실까?'

말목 장날 탄돌과 함께 갔을 때, 강아지를 팔아 사 드렸던 치마저고리감. 그때 어머니는 옷감을 펴서 몸에 대보며 좋아하셨지. 아들 장가 갈 때 한복을 곱게 지어 입겠다 하시던 말씀이 옛날 일처럼 아득하다. 어머니는 지금 몸 안에 병을 끌어안고 숨 쉬기조차 힘들어 하신다.

아픈 어머니의 얼굴 위에 옥분이의 얼굴이 살포시 겹쳤다. 어머니와 옥분이가 등잔불 아래 이마를 맞대고 바느질하는 모습이 떠오른다. 한 번도 보지 못했던 모습인데 이상하다. 왜 하필 그런 다정한 모습이 떠오르는 걸까? 아프신 어머니를 코앞에 두고서.

초막 안에서 비로소 귀에 익은 목소리들이 들렸다. 검대 할아버지, 탄돌, 개동이, 수남이 그 밖에 또래들의 목소리였다.

"할아버지, 저 왔습니다."

"들어오너라."

탄돌이 얼른 문을 열었다. 옛날 뿔고동의 아버지가 앉았던 자리에

214

검대 할아버지가 앉아 있고 또래들이 둘러앉았다.

"별일 없었냐, 뿔고동?"

또래들이 한꺼번에 물어 왔다.

"응, 너희도?"

"응, 밖에선 모두 잘되었다. 그런데 돌아와 보니 일이 생겼다."

개동이 시무룩하게 말했다. 뿔고동은 되묻지 않았다. 아픈 어머니를 두고 하는 말임을 알기 때문이다.

"뿔고동."

검대 할아버지가 불렀다.

"네."

뿔고동은 침착했다.

"너 전에 그랬지?"

"……?"

"이 할아범을 네 할아범으로 생각하겠다고."

"네."

"지금도 변함없지?"

"물론입니다."

"뿔고동, 그렇다면 이 할아범의 부탁을 들어주겠느냐?"

"네? 무슨 부탁이시온지……."

뿔고동은 머뭇거렸다.

"무슨 일에든 때가 있는 법, 때를 알리는 일이 생기면 때를 알아차려야 한다.”

할아버지는 말을 빙빙 돌렸다.

“무슨 말씀이온지…….”

“구슬치기에는 꼴찌를 했지만 짝짓기는 첫째를 해라.”

“네에엣?”

뿔고동의 놀라는 눈살이 개동이한테로 날아갔다. 개동이 빙긋이 웃
는다.

“너 대신 어머니를 모실 색시를 맞는 거다.”

“뿔고동, 우리 모두 함께 생각한 거다.”

탄돌이 또래들의 뜻을 전했다.

‘내가 오기 전에 의논들을 했구나.’

뿔고동은 속으로 생각했다. 개동이네 사립께로 돌아설 때 개동 어머
니가 한 말, 너덩길을 내려오면서 떠오르던 갖가지 모습들이 검대 할
아버지의 말과 한 줄로 꿰어졌다. 그래서인지 할아버지의 부탁을 받아
들이는 데 그다지 힘이 들지 않았다. 풀기 힘든 문제를 우연히 쉽게 푼
것 같다.

‘그래, 옥분이, 옥분이를 내 색시로 맞는 거다. 아차!’

뿔고동은 제 풀에 놀랐다. 아직 검대 할아버지 입에서 옥분이의 이
름이 나오지 않았는데, 지레 김칫국을 마신 기분이다. 뿔고동은 궁금
했다. 당장 할아버지의 속내를 묻고 싶었지만 눌렀다. 또래들이 킥킥
거릴 것 같아서다.

"때가 좋고 살림이 어렵지 않을 땐 일생에 가장 큰 잔치를 벌여야겠지만."

검대 할아버지가 잠시 쉬었다 다시 말했다.

"옛사람들도 그랬니라. 형편이 어려울 땐 맑은 물 떠 놓고 그 안에 마음을 하나로 담가 짝을 지었지."

"할아버지, 하겠습니다."

뿔고동이 용기를 내어 대답했다. 하지만, 짝이 될 색시가 누구냐고는 차마 묻지 못했다.

'혹, 개동이가 할아버지에게 얘기했을까?'

"됐다. 그럼!"

검대 할아버지가 탄돌에게 무어라 귓속말을 했다. 탄돌이 슬며시 일어나 초당 밖으로 나갔다.

"할아버지, 옥분이 데려왔습니다."

탄돌이 옥분이와 함께 돌아왔다.

"옥분아, 이리 와 앉아라."

검대 할아버지가 옥분이를 왼편에 앉도록 했다. 옥분이가 무릎을 꿇고 앉았다.

오른편엔 뿔고동이 앉아 있다.

옥분이는 얼굴을 숙이고 말이 없다.

'늘 함께 마주하던 오빠들인데 왜 이리 부끄럽지?'

"옥분아!"

검대 할아버지가 나직이 불렀다.

"네에, 할아버지."

옥분이가 더 나직이 대답했다.

"착한 옥분이에게 할아범이 짝을 지어 주고 싶은데…… 괜찮겠지?"

"네엣!"

또래들이 힘차게 대답했다.

"너희보고 묻지 않았느라. 옥분아."

할아버지가 또 불렀다.

"네에."

개미 목소리 같았으나 틀림없는 대답이었다.

"와아!"

갑자기 또래들이 웃었다. 옥분이의 손이 떨고 있었다.

"하아! 그렇곰 금방 대답하는 색시가 어디 있나?"

"어디 있긴, 여기 있지. 벌써 맘속에 짚어 둔 짝이 있었나 보다."

"보나마나 뿔……."

하다가 또 와아, 하고 웃었다.

'이 오빠들이 왜 이럴까? 날 놀려 주려고 데려왔구나.'

그러나 옥분이는 떨리면서도 알 수 없는 기분에 사로잡혔다. 온몸이 붕 뜨는 것 같다.

며칠 뒤, 뿔고동과 옥분이가 짝짓는 날이 왔다. 그날은 바로 둥짓골의 날이었다. 양반네들처럼 청사초롱 불 밝히고 갖추갖추 차리지는 못했어도 그런대로 여느 날에 비할 수 없게 푼더분했다.

개동이네가 앞장을 서서 떡과 술을 빚었다. 수남이네는 씨암탉을 잡아 오고 힘이 장사인 탄돌은 하루에도 몇 번씩 나뭇갓에 가서 나무를 해 왔다. 그 밖에도 국수를 만들어 오는 또래, 묵을 쑤어 오는 또래……. 모두 또래들의 어머니가 보내 주는 추렴이었다.

개동이는 시집가는 누이를 위해 꽃신을 사 왔다. 검대 할아버지가 새 짝을 맞을 방을 손수 꾸몄다. 뿔고동의 아버지, 곧 훈장 어른이 쓰던 방이었다.

귀얄로 종이에 풀칠을 하면서 검대 할아버지는 지그시 눈을 감았다.

'이 방에서 뿔고동이 오래오래 옥분이랑 얘기를 나눌 수 있으면 좋을 텐데…….'

머지않아 또 떠나게 될 뿔고동을 생각하니 안쓰러웠다. 아픈 홀어머니를 생각해서 급히 서두른 일이긴 하지만, 겉보기와는 달리 할아버지의 마음은 무거웠다.

그러나 뿔고동은 기쁨을 감추지 못했다. 댕기 머리 옥분이를, 또래의 귀여운 누이를 쪽 찐 새색시로 맞게 되었으니 평생 잊지 못할 기쁜 날이었다.

뿔고동 어머니도 기운은 없지만 기뻐했다.

"고마브다, 옥분아. 니가 내 아기 되었으니 이이제 시름 다 잊었다."

뿔고동 어머니가 새색시 옥분이의 손을 잡았다.

뿔고동이 그 광경을 보며 가만히 빌었다.

'옥분아, 나보다 더 좋은 울 어머니 자식이 되어 다오.'

...줄포 나루터

　식구가 늘어난 집에는 생기가 돌았다.

　오가며 뿔고동 어머니를 돌보던 옥분이는, 이제 한식구가 되어 더욱 열심히 뿔고동 어머니를 보살폈다.

　뿔고동도 집 안팎을 돌보았다. 무너져 내린 토담도 손보고, 부서진 장독대도 고쳤다. 여태껏 집에 대해 몰라라 했던 미안함이 고개를 들었다. 미안함은 그대로 누워 계신 어머니에게로 이어졌다.

　'등잔 밑이 어둡다더니, 내 어머니를 보살펴 드리지도 못하고……'

　뿔고동은 괴로울 때면 뿔나팔을 만지작거렸다. 만지면서 뿔나팔과 함께 지낸 시간을 생각해 봤다.

　활터에서 훈련할 때, 황토 마루에서 귀신 놀이를 할 때, 달뜸 마을 대포 부대들과 맞닥뜨렸을 때, 뿔나팔은 훌륭한 지휘봉이었다. 때로는 뿔고동의 손과 발이 되고, 때로는 목소리가 되어 주었다.

　또래들을 모으고 흩어지게 했던 뿔나팔. 나갈 때와 물러날 때를 알려 주던 뿔나팔……. 그러고 보니 또래들이 며칠 오지 않았다. 뿔나팔로 부르지도 않았다. 궁금하다. 고향으로 돌아간 다른 또래들과의 연락은 잘 되고 있을까?

　해거름 녘에 뿔고동은 나팔을 목에 걸고 참대 숲으로 갔다.

또래들이 저희끼리 훈련을 하고 있었다.

"뿔고동, 더 있다 오지 않고?"

"벌써 단꿈을 다 꾸었단 말이냐?"

또래들이 놀렸다.

"궁금해서 한번 올라와 봤다. 염탐 또래는 안 왔냐?"

"아직."

"벌써 올 때가 되었는데……."

"그게 궁금해서 올라왔냐?"

뿔고동이 탄돌의 물음에 고개만 주억거렸다.

"응. 좋은 일 끝에 궂은 일이 붙기 쉽다. 간밤엔 꿈자리가 뒤숭숭했니라."

검대 할아버지가 대칼을 손질하며 입을 열었다.

"무슨 꿈을 꾸셨습니까?"

"으음. 너희가 초막에서 함께 자는데 웬 사람들이 한 떼가 몰려와 창과 칼을 몽땅 쓸어 갔다. 다행히 너희가 한꺼번에 깨어나 그들을 뒤쫓아 맞붙어 도로 찾긴 했다만……. 어찌나 놀랐던지 깨어나 보니 꿈이었다."

"할아버지, 잠시나마 저희 마음이 풀어졌기 때문인가 봅니다."

뿔고동이 무엇을 결심하는 듯한 얼굴로 말했다.

"여긴 그런대로 조용하나, 앞으로 나라님 계신 곳이 벌집 쑤셔 놓은 것 같을 게다."

검대 할아버지는 훈장 어른처럼 앞날을 걱정하고 있었다. 또래들은 그것을 눈치챌 수 있었다.

'염탐 또래들이 빨리 와야 할 텐데.'

저마다 속으로 앞일을 걱정했다.

"검대 할아버지, 줄포에 다녀오겠습니다."

"나라님의 큰 곳간이 있는 나루터 말이냐?"

"앉아서 기다릴 수만은 없을 것 같습니다. 우선 거기부터 가 보겠습니다."

"다녀오너라."

"탄돌과 함께 가렵니다. 여긴 개동이랑 수남이랑 다 있으니……."

"함께 가도록 해라."

뿔고동은 집에 들르지 않고 곧장 줄포로 향했다. 대신 개동이에게 부탁을 했다.

해가 가는 쪽으로 뿔고동과 탄돌은 부지런히 걸음을 옮겼다.

언덕에 노을이 물들었다. 곧 해가 떨어질 것 같다. 멀리 봉화재 벼랑 바위 뒤꼭지가 가물가물 나타났다.

"탄돌, 저길 봐."

"벼랑바위 아니냐?"

"응. 생각나냐?"

"그래. 내가 처음 뗏목을 타고 왔던 곳이지?"

"맞다. 용케 맞추었다."

순간 탄돌이 덩치답지 않게 가는 숨을 내쉬었다.

"탄돌, 고향 생각나지? 너에게 고향으로 가는 바다를 보여 주고 싶어 이 길을 택했다."

탄돌이 비로소 뿔고동이 함께 가자고 한 뜻을 알았다.

'어머니 아버지는 안녕하실까? 할머니는 아직도 살아 계실까?'

"탄돌, 지금 당장 고향에 가고 싶냐?"

뿔고동이 슬쩍 물었다. 그러나 탄돌은,

"아아니."

하고 침착하게 대답했다.

"고향에 갈 날이 꼭 올 거다, 탄돌."

뿔고동이 부드럽게 말했다.

"응. 할아버지를 꼭 모시고 갈 테다."

탄돌도 야금받게 받았다.

둘이 바닷가 벼랑바위를 돌아 왼편으로 꺾어 들었다. 모래톱이 펼쳐 있다. 모래톱을 지나 한참을 걸어 줄포에 다다랐다.

줄포! 나라님의 큰 곳간이 있고, 바닷물이 안으로 깊숙이 들어온 물자리에 아늑하게 자리 잡은 나루터다.

물과 뭍이 만나는 곳에 배가 닿으면 어느 틈엔가 사람들이 몰려든다. 밤새 잡은 고기를 싣고 온 돛배들이 뭍을 향해 손짓을 한다. 뭍의 어머니들이 달려간다. 배 안의 아버지들이 달려 나온다. 보리쌀 한 되에 조기 한 마리 건네고 콩과 소금을 맞바꾼다. 그래서 나루터는 금세 장터로 바뀌는 것이다.

그뿐 아니다. 나루터 윗녘, 나라님의 곳간 가까운 곳엔 뜨내기가 아닌 몫진 가게들도 줄을 지어 있었다.

뿔고동과 탄돌은 곳간 쪽으로 올라갔다. 몰래 곳간을 지키고 있을 또래들을 만나기 위해서였다.

갑자기 뱃고동 소리가 났다. 소리가 굉장히 크다. 뿔고동과 탄돌은 동시에 바다 쪽으로 고개를 돌렸다. 과연 큰 배였다.

"뿔고동, 저렇게 큰 배는 처음 보았다."

"나도."

그러나 뿔고동의 표정이 이내 달라졌다.

"수상하다. 가 보자."

둘은 걸음을 되돌렸다. 배는 어느 만큼 오더니 더 움직이지 않는다. 올망졸망 떠 있던 돛배들이 기가 죽어 있는 듯하다.

큰 배의 노란 돛 폭 꼭대기에 새하얀 깃발이 펄럭이고 있었다. 깃발 한가운데 하늘의 해보다 더 빨간 해가 그려져 있었다.

큰 배의 꽁무니로부터 두 척의 작은 배가 물께로 천천히 다가왔다. 한눈에 섬 오랑캐들임을 알 수 있다.

'저자들이 여길 왜 왔을까?'

얼핏 알아들을 수 없는 말을 하며 배 안에 있던 사람들이 배에서 내렸다. 어깨 위에 몸뚱이의 몇 배나 되는 보따리를 메고 오더니 물기가 없는 보송한 자리에 와르르 쏟아 냈다.

"허르갑시오, 허르가압. 무어든 가져오므는 바꾸어 주네다."

이마가 쭙짤한 자가 떠듬떠듬 우리말을 했다. 낯선 얼굴들이 낯선 물건들을 잔뜩 쏟아 놓은 곳으로 사람들이 꾸역꾸역 모여들었다.

가지가지 못 보던 물건들이었다.

폭이 좁고 까슬한 무명베만 보던 눈앞에, 넓고 매끄러운 옷감을 서리서리 풀어 놓았다. 눈같이 새하얀 소금이 싸락눈처럼 쏟아졌다.

쭙짤이가 연신 웃음을 만들며 쉴 새 없이 선전을 했다.

"이거느 별으 나라에서 훔쳐 온 불씨요, 이거느 눈으 나라에서 가져 온 눈소금이요, 이거느 하늘나라 선여가 쓰던 비누니다. 이거로 옷을 빨므 선여 옷 되니다."

쭙짤이가 실 나무를 통에 대고 북 그으니 불꽃이 퐁 튀었다. 불꽃은 눈 깜짝할 사이에 실 나무를 다 태우고 꺼졌다. 당성냥이었다.

"에그머니, 아까워라, 쯧."

사람들 틈에서 꺼진 불씨를 아까워하는 소리가 들렸다.

새하얀 선녀 옷을 만들어 준다는 양잿물 덩어리, 당장이라도 가위질을 하여 몸에 걸치고 싶은 색색의 옷감들…… 나루터에 나왔다가 뜻하지 않은 구경을 하게 된 사람들은, 그러나 마음뿐 정작 사지는 못한다.

선전꾼 쭙짤이가 아무리 꼬드겨도 꿈도 꾸지 않는다. 아니, 꿈을 꾸고 싶어도 못 꾸는 것이다. 그것들을 살 돈도 바꿀 무엇도 없었기 때문이다. 한참 신 나게 떠들어 대던 쭙짤이가 웃음을 걷고 주춤했다. 그러더니 곧 또 웃음을 흘렸다.

"만지나 보오소. 만지는 거느 거어저요."

사람들의 손이 슬며시 별의 나라에서 가져왔다는 성냥통에 닿았다. 너르디너른 광목 필을 쳐들어 몸에 두른다. 손이 닿기 무섭게 쫍짠이가 성냥통을 안겨 주었다. 몸에 두른 만큼의 광목 필을 썩둑 잘라 주었다. 마치 거저 주는 성싶다. 그러나 아니다. 쫍짠이가 호주머니에서 공책을 꺼냈다. 공책을 들고 물건을 건네 준 사람에게 다가갔다.

"지금으 업스믄 다음해에 주오서. 그래도 더 받지 않으니다."

우선은 단말이었다. 물건이 솔솔 나갔다. 비단, 호박 노리개 같은 것은 눈요기로 그쳤지만, 당장 쓰임새 있는 물건들은 바닥이 났다.

물건을 사지 않은 사람은 탄돌과 뿔고동뿐이다. 남은 물건을 모으다 말고 쫍짠이가 둘을 쩨려보았다. 쩨려보는 눈이 꼭 살쾡이 눈 같았다.

아무것도 사지 않고 빈손으로 멀뚱히 서 있는 게 못마땅한 눈치다.

"뿔고동, 저놈을 한방 먹여 줄까? 감히 남의 나라에 건너와 도둑 장사를 하면서……."

탄돌이 주먹을 불끈 쥐었다.

"가만, 공연한 꼬투리를 잡힐 필요는 없다. 저자의 뒤를 살피자."

"그러자."

탄돌이 열을 가라앉히고 뿔고동과 가게 쪽으로 걸어 올라갔다.

쫍짠이와 그 일당들도 남은 물건을 싸 들고 가게 쪽으로 앞서 가고 있었다.

...안에도 적 밖에도 적

뿔고동과 탄돌은 될수록 걸음발을 늦추었다. 쫍짠이와 그 일당이 쌀 가게로 들어갔다. 들어가기 전에 쫍짠이가 뒤를 힐끔 돌아보았다. 그러나 뿔고동과 탄돌은 이미 쌀가게 기둥 뒤에 몸을 숨기고 있었다.

안에서 쪽발이가 뽀르르 나왔다. 저희들 말로 뭐라 주고받는다. 이어 바지저고리를 입은 사람이 나왔다.

뚱뚱하고 나이도 들어 보이는데 주걱턱에 붙은 염소수염을 쓸어내리며, 쫍짠이와 그 일당을 반겼다.

"어서 옵쇼."

"쌀이노 다 받아소?"

"예, 받았습지요. 곧 실어 드리겠습니다."

뚱보 영감이 안에다 대고 냅다 소리를 지르자 장정 대여섯 명이 우르르 나와 절을 했다. 마찬가지로 쫍짠이 일당에게도 넙죽넙죽 절을 했다.

"볏섬을 배에 싣도록 해라."

등짐꾼들이 쌓아 둔 볏섬을 하나씩 끌어내려 등에 진 다음, 밖으로 나왔다. 그 광경을 바라보며 쫍짠이와 뚱보 영감이 귓속말을 주고받는다. 바로 뿔고동과 탄돌이 숨은 기둥 앞에서.

"이번에느 더 좋은 거 가져와소이다."

"양반네들이 어찌나 좋아하는지. 싸움이 다 날 뻔하였습지요."

"그래서요?"

"어서 방으로 들어가시지요."

뚱보 영감이 쫍짠이를 앞세워 들어갔다.

뿔고동과 탄돌이 창 문턱에서 넘겨다보았다. 쫍짠이가 방에다 물건을 좌르르 편다. 호박, 비취, 비단, 명주 두루마리들이다.

"좋습니다. 모두 팔아 드립지요."

뚱보 영감은 보기만 해도 즐거운 눈빛이다.

"야속할 수 이스미네까?"

쫍짠이가 다짐을 받는다.

"물론입죠. 안 그래도 벌써 부탁을 받아 두고 있는 걸입쇼."

"헤헤헤. 잘이 되어슴네."

쫍짠이는 바지 주머니에 따로 넣어 둔 호박 노리개 한 쌍을 뚱보 영감 손에 쥐어 주었다. 그리고 술상을 받았다.

더 들여다볼 게 없다. 뿔고동과 탄돌은 가게 앞으로 돌아왔다.

등짐꾼들이 아직도 볏섬을 나르고 있었다.

"어디로 가져가는 걸까?"

"내가 뒤따라가 보고 올까?"

"그래. 난 여기서 저자를 지켜볼게."

등짐꾼들은 보송한 모래톱을 지나 쫍짠이 일당이 타고 온 배가 있는 쪽으로 향했다.

모두들 비지땀을 흘리며 지고 갔다. 그때 한 등짐꾼이 갑자기 휘청하더니 털썩 주저앉았다. 조금만 더 가면 배에 닿을 수 있는 거리였다.

멀찌감치 떨어져 뒤따라가던 탄돌이 달려갔다. 등짐꾼이 떨어뜨린 볏섬을 불끈 들어 제 등에 지었다.

등짐꾼이 가까스로 일어났다.

"이, 이거 미안해서."

"어디로 가야 합니까?"

탄돌이 물었다.

"저어기 배 안까지 들어가야 허는디……."

등짐꾼은 말을 잇지 못했다. 무거운 볏섬을 번쩍 들어 씽씽 걷는 탄돌을 보고 적이 놀라는 빛이다.

개펄과 배를 잇는 널빤지를 마악 건너 디딜 때였다.

"내리라잇! 누가 너보고 하래느냐잇!"

배 안에서 고함 소리가 났다. 탄돌이 흠칫 고개를 쳐들었다.

키가 땅딸막하고 허릅숭한 얼굴이 막대기로 탄돌이 진 볏섬을 탁탁쳤다.

"가마르 내리라잇!"

"넘어져서 내가 돕는 것이오."

탄돌이 볏섬을 내리지 않았다.

"무어이라꼬?"

볏섬을 치던 막대기가 탄돌의 종아리를 힘껏 때렸다. 순간, 탄돌의 눈에서 불이 번쩍 일어났다. 볏섬이 널빤지 위로 떨어지기 무섭게 땅딸이의 막대기를 잡아챘다.

"이 오랑캐 자식. 누굴 때리는 거얏!"

땅딸이의 막대기로 땅딸이의 등을 힘껏 쳤다. 땅딸이가 널빤지 위에 나동그라졌다. 배 안에서 한 떼가 몰려나왔다.

"이 노므 새끼. 우리 선장으르 쓰러뜨려따! 하룻강아지 버므 무서운 주르 모르려따! 풍!"

탄돌이 땅딸이의 막대기에 힘을 주었다.

"범은커녕 고양이 새끼만도 못한 놈들. 덤벼 봐라!"

"이노므르 혼이노 내 주라잇!"

땅딸이 선장이 허리를 움켜쥔 채 명령을 내렸다.

부하들이 탄돌을 빙 둘러서더니 고함을 지르며 달려들었다.

탄돌도 막대기를 휘둘렀다. 대칼을 다룰 때의 솜씨를 그대로 막대기에 옮겼다. 그러나 혼자 당해 내기엔 수가 너무 많았다.

아무리 힘이 세고 검술이 뛰어나도 많은 수를 혼자 당해 내기란 힘든 일이었다. 탄돌의 이마에 땀이 비 오듯 했다. 갑자기 땅딸이 선장이 벌떡 일어나더니 양총을 들고 나온다.

"엇? 총을!"

탄돌이 위험했다. 먼발치기에서 구경만 하던 사람들이 말리려고 우우 몰려왔다. 그러나 누구도 선뜻 나서지 못한다.

그때 넘어졌던 등짐꾼이 땅딸이를 붙잡고 손이야 발이야 빌었다. 땅딸이 선장이 총 머리로 등짐꾼의 등을 후려쳤다. 등짐꾼은 또다시 널빤에 나동그라졌다.

총 머리는 탄돌의 어깨에도 떨어졌다.

진탕 싸운 끝이라 탄돌은 더 버틸 힘을 잃었다. 픽 쓰러졌다.

뿌우우!

나팔 소리가 크게 울렸다.

땅딸이 선장과 부하들이 나팔 소리 나는 쪽으로 고개를 돌렸다.

별똥별이 날아오듯 뿔고동이 땅딸이 선장 앞에 오똑 섰다.

"어찌하여 도둑고양이처럼 와서 장사를 하고 그것도 모자라 잘못도 없는 사람을 때리는 거욋!"

키는 작아도 목소리는 쩌렁했다. 땅딸이 선장이 찔끔하는 듯하다, 이내 눈꼬리를 치든다.

"이 노므느 또 어떤 노미냐!"

총을 든 땅딸이 선장의 손이 뿔고동의 어깨에 날아오기 무섭게 뒤로 꺾였다.

"이구구, 이 노므 무슬이 보통이노 아니네?"

땅딸이 선장이 한 발 물러섰다. 총을 가지고 나왔어도 쏠 셈은 아니었나 보다. 대신 부하들에게 눈짓을 하였다. 일제히 대칼과 대창을 들고 나왔다.

그러나 뿔고동은 아무것도 없었다. 빈손으로 저들과 맞서 싸우기는 탄돌과 마찬가지로 위험할 뿐이었다. 일단 뒤로 물러섰다.

"뿔고동, 이걸 받아라."

탄돌이 막대기를 우선 던졌다. 뿔고동이 잽싸게 받았다. 어깨의 깃털이 바르르 떨렸다. 가슴속에서부터 힘을 모았다. 작은 몸이 막대기와 함께 하늘로 불끈 솟구쳤다.

"어어어! 저 노므느 요수를 보라이!"

땅딸이 선장의 눈이 휘둥그레졌다.

그러나 부하들이 곧 뿔고동을 에워쌌다. 싸움이 시작되었다. 칼날 같은 대칼의 끝이 뿔고동의 어깨를 아슬아슬하게 스쳐 가고 가랑이 사이로 대창이 꽂혔다. 등짐꾼들이 볏섬을 내던지고 달려왔다. 그러나 손에 쥘 만한 무기가 갯가 모래펄엔 아무것도 없어 발만 동동 구른다.

그 사이에도 뿔고동에게 아슬아슬한 순간이 수없이 오갔다. 나루터 사람들이 다 모여도 탄돌은 꼼짝도 못 했다.

"아기장수 탄돌, 힘내라 힘내라!"

어디선가 탄돌을 부추기는 소리가 들려왔다. 얼핏 아버지의 목소리 같다.

"팽나무 지팡이, 팽나무 지팡이……."

할머니의 손때가 절은 지팡이가 탄돌 앞에 성큼 다가왔다.

어깨를 짓누르는 아픔을 떨치고 탄돌은 벌떡 일어났다. 널빤지에 떨어진 볏섬을 성한 어깨 쪽에 얹고 싸움판 속으로 달려가 냅다 팽개쳤다. 싸움이 주춤했다.

"비겁한 놈들! 아무것도 갖고 있지 않은 사람에게 온갖 무기를 다 갖고 싸우려 하다니. 이게 너희 나라의 무사도란 게냐!"

"이 노므느 또 일어나스니."

땅딸이 선장이 이번엔 양총을 진짜 쏘려는 자세를 취했다. 바로 그때였다.

"구린내 나리, 구린내 나리……."

헐떡거리며 쌀가게 주인 뚱보 영감이 쫍짠이 일당과 함께 달려왔다.

"이 이러시면 아니 되옵니다, 구린내 나리. 뱃사람이 배 앞에서 싸우면 큰일 납니다."

땅딸이 선장이 방아쇠에서 손을 내렸다.

"무엇들 하느냐? 어서 볏섬을 나르지 않고!"

뚱보 영감이 등짐꾼들에게 냅다 외쳤다.

"선장이노 차므시오서. 다 된 일에 재 뿌리므느 되게쓰까?"

쫍짠이가 점잖게 타일렀다. 땅딸이 선장이 비로소 고개를 끄덕였다. 부하들도 손을 내렸다.

"네 이놈들. 누구 앞에서 감히! 썩 나와 엎드리지 못할까!"

뚱보 영감이 탄돌과 뿔고둥을 노려보며 명령했다.

"못 하겠소. 우린 저자들 앞에 엎드릴 짓을 하지 않았소!"

"이 이런 발싸개 같은 놈들을 보았나. 내 당장!"

뚱보 영감이 홉뜨고 으름을 놓았다.

그러더니 돌아서 땅딸이에게 사정했다.

"애들을 잘못 가르쳤으니 용서하십시오. 떠나신 뒤에 단단히 혼꾸멍을 내겠습니다."

뚱보 영감은 땅딸이 선장에게서 벼락불이 떨어지지 않는 것만으로도 다행이다 싶은 눈치였다.

쫍짠이와 땅딸이 선장이 팔짱을 낀 채 속살거리더니 뿔고동과 탄돌을 차례로 쏘아본다.

"나쁘 노므 새끼드을! 어쩨 수상타 해더니마는!"

뚱보 영감이 또 놀라 지레 빌었다.

"예예. 나쁜 놈들입지요. 저 어깨에 깃털을 단 놈들은 우리 나라님도 나쁜 놈으로 도장을 찍었습지요."

뚱보 영감이 한술 더 떴다.

볏섬을 나르는 줄이 끊어질 무렵 쫍짠이와 땅딸이 선장은 배 안으로 들어갔다. 뚱보 영감이 등에 대고 절을 했다. 배는 곧 떠났다.

"저럴 수가?"

뿔고동이 이를 뽀드득 갈았다.

"오랑캐 놈들보다 저 뚱보 영감이 더 밉다."

"얼굴만 우리나라 사람이지, 간도 피도 오랑캐다."

그러나 뒤에 혼꾸멍내겠다던 뚱보 영감은 딴판이었다. 엎지른 말의 뒤끝이 켕기는지 뿔고동과 탄돌을 슬슬 피했다.

"따라왓!"

애꿎은 등짐꾼들에게 호통을 쳤다. 등짐꾼들이 비 맞은 닭처럼 쭈뼛 쭈뼛 따라간다.

"참을 수 없다. 저 영감탱이를!"

탄돌이 가게 쪽으로 걸어가는 뚱보 영감을 당장 쫓아갈 셈이다.

"더 참자, 탄돌. 먼저 할 일이 있다."

뿔고동이 또 붙잡았다.

"가자."

"어딜?"

"또래들한테. 지금쯤 염탐 또래들이 왔을 게다."

"염탐 또래를 만나러 나와 날벼락만 맞고 가는 것 같다."

"기왕 떨어질 벼락이라면 우리가 맞은 게 낫지. 안 그랬으면 볏섬 나르는 백성들이 맞았을 거다."

"벼락을 맞을 놈들. 도둑고양이가 양총, 대창, 대칼로 무장을 했으니 머지않아 도둑 범이 되겠다."

탄돌이 분을 못 이겨 계속 씨근거렸다.

"그러기에 아버지, 아니 훈장님이 안 그랬냐? 안에도 적, 밖에도 적이라고."

"이제야 눈으로 똑똑히 보았다."

뿔고동과 탄돌은 아픈 얘기를 나누며 베들벌로 돌아왔다.

아니나다를까? 초막엔 염탐 또래들이 모두 와 있었다.

"다녀왔습니다, 검대 할아버지."

탄돌이 큰절을 올렸다.

"네 이마가 왜 그러냐?"

탄돌이 이마에도 상처가 나 있었다.

"아무것도 아닙니다."

그러나 뿔고동이 줄포 나루터에서 있었던 일을 모두 얘기했다.

검대 할아버지가 깊은 숨을 내쉬었다.

"할아버지, 이 나라의 안팎이 온통 적으로 둘러싸여 있습니다."

"참으로 큰일이로다."

"뿔고동, 이것부터 받아라."

한양에서 내려온 염탐 또래였다.

"무엇이냐?"

"나라님 아버지의 편지다. 파발꾼과 함께 왔다. 그에게 답장을 써 보내야 한다."

뿔고동은 그제야 못 보던 얼굴 하나를 보았다. 염탐 또래가 한양에서 있었던 일을 얘기하기 시작했다.

...구름골 난초 대감

염탐 또래는 한양 거리를 발 닿는 대로 걸었다.

오랜 걸음보에 옷도 짚신도 다 닳고 얼굴엔 땟국이 흘렀다. 바람에 살랑이는 어깨의 깃털만 떠날 때 그대로일 뿐, 몸도 마음도 몹시 고단했다. 기왓장 이엉을 한 담벼락에 잠시 등을 기댔다. 늦봄의 햇살이 고단한 몸을 더욱 나른하게 만든다. 소르르 잠이 들었다.

얼마나 지났을까?

"일어나라. 여기가 어딘 줄 알고 누워 자느냐, 엉?"

창을 쥔 나졸들이 또래를 깨웠다.

"하, 하도 졸려서 그만…… 나리, 잘못했습니다."

또래가 발딱 일어나 꾸뻑 절을 했다.

"언놈이잖아?"

키가 큰 나졸이 놀라며 또래를 바라보았다.

"어디 사냐?"

다른 나졸이 물었다.

"조선 땅에 삽니다."

"조선 땅? 헛, 이놈 대답 봐라. 어디 사냐 묻는데 조선 땅이라? 그럼 조선 땅에 안 사는 조선 사람도 있다더냐?"

"네. 몸은 조선 땅에 살아도 마음은 딴 나라에 사는 사람을 많이 보았습니다."

"헛, 이놈! 어른 앞에서 말본새가 제법이구나. 내 말은 조선 땅 어느 고을에서 왔느냐 이 말이렷다."

"남쪽, 제가 태어난 고을에서 왔습니다."

"새 새끼 모양 그저 입만 살았구나. 그래, 강 건너 산 너머에는 살지 않고?"

키 큰 나졸이 놀려 대듯 묻다가, 문득 염탐 또래의 어깨에 단 깃털을 보았다.

"가, 가만, 이게 뭐지?"

"아, 아무것도 아닙니다. 그냥 달고 다니는 깃털이에요."

염탐 또래가 도리질을 하면서 손으로 깃털을 가렸다.

"요놈! 너 깃털 군이지?"

키 큰 나졸이 염탐 또래를 닦아세웠다. 염탐 또래는 계속 도리질을 하며 어떻게든 이 자리를 빠져 나갈 궁리를 했다.

"바른대로 말하지 않으면, 포도청에 데리고 갈 테다. 빨리 말해!"

다른 나졸이 창끝을 번쩍 치켰다 놓으며 겁을 주었다.

그래도 또래는 말하지 않았다. 아직 염탐해야 할 일들이 남아 있다. 찾아갈 사람도 있었다. 깜박 잠이 든 바람에, 나졸 앞에서 깃털을 감추는 걸 잊었던 것이다.

"하, 쪼그만 게 차돌멩이로구나."

"안 되겠다. 대감마님한테 우선 데리고 가자."

나졸 둘이 양쪽에서 염탐 또래의 팔짱을 끼고 담장을 돌아 솟을대문 안으로 들어갔다.

염탐 또래는 구름골 대감 방 앞으로 끌려갔다.

"대감마님. 수상한 놈을 붙잡아 왔습니다."

대감마님이 문을 열고 내다보았다.

"담장에 기대고 졸고 있어 깨웠는데, 말버릇이 아주 고약하옵니다."

"어떠하더냐?"

"어디에 사냐니까 조선 땅에 산다 하옵고, 이 어깨에 단 깃털을 보니 틀림없이 그 녹두 부대 깃털 군 가운데 한 놈인 것 같사옵니다."

대감마님이 방문을 활짝 열고 마루로 걸어 나왔다.

"물러들 가라."

"네엣? 이놈은 어떻게……."

나졸의 말이 채 끝나기도 전에 명령이 떨어졌다.

"그 아이를 놓아두고 가라."

나졸은 두말도 못 하고 고개를 숙인 채 뒷걸음으로 물러갔다.

"올라오너라."

"옛?"

염탐 또래가 얼떨결에 고개를 쳐들었다.

대감마님의 키가 매우 작았다. 염탐 또래만큼밖에 되지 않았다.

"신을 벗고 올라오너라."

대감마님의 명령이 다시 떨어졌다.

"예, 대애감마아님."

염탐 또래는 댓돌 위에 짚신을 벗고 올라갔다. 대감마님을 따라 방으로 들어갔다.

"방석 위에 앉도록 해라."

대감마님이 방석을 눈으로 가리켰다.

그러나 꾀죄죄해서 앉을 수 없어, 그냥 바닥에 앉았다.

"너는 내 방에 들어온 손님이니라. 깔고 앉아라."

"네에, 대애감마아님"

또래는 무릎을 방석에 댔다. 대감마님의 위엄 서린 목소리가 또래를 누른다.

'대체 이분은 누구일까? 무엇 때문에 나를 데리고 들어왔을까?'

"나를 똑바로 보아라."

또래가 천천히 고개를 들었다.

"내가 누군 줄 아느냐?"

"모르옵니다."

"나는 나라님의 아버지다. 난초 대감."

"네엣?"

바로 염탐 또래가 만나려 했던 분이다. 그러나 아직 드러내서는 안 된다.

"어허. 무얼 그리 놀라느냐?"

"잘, 잘못했습니다. 난초 대감님."

"잘못한 것 없다. 어험!"

난초 대감의 기침 소리에도 염탐 또래의 가슴이 뛰었다.

"대감마님, 술상 올릴까 하옵니다."

밖에서 소리가 났다.

"술상이 아니라, 밥상을 들여오너라."

갑자기 염탐 또래의 배에서 꼬르륵 소리가 났다.

"네 어깨에 단 그 깃털은 무엇이냐?"

염탐 또래가 흠칫 놀랐다.

"그냥 새의 깃털이옵니다."

"두려워할 것 없다. 궁금해서 물어보았니라."

대감마님이 또래의 마음속을 거울처럼 들여다보는 듯했다.

"그렇지. 남쪽 마을에 사는 너도, 한양 사는 나도 모두 조선 땅에 사는 조선 백성이지. 허허허."

대감마님이 수염을 흔들며 웃었다.

마침 밥상이 들어왔다. 먹음직스럽다.

밥그릇 시울 위로 소복하게 올라온 새하얀 이밥……. 염탐 또래의 입안에 도리깨침이 고였다.

"어서 먹거라."

"예, 대감마님."

또래는 난초 대감 대신 다시 대감마님이라 했다. 모두 그렇게 부르고 있음을 뒤에 알았다.

"먹으면서 듣거라."

난초 대감의 목소리가 낮아졌다.

"녹두 부대 깃털 군을 잘 알고 있다. 용감한 백성들이로다."

염탐 또래가 씹던 밥을 꿀꺽 삼켰다.

"대, 대감마님도 그럼……."

"내 진즉 그들을 만나고 싶어 했다. 나랏일이 뜻대로 되지 않아 답답하기 이를 데 없도다."

"무, 무슨 말씀이온지……."

잠시 고요가 흘렀다.

"나라는 내 나라인데 나라 밖 윗녘 오랑캐, 아랫녘 오랑캐가 들어와 으르딱딱 싸우고 버티고 있으니……."

난초 대감은 장죽을 한 모금 길게 빨았다 내뱉었다. 근심 어린 빛이 완연했다.

"나라님이 이 사실을 모르시옵니까?"

"어찌 모를까만, 큰 그릇에 작은 마음이로다. 신하들이 나랏일을 제쳐 놓고 무리를 지어 줄다리기를 해도 나라님은 말리지 못하고 있도다. 저들이 줄 끝에 몰래 쇠뭉치를 매달아 두고 조종을 하건만, 나라님은 치마폭에 싸여 이러지도 저러지도 못하노니……, 으흠."

난초 대감이 긴 숨을 내쉬었다.

염탐 또래는 더 이상 감출 필요가 없다고 판단했다.

"대감마님."

난초 대감에게 그제야 염탐 또래가 큰절을 올렸다.

"오냐, 말해 보아라."

"저는 녹두 부대 깃털 군의 염탐 또래입니다."

"짐작한 대로구나."

난초 대감은 크게 놀라지 않았다.

"한양의 형편을 염탐하려고 돌아다니다 이렇게 대감마님을 뵙게 되었습니다. 하지만 대감마님. 사실은⋯⋯."

"사실은 무엇이냐?"

"대감마님을 꼭 뵙고 싶었습니다. 대감마님. 높은 데 계셔도 백성의 말씀을 들어주십시오."

"듣다마다. 구름은 높은 데 떠 있어도 비가 되어 땅을 적시느니라."

"땅을 적시고 빗물이 되어 낮게 흐르다 다시 구름이 되어 하늘로 올라갑니다."

"허어, 과연 말솜씨가 보통이 넘는구나."

"대감마님, 말보다 더 앞서는 것이 마음입니다."

"그럼 그렇지. 마음이 앞장서 가면 몸이 뒤따르는 법이다. 마음이 옳은 길로 가면 몸도 옳은 길로 가고 마음이 그른 길로 가면 몸도 따라서 그른 길로 가는 법 아니겠느냐?"

"저희의 몸과 마음은 옳은 길로 향하고 있습니다. 대감마님, 믿어 주십시오."

"믿다마다. 녹두 부대 깃털 군!"

난초 대감이 또래의 어깨에 손을 얹으며 말했다.

"대감마님, 모두 말씀드리겠습니다. 한양의 나라님 신하들은 고을의 나라님 신하들을 빨가벗기고, 고을의 나라님 신하들은 백성들을 빨가 벗기고 있습니다. 그들은 모두 하늘 마음 도둑들입니다. 백성들은 그 래도 열심히 참고 일합니다. 그러나 어리석은 일일 뿐입니다. 오랑캐 놈들이 이 모양을 보고 어찌 비웃지 않겠습니까? 저희는 비록 어리지 만 이 하늘 마음 도둑과 맞서 싸우기로 하였습니다. 우리들의 심부름 꾼 뿔고동이 뿔나팔을 불면 우리는 언제 어디서든 하나로 똘똘 뭉칠 수 있습니다. 대감마님, 저희의 뜻을 지켜 주옵소서."

또래가 애원하듯 말했다.

"참으로 깊은 뜻이로다. 내 허투루 흘려버리지 않겠노라."

"고맙습니다, 대감마님."

"믿을 수 없는 신하를 믿고 사는 백성들이 불쌍하도다. 너무 참아 이 울어 버리면 다시 기운을 얻기 힘들거늘, 내 아픔이 태산 같도다."

또래는 난초 대감의 말을 귀담아 들었다.

"하여, 내……."

난초 대감이 잠시 말을 끊었다.

"그대에게 파발꾼을 딸려 보내노라. 나의 편지를 뿔고동 대장에게 전하고 즉시 답장을 써서 파발꾼 편에 보내도록 해라."

"예, 대감마님. 분부대로 하겠습니다."

염탐 또래가 씩씩하게 대답했다.

염탐 또래는 그길로 파발꾼과 함께 베들벌로 돌아왔다.

...한 솟대 아래

뜻밖의 편지였다.

'나라님의 아버지가 우리들에게 편지를 보내다니……'

모두 놀라는 빛이었다.

"나라님의 아버지가 우리의 마음을 알아주니 등 뒤에 바람벽을 얻은 셈이다. 하지만 나라님도 중전 마님도 모르게 보낸 것 같다."

염탐 또래의 말을 뿔고동이 조심스레 받았다.

"고래 싸움에 자칫 새우등이 터질 수 있다."

"무슨 뜻이냐, 뿔고동?"

"전에 함평 사또에게서 들었던 말, 나라님의 아버지와 중전 마님 사이가 물과 기름이라는 소문을 귀담아들어야 한다. 그건 보통 집안 싸움이 아니다."

"그래도 난초 대감은 백성을 사랑하는 분 같았다. 뿔고동, 너도 직접 만나 보면 알 거다."

염탐 또래가 자신 있게 말했다.

"그렇다 해도, 뿔고동의 생각처럼 너무 쉽게 믿어서도 안 될 것이다."

검대 할아버지가 거들었다.

"암튼 잠시도 마음을 풀어서는 안 된다. 줄포 나루터에서 섬 오랑캐들이 그토록 판을 쳐도 말리는 나라님의 신하를 보지 못했으니…….
더구나, 오랑캐 놈들한테 붙어서 배를 불리는 그 뚱보 영감을 생각하
면…….”

탄돌의 잇새에서 뿌드득 소리가 났다.

“그뿐 아니다. 벌써 한양까지 몰려가 북쪽 물의 오랑캐들이 벌 떼처
럼 잉잉거리고 있다 한다.”

염탐 또래가 걱정을 하나 더 보탰다.

“우리를 혼내 주려고 왔다는 소문이 짜하다.”

“소문이 아니라 사실일 게다.”

“정말?”

“함평 사또의 말대로 중전 마님의 편지가 갔을 테니 답장 대신 그들
이 왔을 거다.”

뿔고동의 짐작은 사실과 꼭 맞았다.

“이러다간 까딱 한양이 오랑캐들의 싸움터가 될지 모른다.”

또래들의 걱정이 점점 쌓였다. 그러나 쌓이는 걱정 속에 그대로 묻
힐 수는 없었다.

“훈련을 곱으로 해라. 작전도 날마다 새롭게 짜 보아라. 그리고 뿔고
동, 어서 답장을 써서 파발꾼 편에 보내도록 해라.”

“네, 알겠습니다.”

검대 할아버지가 또래들의 처진 마음을 다잡아 주었다. 그리하여 파
발꾼이 떠난 뒤, 대숲에선 다시 매서운 훈련이 시작되었다. 또래들은

하나같이 훈련 터를 싸움터로 생각하며 힘과 기술을 다했다.

꼭두새벽, 훈련 중인 또래들에게 파발꾼이 또 왔다. 지난번 염탐 또래와 함께 왔던 사람이었다.

"났소, 났소, 난리가 났소. 마침내 오랑캐 놈들끼리 싸움이 붙었소."

"어, 어디서 말입니까?"

"서쪽 바다에서 먼저 붙었고, 뭍에서도 한창 싸운다 하오. 중전 마님의 코가 석 자나 빠져 있다는 소문이오."

"나라님은 어찌하고 중전 마님 타령입니까?"

뿔고동이 발끈하자, 파발꾼이 얼른 소맷부리에서 종이를 꺼냈다.

"나라님 아버지의 편지를 가져왔소. 어서 읽어 보시오."

뿔고동이 급히 눈으로 읽어 내려갔다. 파발꾼은 이번엔 답장을 받지 않고, 밤을 타서 즉시 올라갔다.

그날 밤, 또래들은 밤이 이슥토록 생각을 모았다. 그리고 한양으로 가기로 했다. 난초 대감의 명령 때문이 아니라, 벼랑 끝에 선 나라를 구하기 위해서다.

그렇지만, 또래들은 나라님 아버지가 언젠가 그들의 힘이 되어 주기를 빌었다.

한양까지 가는 길은 결코 쉬운 길이 아니었다. 전주성에 들어갈 때와는 또 다르다. 싸움은 하면 할수록 더 거칠어진다. 화살이 총알을 이기고 대장태가 대포 부대를 놀라게 하는 식의 싸움만 기다리고 있지 않을 것이다.

길도 어둡고 훼방꾼도 많을 것이다. 게다가 길목 길목을 지키는 나졸들이 녹두 부대 또래들을 오랑캐 보듯 할지 모른다.

며칠을 두고 꼼꼼한 작전의 그물을 짰다.

"우리가 우선 우리 고을에서만이라도 하늘 마음을 되찾은 건 다친 또래, 쓰러진 또래들 덕분이다."

수남이가 무슨 얘기를 하려는지 말문을 열었다.

"그야 그렇지."

개동이가 대꾸했다.

"살아남은 또래들의 용기는 그때나 지금이나 똑같지만 우리만으로는 모자랄 것 같다."

"어험, 이 할아범도 그 생각을 하고 있었다."

모두 검대 할아버지에게 눈을 돌렸다.

"그럼, 어떻게 하면 좋겠습니까?"

개동이와 탄돌이 한꺼번에 물었다.

"동쪽 또래들과 힘을 합하라."

"나귀 등에 바람을 실려 보낸 또래들 말씀인가요?"

"음."

할아버지가 짧게 대답했다.

"하지만 오랫동안 연락이 없었는걸요."

"너희가 전주성에 머무는 동안 내가 글을 띄웠다. 그러니 곧 무슨 소식이 올 게다. 종이 한 장도 맞들면 가볍거늘, 다 같이 하늘 마음을 갖지 않았느냐?"

"검대 할아버지!"

뿔고동이 갑자기 할아버지 무릎에 얼굴을 묻었다 쳐든다.

"종이 한 장이 아니라, 바위를 함께 들어 올리겠습니다."

"됐다, 그럼."

동쪽 또래들…….

어느 날, 탄돌과 함께 말목 장터에 갔다가, 뿔고동은 새재 너머 나귀 타고 온 바람을 맞은 적이 있다.

핫바지 아저씨들과 검대 할아버지도 그때 만났다. 그 바람이 불어온 뒤, 베들벌에 들바람이 불었다. 그러니까 먼저 바람을 일으킨 쪽은 그들이었다.

그런데 어인 일인지 일으킨 바람을 슬며시 재우려 했다.

코앞에 먹을거리가 없어 고생하는 백성을 보아도 그를 돕지 못하고, 입으로만 불쌍하다, 불쌍하다, 할 뿐이다.

오랑캐들이 나라 안을 벌집 쑤시듯 해도 앉아만 있다. 그리고 서쪽 또래들을 마뜩잖아 했다.

"우리까지 덩달아 나라를 시끄럽게 하고 나라님을 괴롭히는 것은 옳지 않다."

"하늘 마음을 앞세워 활을 쏘고 칼을 휘두르는 서쪽 또래들은 도리어 하늘 마음에 어긋나는 일을 하고 있다."

그에 비해 남쪽 또래들은 달랐다.

나귀 타고 재를 넘어 온 산바람에다, 새로 들바람까지 일으키며 몸과 마음을 곧추세웠다. 생각과 말과 행동을 하나로 묶어 하늘 마음을 더욱 튼튼하게 키웠다.

애써 키운 만큼 열매도 맺혀, 이제 베들벌은 물론 나라님의 아버지까지도 또래들의 마음을 알아주게 된 것이다. 두 또래들은 서로 다른 생각의 길을 밟고 있었다.

그러나 차츰 동쪽 또래들도 나라 형편이 쑥대밭이 되어 감을 깨닫게 되었다. 바로 그럴 즈음, 검대 할아버지로부터 편지가 날아왔다.

마침내 동쪽 또래들이 술렁이기 시작했다.

"그동안 우리는 우리 생각만을 고집해 왔다. 그러나 이제 서쪽 또래들의 생각에도 눈을 돌릴 때가 왔다."

동쪽 또래들의 꼭두머리인 공깃돌이 할아버지의 편지를 펴 보였다.

"가자! 만나자!"

"만나 함께하자!"

동쪽 또래들도 반대하지 않았다.

"이제 나라님도 오랑캐들 앞에서 옴짝 못 하는 것 같다. 우리를 못된 무리라고 몰아내려는 저 까마귀 뱃속 같은 놈들을 그냥 둘 수 없다."

"힘을 모으자. 이 솟대 아래 우리는 하나다!"

공깃돌이 긴 장대를 붙잡고 그 둘레를 한 바퀴 돌았다.

솟대…… 옛날부터 정월 대보름날 볍씨 주머니를 끝에 매달아 풍년을 빌던 장대다. 그 장대 끝에다 공깃돌은 지금 또래들의 마음을 하나로 매달아 두었다.

솟대 끝에 새 한 마리가 앉아 있다.

나무로 만든 녹두새, 그러나 또래들에게 희망과 기쁨을 주는 새다.

언젠가 이 땅에 하늘 마음이 가득하게 되면, 또래들의 깃털을 달고 파란 하늘로 훨훨 날아갈 새다.

공깃돌은 검대 할아버지에게 편지를 올렸다.

까칫골 장날…….

언제나 장터는 또래들이 만나는 곳으로는 안성맞춤이다. 쉽게 눈에 띄지 않아 좋고, 자리가 넓어서 좋다.

뿔고동과 공깃돌은 각각 또래들과 함께 왔다. 그들은 마주하기 무섭게 손을 맞잡고 반가워했다.

"미안하다, 공깃돌. 그동안 자주 연락을 못 해서."

뿔고동이 먼저 말했다.

"나도 정말 미안하다. 그동안 너희를 몰라라 해서."

공깃돌이 가볍게 웃으며 대답했다.

"공깃돌, 우리들의 적이 안팎에 있다."

"알고 있다. 나라님이 우리를 업수이 여기는데 오랑캐들이야 더 말할 나위가 있겠느냐?"

"그렇다. 백성들도 안팎으로 시달리고 있다."

"앉아서 하늘 마음 노래를 부르는 것만으로는 안될 것 같다. 이제부터라도 함께 싸우고 싶다."

"고맙다, 공깃돌. 정말 고맙다."

"나도 고맙다, 뿔고동. 자, 이 솟대 아래 우리는 하나다!"

공깃돌이 솟대를 높이 쳐들었다.

'뿌뿌우우우.'

뿔고동도 나팔을 힘껏 불어 젖혔다.

"와와, 와와."

또래들의 소리가 한 덩이로 뭉쳤다.

갑자기 꽹과리 소리가 났다.

'깽깽깽깨갱……'

공깃돌 또래들 사이에서 나왔다.

이어 덩더쿵 덩더쿵, 큰 북소리가 났다. 징과 버꾸 소리도 났다.

한또래가 키보다 몇 곱 긴 꼬리를 가진 상모를 빙글빙글 돌렸다.

어디서 구했는지, 검대 할아버지가 박 첨지 탈을 쓰고 나와 덩실덩실 춤을 추었다.

또래들이 모두 일어나 손뼉을 치고 장단을 맞춘다. 장터가 온통 떡 떠글해졌다. 구경꾼들의 어깨도 절로절로 출렁거렸다.

해마다 새 날을 맞을 때면, 한 해의 넉넉함을 비는 한판 잔치 마당…….

그것은 서로가 서로를 북돋워 주는 신 나는 소리 잔치였다.

그러나 이즈음 몇 해 동안엔 그런 잔치를 통 구경할 수 없었다. 잔치엔 으레 입감이 있어야 하는 법, 늘 쪼들리며 사느라 그럴 마련이 없었기 때문이다.

그런데 오늘은 입감이 없어도 흥겨웠다. 오랜만에 들어 보는 신나는 풍물 소리에 장터는 막힌 숨통이 트이는 것 같았다.

해동갑이 되어 소리 잔치는 끝났다.

또래들이 몇 모숨씩 모여 얘기를 나누는 동안, 뿔고동과 공깃돌, 검대 할아버지, 그리고 몇몇 또래가 따로 모였다. 뿔고동이 품에서 지도를 꺼냈다.

"여기가 따질뫼다. 다음 장날 하루 전까지 이곳에 다시 모이자. 오늘 오지 못한 또래들에게도 알리도록."

"그런 다음?"

"또래들의 힘이 얼마나 되느냐에 따라 작전을 세워야겠지. 우선은 곧장 한양까지 가는 길과 중간 지점에 머물렀다가 가는 길, 두 가지 방법을 생각할 수 있다."

"하지만 이 많은 또래가 함께 곧장 가기란 어렵다고 본다."

공깃돌이 고개를 갸웃거렸다.

"게다가 전과는 달리 우리가 적들에게 많이 드러나 있다."

"키가 큰 너처럼?"

탄돌의 말을 개동이가 일부러 받아넘겼다.

탄돌이 빙긋이 웃고 만다.

"저들이 무기로 싸우면, 우리는 머리로 싸워야 한다. 물론 무기도 있어야 하겠지만, 그 어느 때보다 꼼꼼한 계획과 굳은 마음이 앞서야 할 것이다."

딱!

검대 할아버지가 팽나무 지팡이로 땅을 쳤다. 마음속으로 할아버지도 무엇을 결심하는 빛이다.

"그렇다면 먼저 중간 지점을 잡는 것이 어떻겠나?"

"좋겠다."

"그곳이 어디면 좋을지 찾아보자."

"싸움에 이기는 첫째 조건이 자리다."

지도 위에 머리를 맞대고 있는 또래들에게 검대 할아버지가 조용히 일렀다.

... 토끼들의 속임수

오랑캐들끼리의 싸움은 어이없게도 빨리 끝났다.

덩치가 큰 북쪽 오랑캐가 남쪽 섬 오랑캐에게 형편없이 졌다. 큰소리를 땅땅 치던 북쪽 오랑캐의 배들은 상처투성이가 되어 제 나라로 꽁무니를 뺐다.

섬 오랑캐들은 자기네들이 마침내 북쪽 오랑캐를 이 나라에서 물리쳤다고 한껏 양양해졌다.

사실 나라님도 섬 오랑캐들의 힘이 그렇게 센 줄 몰랐다. 두 오랑캐들이 어금지금하여 그리 쉽게 싸움이 붙으리라고 생각하지도 않았다.

북쪽 오랑캐 나라에 몰래 신하를 보냈던 중전 마님은 속으로 겁도 나고 부아도 났다.

'믿는 나무에 곰이 피고 말았구나. 혹여 저들이 나를 의심하면 어쩌나?'

아니나다를까? 섬 오랑캐의 우두머리 쐐기 눈썹이 부하들을 데리고 궁궐로 쳐들어갔다. 나라님의 문지기 신하가 뛰는 가슴을 누르고 호통을 쳤다.

"이 무슨 무람없는 짓이오? 여긴……."

"이 나라 나라님이 사는 집인 줄 알고 왔쓰메다."

쐐기 눈썹은 우리말도 꽤 잘했다.

쐐기 눈썹은 나라님의 방으로 곧장 들어갔다.

"전하, 얼마나 놀라쓰메까?"

"무, 무슨 얘기요?"

"못된 무리를 혼내 주려고 더 못된 무리를 부르시다니 정말이노 혼히 나실 뻔했쓰메다. 안 그러싸오메까?"

겉으로는 깍듯하지만 비아냥거림이었다.

옆에 있던 중전 마님은 얼굴이 하얘졌다.

"하오나 전하, 우리 나라 몹시 섭써하메다."

"무, 무엇이 섭섭하단 말이오?"

나라님은 쐐기 눈썹의 물음에 질질 끌려갔다.

"왜 우리는 부르지 않아쓰메까? 우리는 전하의 나라를 도울 수 없으리라 생각하셔쓰메까?"

쐐기 눈썹의 말투가 은근히 따지려는 말투 같다.

"그런 것이 아니었소. 사실 북쪽 나라와는 오랫동안······."

나라님의 말이 채 끝나기도 전에, 쐐기 눈썹이 몰아세웠다.

"그래서 이번에 그 나라가 전하의 나라를 많이 도와주어쓰메까? 우리가 이겨쓰메다."

"······."

나라님이 얼른 대답을 못 했다. 쐐기 눈썹이 또 계속한다.

"길고 짧은 것은 대보아야 합메다. 대보지도 않고 허우대만 보고 믿으니 낭패 아니메까, 전하?"

'낭패는 무슨 낭패? 모든 것이 네놈들의 검은 마음 때문에 일어난 싸움 아니더냐?'

하고 말하려다, 나라님은 꿀꺽 삼켜 버렸다.

중전 마님이 부아를 못 이겨 입술을 악물었다. 쐐기 눈썹이 나라님 몰래 중전 마님을 곁눈으로 째려본다. 중전 마님의 가슴이 무겁게 짓눌렸다. 몹시 거북한 자리다.

"거 미안하게 됐소이다. 다음부터는 서로 돕고 지내도록 합시다."

나라님이 밑도 끝도 없이 사과를 했다. 그렇게 해서라도 이 쐐기 눈썹을 빨리 대궐 밖으로 내보내고 싶었기 때문이다.

그러나 쐐기 눈썹은 마침내 마음속에 담아 온 얘기를 나라님에게 쏟았다.

"돕고 자시고 할 것도 업스메다. 우리 해님 나라로 말할 것 같으면 일찍이 바다 저편 코 큰 나라들과 손을 잡고 한마음 한뜻이 되어 쑥쑥 자라쓰메다. 안돼쓰메다만, 이제 전하의 나라와는 도움을 주고받을 사이가 아니메다. 다만 전하께서 도움을 원하시면 도와 드리긴 하게쓰메다만……"

그날 이후, 쐐기 눈썹은 대궐을 참새 방앗간 드나들 듯하며 나라님 하는 일에 감 놓아라, 배 놓아라 참견했다.

신하를 뽑는 일도 백성들을 보살피는 데도 쐐기 눈썹의 눈치를 살피곤 했다.

그런데 쐐기 눈썹의 눈에 가시가 들어왔다. 그 가시 때문에 눈이 몹시 거북했다. 그 가시는 중전 마님이었다.

'중전이 다른 나라를 또 끌어들이기 전에 사방에 거미줄을 쳐 두자. 우리 해님 나라 말고 아무도 들어오지 못하도록. 하앗 하앗!'

웃는 소리도 별쭝났다.

나라님은 이제 안에서도 허수아비, 밖에서도 허수아비가 되었다.

안으로는 중전 마님의 치마폭에, 밖으로는 쐐기 눈썹의 거미줄에 걸려 옴나위조차 할 수 없다.

나라님의 아버지가 나라님을 도와 나라를 다스렸다. 그러나 쐐기 눈썹의 입김은 날로 더해 갔다.

달력을 바꾸고 상투를 자르라 함은 물론, 멋대로 길을 뚫어 야금야금 제 나라 병사들을 끌어들였다.

'애시당초 잘못이로고. 내 백성을 다스리는 데 오랑캐를 불러들이다니…… 으으음, 고이연.'

난초 대감이 급히 옷을 입는다.

"대감, 어디로 가시려 합니까?"

난초 대감의 부인이 걱정스레 물었다.

"쐐기 눈썹, 그자를 만나야겠소."

"조심하세요."

남산 언덕바지에 쐐기 눈썹의 이층 양옥집이 있다.

"대감마님이 어인 행차이시미까?"

서양식 손님방에서 차를 마시고 있던 쐐기 눈썹이 일어나 공손히 인사를 했다.

난초 대감은 대꾸도 없이 쐐기 눈썹의 옆 의자에 앉았다.

"대감께서 언짢은 일이라도 있으신가 보미다."

쐐기 눈썹이 잠깐 딴전을 부리더니,

"하아아, 알게쓰메다. 대감이 무슨 일로 그리 역정이 나셨는지…….
하이잇!"

그러더니 이어 낯빛을 바꾸고 째진 눈썹을 더욱 치켜세웠다.

"우리가 대감의 나라에 온 것은 할 일이 없어 온 게 아니메다. 대감의 나라 백성들을 위해 온 거시메다."

"방금 누구를 위한다 했소?"

난초 대감이 따지듯 물었다.

"에 또, 대감도 잘 아시다시피 첫째노 바로 대감이 불러들인 북쪽 오랑캐를 물리쳤고, 둘째노 어려운 백성들을 돌보지 않아쓰메까?"

"어려운 백성을 돌보다니 무슨 말이오?"

"소금이 귀할 때 소금을 주고, 옷이 업스메 옷감을 잘라 주고, 어디 그뿐이메까? 배가 고픈 백성에게 쌀이노 빌려 주지 않아쓰메까?"

'참으로 양의 가죽을 쓴 이리로다.'

난초 대감은 어이가 없어 헛기침을 했다.

"낮이 밤이 될 일이로다."

"무슨 말씀이오메까, 대감? 은혜를 모르는 분도 아닌데 이상하메다."

쐐기 눈썹이 능청을 떨었다.

"고양이 새끼를 키워 주었더니 주인을 할퀸다더니, 당신네들은 할퀴는 정도가 아니라 목을 물 셈인 게요. 하지만 그렇게는 안 될 것이오. 아암, 안 되고말고. 당장 돌아가시오!"

난초 대감이 호통을 치며 일어섰다.

그러나 쐐기 눈썹은 까딱도 하지 않았다.

오히려 입가에 웃음을 머금고 난초 대감을 빤히 올려다보았다.

"대감의 나라에서는 나라를 어지럽히는 못된 무리들을 다스리지 못해 먼저 북쪽 오랑캐를 부르지 않아쓰메까? 그런데 우리는 스스로 돕고 싶어 왔는데도 돌아가란 말이메까?"

"나는 부르지 않았소. 꼭두각시 몇 놈이 한 짓을 가지고 물고 늘어지지 마시오. 여하튼 하루 빨리 병사들을 돌려보내시오."

"그건 안 되미다! 고생길 마다 않고 바다 건너 달려온 병사들을 되돌아가라니, 절대로 그럴 수 업스메다."

쐐기 눈썹이 발딱 일어나며 못을 박는다.

"어으흠, 방귀 뀌고 성낼 놈들."

난초 대감은 치미는 부아를 가까스로 누르고, 드르륵 문을 열었다.

"난초 대감! 대감이 지금 탈없이 계신 것도 바로 우리노 병사들 덕분인 줄 아셔야 하메다. 비록 깃털 조무래기들이라 하나, 싸움 솜씨는 제법이라는 말을 들어쓰메다."

난초 대감은 들은 척도 하지 않았다.

'알고는 있구나. 어디 보자, 이놈들. 내게 으름을 놓아?'

"허허 핫핫핫!"

작은 몸에서 나오는 웃음이 헌걸차다. 열에 떴던 얼굴을 가을바람에 식히며 걸음을 놓는다. 술도 마시지 않았는데 휘청거린다.

'안에도 적, 밖에도 적이로다. 세상은 언제나 다람쥐 쳇바퀴인가?'

지난날의 크고 작은 난리들을 떠올리며 하는 말이었다.

'머릿속이 칡넝쿨이로다.'

그러나 난초 대감은 눈썹 사이에 힘을 모았다. 이리저리 얽히고설킨 생각의 넝쿨을 헤쳐 꾸리에 감았다.

"괘씸한 놈들! 내 백성을 혼내 주려고 왔다고? 토끼같이 약은 놈들. 그러나 우리는 거북이 아니라 범이다. 범이 잠시 배앓이를 한다고 제 깟 놈들이 와서 고쳐 주겠다고 속임수를 써? 하하하, 하하핫."

난초 대감은 길 위에서 또 한바탕 웃어 젖혔다. 그리고는 깊고 깊은 곳에 다짐 하나를 묻고 다시 궁궐로 향했다.

"임금, 녹두 부대 또래들을 어떻게 생각하오?"

난초 대감이 다짜고짜 임금에게 물음을 던졌다.

"이 나라를 어지럽히는 못된 무리라 생각하옵니다, 아버님."

"그들을 만나 본 일이 있소? 만나서 이야기를 나누어 본 일이 있소?"

"없사옵니다, 아버님. 하오나 신하들이 한결같이 그렇게 말하고 있 사옵니다. 중전도 또한……."

"임금!"

난초 대감의 목소리가 우렁찼다.

"중전이 나라를 지키는 장군이오? 아니면 나라를 다스리는 또 한 사람의 임금이오?"

나라님의 얼굴이 새하얗게 변했다.

"임금, 백성들을 가슴으로 사랑하시오. 백성이 살아야 임금도 살 수 있소. 아비로서 간곡한 부탁이오."

난초 대감은 깊은 숨을 들이키며 나라님인 아들을 타일렀다.

그것은 아들이 자신의 둘레에 쳐진 열 겹 스무 겹의 가리개를 열치고 밝은 곳으로 나오기를 간절히 바라는 아비의 마음이었다.

새
아
새
아

녹
두
새
아

...평화의 새 떼

난초 대감이 돌아간 뒤 쐐기 눈썹은 곧바로 병사들을 모았다.

"이제 더 이상 시간을 끌 필요가 없다스리. 우리 꾀 많은 토끼들 앞에서는 늙은 호랑이도 별 수 없다스리."

"하이 하이!"

병사들이 오른팔을 꺾으며 굽신거렸다.

"그러하오나 여긴 우리 나라가 아니니 조심이노는 해야 할 거시메다."

쐐기 눈썹의 오른팔인 다래끼 부대장이 말했다.

"염려노 마르시오. 혼이노 날 사람은 우리가 아니라 바로 이 나라 백성들일 거시므니……."

쐐기 눈썹은 자신이 넘쳐 보였다.

그도 그럴 것이 쐐기 눈썹은 이미 나라님에게서 몇 가지 약속을 받아 두고 있었다. 비록 억지 약속이라 해도 나라님과의 약속은 해가 동쪽에서 뜨는 것처럼 틀림없는 것이었다.

쐐기 눈썹은 저희 나라에 파발을 보내 무기를 잔뜩 실어 왔다. 그리고 그 절반을 나라님에게 특별 선물로 주었다.

나라님은 그것을 새로 만든 별똥 부대 병사들에게 나누어 주었다.

별똥 부대는 신식 부대 중에서도 신식 부대였다. 무기를 받은 병사들은 좋아서 벙싯거렸다.

"깃털 군 조무래기들한테 총을 빼앗긴 뒤 신식 부대가 속 빈 강정이었는데 이제야 체면이 서는구나."

그러나 그중에는 다른 생각을 가진 병사들도 있었다.

"체면이 서면 뭘 어쩌겠다는 건가? 무기를 오랑캐 놈들한테 받았으니 그자들을 위해 싸워야 할 텐데……. 도대체 우리의 적이 누구란 말인가?"

멋진 군복, 새하얀 이밥에 마음이 녹아 버린 앞의 병사들은 새로 받은 양총을 메고 우쭐거렸다.

그러나 주는 옷을 입고, 주는 밥을 먹긴 먹어도 헐벗고 굶주린 백성들을 잊지 못하는 뒤에 병사들은 늘 찜찜해 했다.

드러내 말은 못 하나 그들은 언젠가 별똥 부대 병사들이 녹두 부대 또래들과 한편이 되도록 마음의 준비를 하고 있었다.

찬바람이 불던 날 새벽, 마침내 쐐기 눈썹의 병사들은 나라님의 별똥 부대를 앞장세워 진격의 발을 내디뎠다.

그들은 녹두 부대 또래들이 목표로 하는 곳이 공주성이라는 것을 미리 알고 있었다. 그래서 공주성으로 통하는 널치에 진을 치고 세성산, 이음뫼, 두 갈래로 나뉘어 또래들을 칠 계획을 짰다.

한편 뿔고동과 공깃돌 두 또래들은 장날 하루 전에 따질뫼에 다시 모였다.

둘은 가위바위보를 하여 총대장을 뽑았다. 뿔고동이 이겼다.

그들은 세 갈래로 나뉘어 공주성으로 향하기로 했다.

세모꼴의 꼭짓점이 되는 곳 즉, 공깃돌은 세성산 쪽, 개동은 널치 쪽 그리고 뿔고동은 무넘이 고개를 넘어 우금치로 잡았다. 우금치는 공주성의 코앞에 있는 산마루. 그곳을 차지하면 공주성의 반을 차지하는 것이나 마찬가지다.

도중에 적을 만나면 제각기 맞서 싸우기로 했다. 혹 형편이 어려워져도 다른 쪽 또래가 있는 곳으로는 절대 도망치지 않기로 했다. 탄돌과 검대 할아버지는 뿔고동과 함께했다. 아무래도 그곳이 싸움의 중심이 될 것 같았기 때문이다.

한양으로 가기 전에 잡은 중간 자리 공주는 적과 싸우고 또 막기에 안성맞춤인 곳이었다. 뒤로는 계룡산 줄기가 병풍처럼 둘러쳐 있고, 앞으로는 금강이 흐르고 있다. 특히 이곳은 오랜 옛날부터 새 나라가 일어날 터라는 이야기가 전해 내려오고 있는 곳이다. 뿔고동도 그것을 잘 알고 있었다.

'새 나라는 어떤 나라일까? 새 나라님이 나타나고 새 이름의 나라가 일어선다는 말일까? 아니다, 아니다. 스러진 하늘 마음이 되살아나고 백성들이 다 함께 하늘 마음을 노래하는 나라가 바로 새 나라다.'

가풀막진 무넘이 고개를 넘으며 뿔고동은 은근히 기대에 차 있다.

문득 난초 대감의 편지가 생각났다.

마침내 오랑캐들끼리 싸움이 붙었도다.

녹두 부대 깃털 군을 혼내 준다는 핑계로 들어와 저희들끼리 으르렁거리고 있다.

지금으로서는 어느 쪽이 이길지 알 수 없도다. 하지만 이긴 쪽은 반드시 깃털 군을 치러 갈 것이로다.

그때를 대비하라. 나라님의 병사들이 오랑캐들과 함께 갈 것이다. 그렇더라도 용기를 잃지 말도록. 날아든 풀씨가 억새풀을 이기진 못할 것이로다. 그리고 나도 함께 힘쓸 것이로다.

시월 이레 난초 대감.

두 번째 편지를 읽고 났을 땐, 뿔고동의 마음도 난초 대감에게 기울었다. 특히 마지막 구절이 귓가에 맴돌았다.

"나도 함께 힘쓸 것이로다."

뿔고동은 비로소 나라님의 아버지가 중전 마님과 줄다리기만을 일삼는 것이 아니라, 이 나라의 앞날을 정말 걱정하고 있음을 읽었다.

'한울님이여, 우리를 도우소서. 이번을 마지막으로 다시는 이 나라에 오랑캐들이 들어오지 못하게 해 주소서.'

뿔고동은 그 자리에서 무릎을 꿇고 하늘을 올려다보았다.

함께 가는 또래들도 모두 무릎을 꿇었다. 하나의 소망을 향한 마음의 모둠이었다.

서로 다른 길을 잡았던 공깃돌과 개동이 그리고 뿔고동 중에서 공깃돌이 가장 먼저 적을 만났다.

싸움에 경험이 적은 그들은 한참을 가도 아무 일이 없게 되자, 솟대를 올리고 북 치고 장구 치며 행군의 흥을 돋우었다.

세성산 마루턱에서 요란한 꽹과리 소리가 났다. 공깃돌 또래들은 몸을 숨기고 언제 나타날지 모르는 적을 기다리는 대신, 산마루를 먼저 차지한 기쁨에 취했다.

다른 쪽으로 해서 산 중턱을 야금야금 기어오르던 오랑캐 병사들이 갑작스런 풍물 소리에 깜짝 놀랐다.

"저 노므들이 벌써 올라가쓰메다."

부대장 다래끼가 대장 쐐기 눈썹에게 급히 보고를 했다.

쐐기 눈썹이 산등깨로 눈을 돌렸다.

다래끼가 얼른 다가와 속삭인다.

"염려 마소다. 저 요란한 북소리 꽹과리 소리도 한 방 총소리에 놀라 자빠질 거니다."

다래끼의 말이 끝나기 무섭게, 쐐기 눈썹의 명령이 번갯불처럼 떨어졌다.

"쏴라, 총!"

풍물 소리가 일시에 사라졌다.

탕탕타타탕!

산마루의 또래들이 느닷없는 총알 비에 픽픽 쓰러졌다. 흙이 가루가 되어 튀고, 흙과 함께 또래들도 저만치 튀어 떨어진다. 아아, 공깃돌 또래들이여.

싸움터를 놀이터인 양 가볍게 보았는가.

그들은 싸움터로 가는 걸음걸음을 미처 마음으로 다지지도 못한 채 어이없이 당하고 말았다.

그 작고 가벼운 천보총을 쏠 겨를도 없이 먼저 당하고 만 것이다.

자욱한 연기 속에서 산과 들이 으르렁으르렁 목을 놓는다.

솟대가 두 동강이 나고 북과 꽹과리가 흙 속에 묻혔다.

그래도 물러서지는 않는다. 공깃돌과 남은 또래들이 죽은 듯이 엎드려 있었다.

오랑캐 병정들이 와와, 하고 소리치며 올라왔다.

잠시 총소리도 뜸하다.

그때, 엎드려 있던 또래들에게 발 신호가 이어지고 있었다. 왼발로 이어지는 신호는 왼쪽 기슭으로 내려가라는 신호고, 오른발로 이어지는 신호는 오른쪽으로 가라는 신호다.

신호의 고리는 살아남은 또래의 반으로 만들어졌다.

그들은 재빨리 왼쪽 기슭으로 몸을 굴렸다.

"저, 저어기 깃털 노므들이 살아따아."

한 오랑캐 병정이 소리쳤다.

급히 방아쇠를 당겼지만 맞지 않았다.

별똥 부대들도 당겼으나 애꿎은 나무 허리에 박혔다. 그러나 계속 쏜다.

계속 엎드려 있던 또래들이 주머니에서 부싯돌과 기름 솜을 꺼냈다.

불을 당겼다.

화살 끝에 매달아 쏘았다. 쉬지 않고 쏘았다.

"엇 뜨거, 뜨뜨거. 이 불으벼락이 어디에서 오느냐?"

다래끼 부대장이 혼이 빠진 얼굴이다.

"하늘에서 내려오므다. 앗! 또 부, 불!"

대답하던 병사가 데구르르 구른다.

"저, 저기를 보십시오. 깃터르 노므들이 아직도……."

"어쿠쿠 내 머리……. 불똥이 떨어져쓰메다. 대, 대장니임……."

병사들이 이리 뛰고 저리 뛴다. 바지에 불이 붙고 저고리에 불이 붙는다. 머리에 불똥이 떨어져 머리카락이 그슬리고 뺨이 불에 데어 얼얼하다.

덴 자리의 아픔이 그네들을 점점 더 화닥닥거리게 한다. 호떡집에 불 난 것이 아니라 오랑캐들 배 속에 불이 났다.

불에 타 드는 옷을 찢고 벗고 하느라, 말에서 떨어지고 총도 저만치 팽개쳤다.

"총, 총, 총을 집어라잇!"

다래끼가 말 위에서 칼을 휘두르며 소리쳤다. 그의 한쪽 어깨엔 총도 들려 있었다.

아파하는 부하들을 칼집 끝으로 치면서 일으켜 세운다.

그리고 자신이 맨 먼저 불화살이 날아오는 쪽으로 방아쇠를 당겼다.

"앗! 공깃돌!"

공깃돌이 불화살을 쏘다가 그만 다래끼의 총에 맞고 쓰러졌다.

똑같은 순간, 다래끼의 말 엉덩이에 커다란 불화살이 박혔다. 말 꼬리에 불이 붙어 지글지글 타든다. 말이 미쳐 날뛴다. 다래끼도 함께 날뛴다.

말은 이미 주인을 잊었다. 한참을 뛰다가 지쳤는지, 앞발을 하늘로 번쩍 쳐들고는 뒤로 발랑 나자빠졌다. 다래끼도 벌렁 나자빠졌다.

"어쿠쿠, 나 죽는다."

병사들이 우르르 몰려왔다.

"가라잇! 어서 가 깃터르 노므들…… 쏴라잇!"

다래끼가 쥐어짜는 힘으로 내질렀다.

병사들이 엉거주춤 총을 잡는다.

'생각은, 생각은 살았는데, 입이 열리지 않는구나.'

다래끼는 하늘을 향해 몇 번 손을 흔들더니 그만 정신을 잃었다. 그것으로 그의 시간은 끝이었다.

"깃터르 노므 대장도 쓰러져따아."

누군가 뒤늦게 외치는 소리에 오랑캐 병사들이 기운을 얻었다.

불붙은 옷 속에서 함께 타 버린 오랑캐도 있지만, 살아남은 오랑캐들은 다래끼 부대장의 죽음을 억울해했다.

그들은 잔뜩 약이 올랐다.

불에 덴 자국이 쓰리고 아팠지만 그럴수록 힘껏 방아쇠를 당겼다.

아픔을 독기로 지워 버리려는 듯이.

공깃돌이 쓰러진 뒤 얼마 남지 않은 또래들은 슬퍼할 사이도 없이 다시 죽을힘을 다해 싸웠다. 비록 구식 총이지만 겨냥을 잘해 총알을 허투루 쓰지 않았다. 그래도 총알이 점점 줄어 안타까웠다.

오랑캐들의 총알은 쏘아도 줄지 않았다. 게다가 총을 쏠 땐 언제나 별똥 부대를 앞세우기에 또래들의 총알을 맞는 병사는 대부분 그들이었다.

또래들은 겹으로 슬펐다.

총을 쏘면서, 총을 맞으면서. 그러나 결국 녹두 부대 또래들이 먼저 무너졌다.

매캐한 잿빛 연기에 휩싸여 또래들은 하늘 아래 누웠다. 또래들이 꿈을 꾼다. 파란 하늘을 꿈꾼다. 앞에서 쓰러졌던 또래들과 같은 꿈을 나눈다.

하늘이 또래들 위로 내려왔다. 또래들이 어깨 위에서 깃털을 떼어 모았다.

그리고 다시 올라갔다.

새 떼……, 새 떼가 하늘에 가득하다.

바다와 들과 하늘빛이 몽땅 들어 있는 평화의 새 떼…….

또래들이 잠든 세성산 산마루에는 또래들을 훔쳐 가려는 까마귀 떼 대신 또래들을 감싸 주려는 아름다운 녹두새들이 무리 지어 날고 있었다.

...탄돌의 비밀

공깃돌의 또래들이 모두 쓰러졌다는 소식이 뿔고동에게 들어왔다. 뿔고동은 온몸을 부르르 떨었다. 끓는 물보다 더 뜨거운 눈물이 솟구친다.

'내가 그 길을 갔더라면 공깃돌이 그렇게 빨리 쓰러지지 않았을 것을……'

그러나 소용없는 생각이었다.

처음부터 뿔고동이 가장 험하고 위험한 쪽을 택하고 있었다.

"이것이 하늘의 뜻입니까? 어찌하여 하늘 마음을 되찾으려는 또래들을 앗아 갑니까? 자꾸만 자꾸만 앗아 갑니까?"

흐르는 눈물을 쉴 새 없이 훔치며 뿔고동은 달님에게 푸념했다.

달님은 차고 푸른 달빛으로 뿔고동을 비출 뿐, 말이 없다.

이번 싸움을 끝으로 뿔고동은 고향으로 돌아가고 싶었다. 늙고 병드신 어머니를, 옥분이와 함께 정성껏 모시고 싶었다.

떡두꺼비 같은 아들, 함박꽃 같은 딸을 낳아 키우면서 또래들이 장가갈 때마다 함진아비로 불려 다니고도 싶었다. 나라가 어지럽지 않을 땐 누구나 꿀 수 있는 꿈……. 그러나 지금은 아득하기만 할 뿐이다.

깊어 가는 가을, 슬픔의 골도 깊어만 간다. 그러나 슬픔을 눌러 두고 일어서야 한다. 뿔고동은 풀어지는 자신을 추스르려 입 속으로 하늘 마음을 읊조렸다. 몇 번이고 되풀이하여 읊조렸다.

버석버석 낙엽 밟는 소리가 났다.

바위 아래 솔숲 쪽이다.

"누구요?"

뿔고동이 대창을 힘껏 쥐었다.

"……."

"말하지 않는다면 나팔을 불겠소."

"말하리다. 건넛마을에 사는 나무꾼이오."

나이가 든 목소리였다. 그러나 뿔고동은 계속 마음을 놓지 않았다.

"나무꾼이 무엇 하러 이 밤중에 여길 찾아왔소? 여긴 싸움터요."

"알고 있소. 가까이 갈 테니 나를 쏘지 마시오. 할 말이 있소."

달밤에 소나무 뒤에서 나오는 나무꾼의 모습이 눈 안에 들어왔다.

총을 갖고 있지 않았다.

"뿔고동 대장!"

나무꾼이 대뜸 뿔고동을 불렀다.

"어떻게 나를?"

"벌써 알고 왔소. 쉿! 나는 음……."

나무꾼이 고요한 사방을 휘 둘러보더니 반으로 줄인 목소리로 나지막히 말했다.

"별똥 부대에서 왔소."

"별, 별똥 부대?"

뿔고동이 벌떡 일어났다.

"잠깐! 조용히 앉으시오. 중요한 얘기를 가지고 왔소."

뿔고동이 도로 앉았다.

"별똥 부대는 지금 둘로 갈라져 있소. 한쪽은 오랑캐들을 따르고 있고, 또 한쪽은 녹두 부대 또래들에게 기울어 있소. 얼마 전 난초 대감의 편지를 받지 않았소?"

"받았습니다만."

"나를 잘 보시오. 당신들에게 편지를 가지고 갔던 파발꾼이 바로 이 사람이올시다."

뿔고동은 나무꾼을 보고 곧 알아챘다.

"나도 알고 있었습니다. 한데, 난초 대감과는 어떤 관계입니까?"

"차차 알게 될 것이오."

나무꾼 병사는 급히 말머리를 돌렸다.

"오랑캐들과의 싸움은 점점 더 커질 것이오. 그놈들이 어떻게든 이번 싸움을 승리로 이끌려고 갖은 꾀를 다 쓰고 있소. 웬 줄 아오?"

"무, 무슨 뜻인지……."

"저들의 마지막 목표는 당신들이 아니라, 바로 이 나라 땅덩이오."

아주 낌새를 몰랐던 건 아니지만 나라님의 병사에게서 직접 이런 얘기를 들으니, 뿔고동은 더욱 놀랍고 아뜩했다.

'이 일을 어쩌나? 우리가 불씨가 되어 나라에 더 어려운 일이 닥친

다면 어찌할까?'

"저자들은 겉으로 나라님을 치살리면서, 이 나라의 허술한 곳을 파고들 셈인 게요. 그래서 우리는……."

"우리라니요? 둘로 나뉘어 있다면 어떤 쪽을 말합니까?"

뿔고동이 답답한 듯 물었다.

"녹두 부대 또래들과 난초 대감을 아는 쪽이오. 그러나 오랑캐 쪽으로 기운 병사들도 곧 우리 안에 들어오리라 믿소. 세성산 전투에서 쓰러진 또래들을 본 뒤 그들의 마음도 흔들리고 있소. 같은 백성끼리 서로의 가슴을 겨누었으니, 그리고 어린 또래들이 쓰러졌으니 이 어찌 가슴 아픈 일이 아니겠소?"

나무꾼 병사도 목이 메어 말을 잇지 못했다. 뿔고동의 눈에서 또 눈물이 솟구쳤다. 둘 다 슬픔의 깊은 늪에 빠졌다.

나무꾼 병사가 먼저 나왔다.

"내일, 오랑캐들이 우금치 고개로 향할 것이오. 내가 밤을 타 여기 온 것은 저들의 명령 따라 녹두 부대 또래들에게 총을 겨누게 될 터인데 용서해 달란 말을 하러 온 것이오. 오랑캐 놈들한테 총을 받았으니 싸우는 척은 해야 하겠기에 어쩔 수 없는 일이오. 물론 조심조심하여 또래들이 맞지 않도록 힘쓰겠으나 그래도 쓰러지는 또래가 생길 것이라 괴롭기 짝이 없소."

"……."

뿔고동은 정말 할 말이 없었다.

"두 걸음 나가기 위해 한 걸음 물러서는 것이라 여기길 바라오."

나무꾼 병사가 달래듯 말했다.

이를 어쩌나? 얼른 판단이 서지 않았다.

'오랑캐 놈들을 물리치기 위해 내 나라 병사들이 우리에게 총을 겨누고, 겨누는 총을 우리가 말없이 받아야 한다니…… 그러나 어쩌랴? 그렇게 하는 일이 하늘 마음을 되찾는 데 도움이 된다면…… 별똥 부대 병사들이 모두 하나가 되어 우리와 함께 한다면, 그렇게만 된다면 하늘의 뜻으로 받아들일 수밖에.'

"뿔고동, 하늘은 스스로 돕는 사람을 돕는다 했소. 적당한 시간에 우리의 총을 저들 쪽으로 돌리겠소. 자, 약속하오."

굳은 악수를 건네고 나무꾼 아니 별똥 부대 병사는 떠났다. 뿔고동은 달빛에 젖은 몸을 털고 일어섰다.

그때 부르는 소리가 났다. 탄돌이었다.

"뿔고동, 자지 않았냐?"

"음. 탄돌, 내일의 싸움을 생각하니 잠이 안 온다."

"그래도 자야지. 지치면 안 된다."

"곧 새벽이 올 텐데. 탄돌, 얘기나 하자."

"얘기? 내게 따로 할 얘기가 있냐?"

"아주 중요한 얘기다. 나중에 또래들에게도 하겠지만 우선 들어라."

뿔고동은 별똥 부대 나무꾼 병사가 다녀간 얘기를 했다. 탄돌도 너무 놀란 나머지 벙벙해 했다.

"엄청난 약속이다. 이것이야말로 하늘이 우리를 아니 우리나라를 도우려는 마지막 약속인지 모른다."

"그러나 아직은 그들 또래들처럼 믿을 수 없다. 따라서 우리의 힘으로만 싸우는 거다."

"물론이다. 그런데 뿔고동, 나도 할 얘기가 있다."

"무슨 얘기?"

뿔고동과 탄돌이 나란히 바위 등에 앉았다. 그 옛날 언덕 위 풀밭에 앉았을 때처럼 다정하다.

"뿔고동, 이 얘긴 할아버지에게서 들었다. 아무에게도 하지 말라 하셨는데 오늘 너에게만은 하고 싶다. 아니 해야겠다."

"어서 해라."

"뿔고동, 놀라지 마라. 검대 할아버지는 나라님과 한집안이시다."

"무, 무엇?"

그러나 뿔고동은 이제껏 이렇게 놀란 적이 없다.

"그럼 탄돌 너도?"

"잠자코 듣기만 해라, 뿔고동."

뿔고동이 주억거렸다.

"나라님 아버지의 할아버지와 할아버지의 아버지와는 형제이셨다 한다. 옛날, 나라님을 새로 세울 때 두 집안이 몹시 다투게 되었다. 그때 우리 할아버지의 아버지는 집안끼리 더 이상 싸워서는 안 된다며 먼 섬으로 떠나셨단다, 아들과 함께. 그런데도 새로 나라님이 된 분의 아버지는 할아버지의 아버지를 나쁘게 말했다. 할아버지의 아버지는 모든 것을 숨기고 섬사람들과 어울려 살며 차츰 섬사람이 되셨다. 섬 아이들에게 글을 가르치고 섬 처녀를 아들의 짝으로 맞으셨다 한다. 할아버지의 아버지는 돌과 바람투성이 섬을 꽃과 나무와 새들이 많은 섬으로 가꾸시다 그곳에 묻히셨다. 그런데 어느 날 한양에서 사람이 와서 할아버지의 아버지를 찾더란다. 할아버지의 아버지는 이미 돌아 가시고 아들은, 그러니까 검대 할아버지는 잡혀갈까 봐 무서워 밤에 몰래 산속으로 이사를 하셨다. 그곳이 바로 범티재 내 고향 숲이다."

탄돌은 계속했다.

"그 뒤 할아버지는 세상을 두루 보기 위해 팽나무 지팡이 하나만 남 겨 두고 섬을 뛰쳐나오셨다. 그리고 나중에 섬에 온 사람들이 새 나라 님을 찾기 위해 할마마마가 보낸 사람들이라는 것도 아셨다."

"그렇다면 탄돌, 너와 나라님 사이도 팔촌 형제가 아니냐?"

"응, 나라님이 형이고 내가 아우다. 하지만 뿔고동, 이 말을 절대 다 른 사람에게 해서는 안 된다. 만일 나라님이나 중전 마님의 귀에 들어 가기라도 한다면 할아버지도 나도 가만두지 않을 것이다. 더구나 그들 은 우리를 못된 무리로 보고 계시지 않느냐?"

"나라님의 아버지가 아는 건 어떻겠냐? 그분은 너를 반기실 거다."

"그럴 필요 없다. 공연히 긁어 부스럼을 만드는 셈이 될지 모른다."

"나라님의 친척이 이렇게 고생을 해서 되겠느냐?"

"뿔고동!"

탄돌이 뽈고동의 팔을 움켜잡았다. 자지러지듯 아프나 소리도 못 낸다. 탄돌의 기운엔 당할 또래가 없다.

"탄돌!"

뽈고동이 탄돌을 마음속으로 부르며 탄돌의 옆모습을 훔쳐본다.

저 크고 덕스러운 모습, 온몸에서 새삼스레 귀티가 풍겨 왔다.

'탄돌을 지키자. 적을 물리치고 하늘 마음을 되찾으면 그를 솟대 위에 앉은 새로 받들리라.'

뽈고동은 탄돌을 가슴속 깊이깊이 담아 두었다. 그리고 내일만을 생각하기로 한다. 먼동이 트기 전에 뽈고동은 선봉을 섰다. 대장이 앞에 서자 또래들의 용기가 백배 올라갔다.

무넘이 고개를 넘어 하늘 마음 노래를 힘차게 부르며 전진한다. 이음뫼에서부터 뒤쫓던 오랑캐들이 마침내 또래들과 마주쳤다. 뽈고동이 나팔을 크게 붐과 동시에 붉은 깃발을 번쩍 쳐들었다.

또래들이 창을 던지던 솜씨로 불방망이를 힘껏 내던진다. 그리고 바람처럼 내달렸다. 불기둥이 하늘로 솟구쳐 오르므로, 오랑캐 병사들은 또래들이 달려오는 방향을 제대로 볼 수 없었다.

또래들은 이때를 놓치지 않고 앞으로 앞으로 내달렸다. 겁에 질린 오랑캐 병사들이 쓰러지고 고꾸라지며 뒷걸음을 쳤다.

"별똥으 부대 지원 사격!"

별똥 부대 병사들이 도망가는 오랑캐 병사들을 보호하려고 방아쇠를 당겼다.

또래들은 그들의 총에 맞고 쓰러졌다. 한데 오랑캐 병사들도 그들의 총에 맞고 쓰러졌다. 알고 쏜 것일까, 모르고 쏜 것일까.

"별똥으 부대 누 누굴 쏘나!"

쐐기 눈썹의 날카로운 첫소리가 총소리를 갈라 놓았다. 총소리가 잠시 멎었다.

"나쁜 놈드르 쏴라잇!"

아까보다 총소리가 더 요란하다. 우금치 쪽으로 도망갔던 오랑캐들이 다시 돌아섰다. 또래들도 맞겨눈다. 날아오는 포탄과 총알을 비 사이로 피하듯 하며 한 발 한 발 우금치로 향한다. 쓰러진 또래를 건너뛰며 살아 있는 또래들은 죽음을 잊었다. 싸움은 어두워질 때까지 계속되었다.

한 발만 더 가면 우금치다. 그러나 어둠은 싸움터도 잠을 재웠다.

싸울 때보다 더 무서운 시간이 또래와 적 사이에 흐르고 있다.

...쫓기고 쫓고

한밤중에 두 소식이 날아왔다.

하나는 널치 쪽에서 싸우던 개동이 오랑캐들을 무찔렀다는 좋은 소식. 또 하나는 세성산 쪽에서 이긴 오랑캐 병사들이 뿔고동 쪽으로 오고 있다는 나쁜 소식이었다. 뿔고동이 급히 연락 또래에게 편지를 주었다. 편지를 받은 즉시 개동이 수남과 함께 왔다.

그들은 작전을 다시 짜 공격의 폭을 좁혔다. 양 옆에서의 공격은 개동이와 수남이에게 맡기고 앞에서의 총공격은 뿔고동이 그대로 맡았다. 탄돌은 산 아래쪽에 검대 할아버지와 함께 남도록 했다.

"뿔고동 여태까지 싸움에서 네가 늘 앞에 섰다. 이번엔 내가 서겠다."

탄돌이 처음으로 고집을 부렸다.

"안 된다. 여기선 내가 대장이다. 싸움터에서 대장의 명령을 어기면 어떻게 되는지 너도 알 거다."

뿔고동답지 않게 으름장을 놓았다. 일부러 그러는 것이다.

이윽고 새벽.

자욱한 서리와 안개 속에서 어둠이 빛으로 탈바꿈하기 시작했다.

살찬 바람이 무명 바짓가랑이 사이를 휘집고 드나든다.

뿔고동을 따라 맨 앞에 나서는 공격 또래들은 말을 탔다. 뿔고동의 흰말을 빼고는 대부분 갈기가 많고 윤이 흐르는 갈색말이다.

뿔고동이 깃발을 앞세우고 소리 없이 전진했다. 조용할 땐 피리를 불 수 없다. 어딘가에 숨은 오랑캐들을 깨우는 셈이 되기 때문이다.

저마다 가슴엔 용기의 불꽃을 태우지만 또 한편 가슴을 졸였다.

불안한 평화가 흐른다. 아니나다를까? 탕 타앙! 바위 고개로부터 총소리가 들려왔다. 골이 진 산에서 총소리는 메아리까지 거들어 곱으로 크다.

"오랑캐다! 뛰어내려. 공격!"

뿔고동이 초록 깃발을 쳐듦과 동시에 말에서 뛰어내렸다.

공격 또래들이 곧장 총으로 맞섰다. 총이 없는 또래는 바위 뒤에 숨어 활과 대창을 쏘아 댔다.

오랑캐들이 시작부터 만만치 않다. 수도 훨씬 늘어난 듯하다.

지원 부대가 속속 들어온다는 소문이 사실로 나타났다. 우금치 뒷전으로부터 달뜸 마을에서보다 더 큰 포탄이 날아왔다. 집채만 한 불덩이 앞에 또래들의 기름 솜덩이는 작은 불똥에 지나지 않았다.

산세가 울퉁불퉁하여 화살이 바위에 맞고 튕겨져 되돌아온다.

그렇더라도 또래들은 쉬지 않고 쏘고 또 쏘았다. 쏠 수 있는 것은 무어든 다 쏘았다. 총알이 바닥나려 한다.

형편이 점점 나빠지고 있다. 뿔고동은 속이 탄다. 더 이상 싸움을 계속할 수 없을 만큼 쓰러지는 또래들이 많다.

'별똥 부대는 왜 여태 가만히 있는가? 언제나 우리와 함께할 것인가? 아직도 마음이 둘인가?'

할 수 없었다. 두 걸음 나가기 위해 한 걸음 뒤로 하기로 했다.

뿔고동은 후퇴를 명령했다. 또래들이 눈물을 머금고 탄돌이 있는 쪽으로 내려갔다. 그런데 개동이가 있는 쪽에서 갑자기 와와, 하는 진격 소리가 들렸다.

오랑캐들의 총알이 그쪽으로 우박처럼 쏟아진다. 또래들은 그래도 막무가내, 흰개미 떼처럼 산을 타고 오른다. 용기가 하늘을 찌를 듯하나 이내 낙엽처럼 우수수 떨어졌다.

위험하다!

뿔고동이 총알을 피해 날쌔게 달렸다.

"후퇴 명령을 내렸는데 왜 이러냐?"

한또래를 붙잡고 급히 물었다.

"무슨 일이 있어도 저들의 진지를 쳐들어갈 것이다."

"지금은 안 된다. 한데 개동이는?"

"뿔 뿔고동, 흑…….'

또래가 뿔고동을 부르다 흐느꼈다.

개동이가 보이지 않는다. 오랑캐들의 공격은 멈추지 않는다. 이곳에도 지원 부대가 몰려왔나 보다. 여태껏 싸워 온 것이 헛수고가 되려 한다. 쓰러진 개동이를 보고 약이 오른 또래들처럼 뿔고동도 당장 다시 진격 나팔을 불고 싶었다. 알몸으로라도 오랑캐 앞에 맞서고 싶었다.

총알은 쇳조각에 지나지 않지만 알몸 속엔 댓잎처럼 시푸른 하늘 마음이 들어 있지 않은가?

그렇지만 안 된다. 총알은 당장 눈에 보이는 힘! 하늘 마음을 부수지는 못하나 하늘 마음이 담긴 그릇을 산산조각 내고 있다. 뿔고동은 개동이의 또래들을 달래 함께 후퇴를 했다.

몇 날 며칠, 피의 싸움으로 오랑캐 병사들도, 녹두 부대 또래들도 수없이 쓰러졌다. 수는 오랑캐 병사보다 또래들이 열 곱 스무 곱 많지만, 힘은 오히려 모자란다.

저들의 좋은 무기가 모자라는 병사의 수를 채우고도 남지만, 또래들의 모자라는 힘은 하늘 마음을 향한 꿈으로 채울 수밖에 없다.

싸움터에도 해는 어김없이 뜨고 진다.

조용하던 탄돌의 진지는 후퇴한 또래들로 북적였다.

이겨서 모일 땐 반갑지만 졌을 땐 그렇지 못하다. 얼굴마다 그늘이 져 있다. 또래들은 급하게 여기저기 굴을 팠다.

오랑캐들이 야밤을 타고 뒤쫓아 올지도 모르기 때문이다. 다시 또 무서운 고요가 흐른다.

"탄돌!"

검대 할아버지가 불렀다.

"내 급히 다녀올 데가 있다."

"어딜요, 할아버지?"

"뒤에 말하마."

검대 할아버지가 탄돌의 손을 힘껏 잡았다. 할아버지의 몸속 어딘가에 결연한 뜻이 감추어져 있는 듯하다.

어디서 구했는지 할아버지는 허름한 옷으로 갈아입고 어깨에 구럭을 메고 있었다. 할아버지의 길을 누구도 감히 막을 수 없을 것 같다.

"조심하세요, 할아버지."

달빛과 팽나무 지팡이가 길잡이가 되어 주었다.

오랑캐들이 진을 치고 있는 봉수대 아래 할아버지는 숨어 들었다. 허리를 잔뜩 구부리고 망을 보는 오랑캐 병사 가까이 갔다.

"누, 누구야!"

오랑캐 병사가 받들어총을 했다.

"느늘그니메다. 이 구럭을 좀……."

기어드는 목소리. 그런데 오랑캐 나라 말이다.

"여기는 싸움터, 더구나 밤중에 어찌 와소까?"

목소리가 애잔하고 처음보다 고분하다. 검대 할아버지의 구럭을 받아 땅에 놓았다.

"꿀이메다. 깊은 산속에서 딴 토종이노 꿀이메다."

"꿀으라고요? 그러믄 당신은 꿀으노 장사이메까?"

"그러쓰메다. 이 꿀으 팔아 겨울 양식을 마련하려고 여기까지 와쓰메다."

"꿀으노 모두 좋아하지만, 싸움터에서느 먹을 수도 먹을 짬도 업스메다. 대장이라면 모르까."

"대장이 계시는 데라도 일러 주소서."

"그건 안 되미다."

어린 오랑캐 병사가 펄쩍 뛰었다.

검대 할아버지가 구럭에 손을 넣어 작은 벌집 덩이를 오랑캐 병사에게 주었다.

"맛보기 꿀이메다."

오랑캐 병사가 손가락으로 꿀을 찍어 먹는다.

"보약이메다. 싸우려면 힘이 있어야 하메다."

검대 할아버지가 짐짓 생각하는 척했다.

"따라오시시오. 우리 대장이노도 꿀으 대장이메다."

검대 할아버지는 어린 오랑캐 병사를 살살 따라갔다.

대장이 머무는 천막은 병사들이 몇 겹으로 에워쌌다. 함께 간 병사가 문지기 병사에게 귓속말을 하자 고개를 까딱했다.

오랑캐 대장 쐐기 눈썹이 천막 안 탁자 앞에 꼿꼿이 앉아 있었다.

"무슨 일이냐?"

"대장니임 드시라 귀한 보물으 가져와쓰메다."

망보던 오랑캐 병사가 아뢰자 쐐기 눈썹이 자리에서 벌떡 일어났다.

"보물으 가져와따고?"

"예. 진짜 꿀이메다. 대장이노 나으리."

검대 할아버지가 처음과 다른 말을 했다.

쐐기 눈썹의 얼굴이 환해지며 꿀 구럭을 바라보았다.

눈치 빠른 심부름 병사가 검대 할아버지의 구럭을 받아 쐐기 눈썹 앞에 놓았다. 허리를 잔뜩 구부린 할아버지가 팽나무 지팡이에 몸을 싣고 있다.

"히야, 냄새노 기마키다."

쐐기 눈썹이 할아버지보다 더 허리를 구부린 채 단내를 들이켰다.

바로 그때, 검대 할아버지의 허리가 꼿꼿해지면서 팽나무 지팡이가 쐐기 눈썹의 뒤통수로 세차게 떨어졌다.

"어으윽!"

쐐기 눈썹의 얼굴이 꿀통 속에 콕 박힌 채 고꾸라졌다.

"대장니임!"

쐐기 눈썹의 몸이 금세 뻣뻣해지기 시작했다. 호된 한 방이었다.

"나쁜 노므 늘그니를 내 몰라보아쓰니……. 대장니임, 흐윽 흐윽."

어린 오랑캐 병사가 발발 떨며 눈물을 흘렸다.

"누구냐! 어떤 노미노 우리 대장을!"

문밖을 지키던 병사들이 우루루 달려왔다. 조금 전까지도 탁자 앞에 앉아 있던 대장이 꿀통 속에 박힌 채 움직이지 않는다.

오랑캐 병사들의 눈이 검대 할아버지에게 한꺼번에 박혔다.

그러나 할아버지는 이미 각오하고 있다. 품에서 대칼을 뽑았다.

일당백의 싸움이 천막 안에서 벌어졌다. 구부정하던 검대 할아버지는 날쌘 범이 되었다. 오랑캐 병사들이 놀라 얼결에 총을 몽둥이로 알고 휘둘렀다. 그러나 곧 정신을 차리고 방아쇠를 당긴다.

번쩍 들린 대칼이 문지기 병사의 어깨에 떨어짐과 동시에 검대 할아버지가 픽 쓰러졌다. 할아버지의 알몸 작전은 끝났다. 오랑캐들은 할아버지를 거들떠보지도 않고 쐐기 눈썹에게 몰려갔다.

"대장니임이 돌아가쓰메다. 저 때문에 돌아가쓰메다."

어린 오랑캐 병사가 고개를 떨구고 죽을 각오를 하고 있다. 그러나 오랑캐들은 그에게도 신경을 쓰지 않았다.

"큰일이노 나쓰다. 큰일이노 나쓰다."

천막 안에 있던 오랑캐 병사들은 대장의 죽음을 절대 비밀로 하기로 했다. 그러나 세상에 절대 비밀은 없다. 날이 새기 무섭게 비밀은 새어 나갔다. 오랑캐 부대에도, 별똥 부대에도.

"하늘이 준 기회다. 이 기회를 놓쳐서는 안 된다. 더 이상 깃털 또래에게 총을 겨누어서는 안 된다."

마침내 별똥 부대 또래들이 뜻을 합쳤다.

오랑캐 부대로부터 새로운 작전 명령이 내려지지 않았다.

하룻밤 사이 오랑캐 부대의 사기가 서리를 맞은 듯 갈팡질팡이다.

파발꾼 또래가 또래들에게 이 소식을 전해 왔다. 또래들은 기둥이었던 검대 할아버지를 다시 볼 수 없게 됨을 슬퍼하였다. 탄돌의 슬픔은 더욱더 컸다. 보이지 않는 데서도 이어져 흐르며 뼈와 살을 물려준 분이 아니던가? 그러나 싸움터에서의 죽음은 위로조차 제대로 받을 수 없다.

별똥 부대와 시간을 맞추어 새벽 공격에 나서기로 했다. 어제 쫓기고 쫓기던 길로 오늘은 쫓고 쫓으러 간다.

봉수대 쪽에서 신호탄이 울려왔다.

"뿌우우, 진격이다!"

함성이 터지고 말발굽 소리가 요란하다. 뛰는 또래 위에 나는 또래가 있다.

"기습이노다. 모두 그 자리에 엎드려!"

그러나 눈 가리고 아옹이다. 오랑캐들의 잔등 위로 햇살처럼 총알이 쏟아진다. 봉수대 위로 몰래 올라간 별똥 부대 또래들이 드디어 반기를 든 것이다.

"저 노므들이 미치었나? 나, 날벼락이다."

오랑캐 병사들이 쓰러지며 내뱉는다.

"오냐, 우리는 그동안 미쳤다. 그러나 이제는 미치지 않는다. 남의 나라를 넘보는 놈들, 어서 꺼져라!"

밑에서는 뿔고둥이 남은 무기를 아끼지 않으며 치달았다. 오랑캐 병사들은 독 안에 든 쥐가 되었다. 쏟아지는 총알과 화살, 대창에 묻혀 무더기로 죽음을 맞는다. 그리하여 그 독하고 여우 같던 대장 쐐기 눈썹이 사라진 뒤 오랑캐들은 대장보다 더 어이없이 갔다. 몇몇 살아남은 오랑캐들이 산속으로 숨었으나, 남은 시간 또한 길지 않으리라.

"이 기세를 한양까지 뻗치게 합시다."

"좋습니다."

별똥 부대 또래들과 녹두 부대 또래들이 서로서로 악수를 나누었다.

별똥 부대 또래들이 지난날을 사과했다. 녹두 부대 또래들이 모두 용서해 주었다.

"어서 한양으로 올라가 나라님에게 이 소식을 전하고 그곳의 오랑캐들도 마저 내쫓읍시다. 그래야만 이 나라 방방곡곡에 하늘 마음이 꽃필 수 있습니다."

뿔고둥이 힘주어 말했다.

또래들은 쉬지 않고 걸음을 내쳤다.

검대 할아버지를 잃고, 개동이 용복이 그 밖에 수많은 또래들을 잃고, 대신 별똥 부대 또래를 얻었다. 이제야 두 마음이 한마음 되어 한곳으로 가고 있다.

그 무렵 한양에서 새 술을 새 항아리에 담으려는 구름골 난초 대감의 은밀한 계획이 진행되고 있었다.

...새야 새야 녹두새야

녹두 부대 깃털 군이 오랑캐들을 무찌르고 올라온다는 소식은 또래들보다 빨리 한양에 다다랐다.

"새 세상이 올 것이오. 나라님이 갈대였지. 공연히 이쪽저쪽 오랑캐를 불러들여 백성들을 다치게 했으니, 아니 그렇소?"

"장하고 장하지, 녹두 부대 또래들!"

"그뿐이오? 별똥 부대 병사들도 만세!"

"맞소 맞소. 웅덩이에 빠진 나라를 구해 준 충신들이고말고."

백성들의 마음은 한결같았다. 그동안 입이 있어도 말을 하지 못했을 뿐이다. 옳고 그름의 잣대를 이제야 드러내기 시작했다.

그러나 나라님과 중전 마님은 불안에 떨고 있었다. 나라님의 큰 신하들은 더 말할 나위도 없었다. 백성들에게 기쁜 소식이 그들에겐 슬픈 소식이다.

나라님의 체통이 흔들리는 잎새였다. 언제 땅에 떨어질지 모른다. 중전 마님은 더욱 그렇다. 나라님을 바르게 받들지 못하고 제 잇속 차리기에만 바빴던 큰 신하들은 쥐구멍을 찾고 있다.

그러나 한양으로 가는 길목 길목엔 아직도 오랑캐 병사들이 숨어 있었다. 쐐기 눈썹이 끝까지 싸우도록 단단히 일러두었기에 끈질기게 버티었다. 그리하여 간간히 더 이상 원치 않는 싸움이 일어났다. 그새, 또 들이 불타고 산이 울고 강물이 뒤집히는 슬픔을 겪어야만 했다.

게다가 아직도 또래들을 미워하는 나라님의 신하들이 함께 날뛰기도 했다. 심지어 또래들이 머무는 곳을 오랑캐에게 귀띔해 주어 한밤중에 도깨비 싸움을 치르기도 했다.

피노리 마을에 들어갔을 때였다.

마을이 유달리 조용했다. 그 어느 마을에서보다 또래들을 반겼다. 풍성한 음식과 편안한 잠자리를 다투어 내주었다.

정말 하늘 마음 따라 사는 백성들 같았다.

또래들도 고마워서 모닥불을 피우고 그들과 함께 자리를 했다.

"이제 살기 좋은 세상이 올 것입니다. 이 피노리뿐 아니라 온 나라에 우리들이 심은 하늘 마음이 열매를 맺으려 합니다."

뿔고동이 힘주어 말했다.

모닥불에 비친 또래들도 마을 사람들도 모두 밝은 얼굴들이다.

한 노인이 뿔고동의 얘기를 듣다 슬며시 일어났다. 아무도 그가 일어난 것을 눈여겨보지 않았다.

정다운 시간이 지나 모두 잠자리에 들었다. 뿔고동도 오랜만에 고향 마을에 온 듯한 푸근함에 젖었다. 고향의 옥분이가 떠오른다. 그리고 어머니도 떠오른다. 그리움이 별처럼 돋는다. 마음에 빈자리가 생긴다. 당장은 채울 수 없는 자리……. 오늘따라 몹시도 보고 싶다.

뿔고동은 하늘 마음을 읊조린다. 깊어 가는 가을밤, 귀뚜라미가 우는 밤. 하늘 마음이 우는 밤이다. 그리움은 점점 깊어 간다. 무심히 탄돌을 바라보았다.

"새 술을 새 항아리에 담으려는 난초 대감의 비밀을 탄돌, 너는 아느냐? 탄돌, 한양에 가면 너는 난초 대감 곁에 머물며 하늘 마음을 지키거라. 나는 고향으로 돌아가겠다."

내일의 행군을 위해 모닥불은 꺼졌다. 밤이 이슥해서야 뿔고동은 잠을 청했다.

아련한 곳에서 등불 하나가 흔들린다. 고향의 등불, 뿔고동은 등불을 잡으려고 손을 내밀었다. 그러나 잡히지 않고 저만치 떨어져 혼자서 타오른다. 바람이 분다. 등불이 꺼질 듯 흔들리다 다시 살아난다.

아, 저 등불을 앞세우고 고향에 가야지!

뿔고동이 자리에서 벌떡 일어나려다 모로 쓰러진다.

얼굴을 가린 한 떼가 동구 쪽으로 내달렸다.

"저놈들을 잡아라!"

탄돌과 파발꾼 또래가 동시에 외쳤다. 또래들의 화살이 달아나는 발뒤꿈치에 떨어졌다. 절뚝거리며 서낭나무에 매어 둔 말 쪽으로 달린다. 서로 먼저 타려고 아우성이다. 말소리가 오랑캐임이 틀림없다.

말의 엉덩이에도 화살이 꽂혔다. 몇몇 오랑캐가 뒷걸음질을 치며 쏘았다. 그러나 도망가며 쏘는 총은 빗나가기 일쑤다. 모두 잡혔다. 말도 잡혔다.

뿔고동…… 아아…… 뿔고동.

작은 고추보다 더 맵던 녹두 부대 대장 뿔고동은 어이없이 갔다.

고향을 꿈꾸며, 고향으로 가는 길을 밝혀 줄 등불을 잡으려다 그만 쓰러졌다.

뿔고동, 뿔고동…….

또래들이 뿔고동을 부르며 목놓아 운다. 탄돌은 넋이 나갔다. 누워 있는 또래는 뿔고동이 아니라 탄돌 자신이다. 가슴이 싸늘하게 식어 간다. 뿔고동의 가슴뿐 아니라 탄돌의 가슴도 이제 막 빛이 나려던 하늘 마음이 다시 바래려 한다.

그토록 맑고 가면 뿔고동의 하늘 마음, 또래들의 하늘 마음이 한 순간 빛을 잃는다.

탄돌은 나무가 되었다. 돌이 되었다.

핏줄인 검대 할아버지가 돌아가셨을 때보다 더 깊은 슬픔의 수렁에 빠졌다.

파발꾼 또래가 사로잡은 오랑캐 병사들을 심문했다. 그들에게 뿔고동을 알려 준 사람은 모닥불 앞에서 슬며시 일어났던 노인이었다.

돈에 눈이 어두워진 늙은이. 뿔고동이 있는 곳을 알려 주면 후한 상금을 주겠다는 오랑캐들의 꾐에 빠진 것이다.

그러나 상금은커녕 노인은 목숨까지 잃고 말았다. 뿔고동이 있는 곳을 알려 주고 맨손으로 돌아서는 노인을 그들의 칼이 가만두지 않은 것이다. 그러고 보니 마을 이름이 이상했다.

피노리! 노인을 피해야 할 마을!

나쁜 운명은 때로 앞서 어떤 조짐을 보이기도 한다.

어리석은 백성, 착한 백성 가운데 어찌 이런 마음을 가진 백성이 있단 말인가.

하늘 마음을 잃었기 때문이다. 그것도 너무 오래.

안녕, 뿔고동!

또래들은 뿔고동을 피노리 양지 녘에 고이 묻었다. 어깨의 깃털도, 뿔나팔도 함께.

그리고 또 하나 노래를 지었다.

그를 위해, 또 먼저 간 또래들을 위해.

새야 새야 녹두새야
솟대 위에 앉은 새야,
파란 마음 윗녘 새야
하얀 마음 아랫녘 새야,
파란 노래 불러 주마
하얀 노래 불러 주마,
하늘 마음 또래들아
새야 새야 녹두새야.

슬픔이 겹치고 또 겹쳐 탄돌은 몸과 마음이 모두 지쳤지만 또래들이 그를 대장으로 세웠다.

"탄돌, 이대로 주저앉으면 안 된다."

"까딱 다 된 밥에 재를 뒤집어쓸지도 모른다."

"탄돌, 뿔고동을 위해서라도 기운을 내라. 우리와 함께 일의 매듭을 짓자."

또래들의 간곡한 부탁을 못이 박히도록 들으며 탄돌은 조금씩 기운을 차렸다.

사실, 또래들 모두도 이 며칠이 몇 년처럼 느껴졌다. 뿔고동이 없는 행군, 뿔나팔이 들리지 않는 밤은 쓸쓸했다. 그러나 탄돌이 곁에 있음을 불행 중 다행으로 여겼다. 이윽고 한양, 여기서부터는 길이 밝은 별똥 부대 또래들이 앞장을 섰다.

도성 안으로 들어가는 문 앞에서 병사들이 별똥 부대 또래들을 반겼다. 물론 녹두 부대 또래들에게도 각듯했다. 성안의 백성들이 수건을 흔들며 반가이 맞았다.

또래들이 놀라 얼떨떨해한다. 누구보다 염탐 또래가 가장 놀랐다.

바로 얼마 전만 해도 몸을 사리고 나졸들 앞에서는 재빨리 깃털을 감추어야 했는데…….

"어디로 가는 겁니까?"

탄돌이 파발꾼 또래에게 물었다.

"구름골로 가는 중이오. 탄돌, 난초 대감이 대환영할 것이오."

파발꾼 또래가 웃으며 말했다.

탄돌이 깜짝 놀랐다.

"그럼 나라님한테는?"

"탄돌, 전에 뿔고동과 한 약속이 있소. 새 술은 새 항아리에 담으려는 난초 대감을 돕도록 당신을 데리고 가기로 했소."

"그, 그게 무슨 뜻입니까?"

"탄돌, 염려 마시오. 모두 약조된 일이오."

어찌 된 영문인지 알 수가 없다.

탄돌 모르게 일이 다른 방향으로 가는 듯하다. 그러나 여기서 따로 길을 잡을 수도 없다. 함께 오랑캐를 무찌르고 나라님을 뵈러 왔는데 이제 와서 다른 길을 생각할 수가 없었다.

구름골은 나라님 궁궐의 동편에 있었다. 나졸들이 곳곳에 무리져 있지만, 또래들을 막지 않았다.

난초 대감의 집, 솟을대문 안으로 파발꾼 또래를 따라 탄돌과 수남이 그리고 염탐 또래가 들어갔다. 다른 또래들도 바깥마당에서 기다리기로 했다.

넓은 마당 차일 아래 차려진 음식상이 또래들을 기다리고 있었다.

"잘 왔소."

난초 대감이 염탐 또래의 손을 덥석 잡았다.

"그대가 뿔고동이오?"

난초 대감이 탄돌을 바라보며 물었다.

"탄돌이라고 합니다. 뿔고동은……."

하다가 그만두었다. 슬픈 소식을 재빨리 알리고 싶지 않았다.

그러나 난초 대감이 재우쳐 물었다.

파발꾼 또래가 그간의 일을 아뢰었다. 뿔고동이 오랑캐의 칼에 쓰러졌다는 얘기를 듣는 순간, 난초 대감의 얼굴빛이 어두워지며 수염이 떨렸다.

"장하도다, 하늘 마음 또래들. 그대들은 향기로운 새 술. 내 그대들을 위해 튼튼한 새 항아리를 마련하려 하오."

탄돌에게 비로소 생각 하나가 짚였다.

'난초 대감이 나라님을 다시 들어 올리려는구나.'

"대감마님, 저희끼리 긴히 나눌 이야기가 있습니다. 잠시 자리를 비워도 되겠습니까?"

탄돌이 난초대감에게 아뢰었다.

"오호, 그러시오."

수남이와 염탐 또래가 탄돌을 따라 밖으로 나왔다. 파발꾼 또래도 따라 나왔다.

탄돌이 파발꾼 또래를 똑바로 보았다.

"뿔고동이 나에 대해 무슨 얘기를 하였나요?"

파발꾼 또래가 솔직하게 고개를 끄덕였다.

"나는 죽을 때까지 녹두 부대 또래로 남을 것입니다. 그리고 범티재 내 고향으로 돌아가렵니다. 어디서 살든 정성껏 하늘 마음 따라 살면 되니까요."

탄돌은 단호했다. 탄돌의 깊고 넓은 마음 자락에 염탐 또래도 파발꾼 또래도 고개를 숙였다.

뿔고동과의 약속을 지키려 탄돌을 억지로 한양에 붙잡아 둘 수 없다고 생각했다.

또래들은 한양에 그리 오래 머물지는 않았다. 나라님을 뵙지는 못했으나 대신 난초 대감과 머리를 맞대고 중요한 얘기를 나누었다.

새 술을 새 항아리에 담고 하늘 마음이 온 나라에 햇살처럼 퍼지도록 생각의 망을 꼼꼼히 짰다.

한 일보다 해야 할 일이 더 많다. 하늘 마음을 되찾는 일 못지않게 지키는 일 또한 힘들기 때문이다.

길고 긴 싸움은 일단 끝났다. 슬픔과 노여움은 구름에 실려 보내고 아픔과 괴로움은 바람에 실려 보낸다.

그러나 지난날의 역사는 사라지지 않는다. 아니 거울처럼 언제나 우리를 비춘다. 그것을 잊지 말아야 한다.

또래들은 마음으로 개선의 나팔을 불며 고향으로 가는 발을 놓았다. 고향은 변함없는 그들의 일터이고 쉼터다.

앞에 간 또래들의 얼굴이 떠오를 때마다 하늘 마음 노래를 바쳤다.

또래들은 누구보다 뿔고동을 잊지 못했다. 꼴찌가 첫째가 되었던 뿔고동…….

아득히 먼 하늘에서 뿔고동의 나팔 소리가 들리는 듯하다.

또래들이 입을 모아 부른다.

새야 새야 녹두새야
솟대 위에 앉은 새야,
파란 마음 윗녘 새야
하얀 마음 아랫녘 새야,
파란 노래 불러 주마
하얀 노래 불러 주마,
하늘 마음 또래들아
새야 새야 녹두새야.